安徽省首届长篇小说精品创作工程

安徽省首届长篇小说
精品创作工程

安徽省首届长篇小说
精品创作工程

尘世喧嚣

Chengshi Xuanxiao

钱玉贵◎著

时代出版传媒股份有限公司
安徽文艺出版社

图书在版编目（CIP）数据

尘世喧嚣/钱玉贵著. —合肥：安徽文艺出版社，2014.9
（安徽省首届长篇小说精品创作工程）
ISBN 978-7-5396-5129-3

Ⅰ. ①尘…　Ⅱ. ①钱…　Ⅲ. ①长篇小说-中国-当代
Ⅳ. ①I247.5

中国版本图书馆 CIP 数据核字（2014）第 217182 号

出 版 人：朱寒冬　　出版统筹：朱寒冬　何　健
责任编辑：岑　杰　　装帧设计：许含章

出版发行：时代出版传媒股份有限公司　www.press-mart.com
安徽文艺出版社　www.awpub.com
地　　址：合肥市翡翠路 1118 号　邮政编码：230071
营 销 部：（0551）63533889
印　　制：合肥中德印刷培训中心印刷厂　（0551）63813778

开本：700×1000　1/16　印张：15　字数：250 千字
版次：2014 年 9 月第 1 版　2014 年 9 月第 1 次印刷
定价：30.00 元

第一章

从在大厅里登记的那一刻起，杨浦就隐约预感到这可能是一次错误的赴约。

杨浦看到，登记簿上在他之前，已经有了龙飞凤舞的签名：刘大鸣、李建平、汪一露、柳眉等；在单位和职务栏里，同样是龙飞凤舞地签着：公羊山矿业有限公司董事长、伟达实业有限公司总经理、美国远东斯菲里商务有限公司执行董事、东方艺术文达有限公司总裁。这些公司和头衔，透着财富和实力，而对杨浦来说，仿佛还透着咄咄逼人的“人身攻击”。

杨浦在单位栏里写下“马山矿业公司”，而在后面职务栏里他什么也没有写。

杨浦的到来，引起大厅里一阵喧哗，老同学们一眼认出他便欢呼着围拢过来。昔日的学生会主席、团支部书记，曾经受到团中央表彰的优秀大学生干部杨浦，在老同学们的嘘寒问暖中，还是辨别出不同于往昔的心境和感触。毕竟十五年过去了，多少物是人非，多少沉浮幻灭，多少心路差异……

这次老同学聚会，是刘大鸣策划并赞助承办的。去年年底，刘大鸣打电话给杨浦说，许多老同学都有这个愿望，毕业十五年了大家该聚一聚了，问杨浦有什么意见。

杨浦跟刘大鸣从大学毕业后几乎没有什么来往，无非是春节时彼此互相寄个明信片或发个祝福短信而已。只是最近几年不断有同学和同事说到刘大鸣,说他从一个名不见传的小矿山改制发迹开始,短短几年时间,身价就过亿了,已经拥有了数个中型以上规模的矿山矿权,是雄踞一方的公羊山矿业有限公司董事长,是个财大气粗且呼风唤雨的人物。同学当中,与刘大鸣几乎同时浮出水面的财富人物还有李建平、汪一露、柳眉,这些人的身家都在千万以上。这些人当初在大学时都不被杨浦看好,或者说,也不被更多的同学们看好,但山不转水转,三十河东三十年河西,他们居然都成了大气候,成了财富精英,让人刮目相看。

杨浦在电话里对刘大鸣说:“不是许多同学的愿望,是你刘大鸣的愿望吧?要不,就是李建平、汪一露、柳眉他们的愿望?”刘大鸣在电话里笑了:“老班长想到哪去了!不错,李建平、汪一露、柳眉他们也有这个愿望,我都咨询过了,不信,你可以打电话问一下嘛!”“你们都是有钱了,想烧包烧包、炫耀炫耀吧!”这话在心里转了圈儿,而在嘴上杨浦说的却是:“到时候我争取参加吧。”刘大鸣赶紧道:“老班长,千万别说争取参加,说一定参加!你想想,你这个当班长的不来,这个聚会的意义可就大打折扣了,我们班当年那些暗恋你的女同学会多么失望啊!还有,我这个发起人会多么没有面子啊!”这一刻,杨浦脑子里迅速闪过柳眉的形象,她现在怎么样了?她很好吗?她也会像刘大鸣一样会如此嘻哈打诨?他最后说:“我一定参加,没问题了吧?”

酒店是五星级的,面临大海,背依山坡,景色秀美。酒店娱乐的楼层被包租了,美酒佳肴也都是事先预订好的。晚宴开始时,刘大鸣鼓动杨浦作为老班长致辞,杨浦死活不答应,当时豪华气派的场面和昔日同学们个个衣冠楚楚、志得意满的模样,让杨浦禁不住有些自惭形秽了。刘大鸣举着盛满法国葡萄酒的高脚杯,发表了一通客套的、热情的,也是张扬的祝酒词,并且宣布接下来的三天里就是游山玩水。杨浦是老班长,尽管一再推辞,还是被拉到主席的座位上,身边是刘大鸣、李建平、汪一露和柳眉几位班里如今最牛的成功人士。忆当年，这些同学相拥左右，杨浦自然有众星捧月之感，因为他太优秀，他有太多值得他们相拥左右的优越资本和荣誉，而如今处在这些人当中，他觉得浑身不自在。从询问如今的行政级别、职务待遇到薪水收入、住房面积，直到如今心态状况如何，杨浦几乎都一一如实回答，心里却无比清楚对方用意何在——他的虚荣心在这一问一答中备受煎熬。到了杯来盏去的时候，身边这些有钱的同学们开始畅谈他们游历的海外风光，从加勒比海滩到南非好望角巨浪，从威尼斯泛舟到巴黎塞纳河夜景，从马尔代夫潜水到巴厘岛度假——这个过程当中，杨浦觉得自己的心理压力有增无减。而话题仍在朝着他不熟悉的领域转换。李建平吹嘘起他经营的期货与股票，挣个几百万跟玩儿似的，汪一露则不断地把手指上的蓝宝石钻石戒指和脖颈上那根镶嵌着翡翠钻的项链显摆一下。“什么，一百万？”汪一露显然对刘大鸣如此评价她的宝物不满，扬着声调说，“一百万我白送你，刘大鸣！别以为你身家上亿了，几百万我也还是随手拿得出的！”酒桌上唯有柳眉很少说话，时不时地把她那总是安静平和的眼光投向杨浦。这个玲珑娇小的女人，大学时代就暗恋着杨浦，当年即便面对她那含情脉脉的目光和她那带有伤心泪水气息的情书，杨浦也始终心如止水。然而，谁能想到，十五年后的今天，依然是那个玲珑娇小的柳眉，却出落得气质优雅，甚至雍容华贵。她嫁给了一个第三代华裔美国人（是她在美留学时认识的），可能是受到丈夫东方艺术鉴赏专业的影响，毕业后夫妻俩成立了东方艺术文达有限公司，柳眉不仅做了公司总裁，而且摇身一变，成了艺术鉴赏家，在中西方之间从事艺术品交易和文化商贸。杨浦很想跟柳眉对上话，哪怕一言半句，可是柳眉坐在汪一露的旁边，而浑身上下透着珠光宝气的汪一露，从一开始就因为需要炫耀而滔滔不绝。

好不容易熬到晚宴结束了，一班人又转移到灯光迷离、音乐喧闹的迪厅。现在是尽情狂欢、歌唱和翩翩起舞的时候。当一对对同学舞动起来，嘶哑的声音唱响之际，杨浦借故上洗手间起身走出包房。沿着长廊快步走到电梯口，电梯门打开，里面没人，他钻进去，电梯门自动关上，他靠在门上，闭上眼，这一刻他突然十分后悔来参加这次聚会。

是的，从他一脚踏入这座豪华酒店开始，除了刚开始时出现的那一阵情理之中的欢迎外，他实际上一直是被冷落的。他不再是当初班级里那个引人注目的明星人物。现在的明星人物是刘大鸣他们一干有钱人，因为有钱，太有钱了，他们似乎就有太多值得炫耀的东西。

下到一楼，杨浦走出酒店。弥漫着腥臊气息的海风扑面而来。他漫步到海边。一弯皎月悬挂天际，茫茫大海深邃一片，阔无边际，岸边的海浪像是睡着了一般，一浪一浪地呼吸着，杨浦边走边掏出香烟点着吸着。他原以为十五年后的同学聚会，一定会有浓情蜜意的叙旧回忆，不承想，从见面一开始气氛就不是那么回事，大家似乎早已不再关心曾经的当年和当年的曾经。

"杨浦——！"是刘大鸣的声音。杨浦在海滩边站住，扭头看见胸前飘荡着那条艳红领带的刘大鸣快步走到跟前。"怎么，不习惯热闹了？"刘大鸣话里含着讥讽。杨浦苦涩地一笑，本想说句不咸不淡的话，又忍了。两人在海边走着。刘大鸣说："咱俩从见上面到现在还没有机会说上话呢。"杨浦把烟头扔进黑森森闪着油漆一般光亮的大海中，那点火光在海面闪了一下就没了。杨浦本想说，是啊，自从见上面，同学们就一直围着你，特别是女同学，财产啊，别墅啊，资产啊，股票啊，名车啊，欧陆风情啊……众星捧月一般，你哪有工夫跟我谈呢！这话挺酸的，杨浦说不出口，却说："是啊，是还没说上什么话。"刘大鸣说："老班长，这次同学聚会，我是真有想法要跟你谈谈呢。""什么想法？"杨浦问。他觉得这或许是刘大鸣的客套话，他想象不出眼下的刘大鸣，一个拥有上亿财富、身家显赫的矿业老板，有何想法需要跟自己谈。"实不相瞒，老班长，我想让你辞职出来帮我干！"刘大鸣看着杨浦说。两人都停住了脚步。杨浦突然笑了。“开什么玩笑，刘大鸣？我帮你干？帮你干什么？”杨浦嘴上这么轻描淡写，但心跳加快了。刘大鸣的语气和神情告诉杨浦，他刘大鸣是来真的。刘大鸣掏出香烟递给杨浦，自己衔上一支，又掏出打火机，先给杨浦点上，自己再点上，嗞嗞地吸上一口。刘大鸣把“实不相瞒”的一切向杨浦坦露出来。

这些年里，刘大鸣对矿产资源的发展前景和财富价值的认识，已非他人所及，用他自己的话说，他是“修成正果”了。对于如何搞到探矿权继而拿下采矿权到最终占有整个矿权，搞定一座矿山，这一整套路径、程序、关节、手续，他早已轻车熟路。他是通过清产核资、股份制改造、变相收购等一系列复杂程序，并佐之以“相关配套”（行贿、吃喝玩乐、高档消费）手段，才拥有了大型规模的公羊山矿权，并坐上了矿业公司董事长之位。从那时起，他就把所有从公羊山赚的钱投入到在全国各地的找矿买矿上。现在他终于又拿下了另一座中型规模的铜金矿矿权。他告诉杨浦，他是采取了日本鬼子当年那种“悄悄地进村，打枪的不要”方式秘密开展了三年之久的公关工作。三年下来，他把省、市、县地方政府上上下下一干人全部搞定，并最终拿到了开采矿权。

“这个秘密，今天是首次公开。”刘大鸣说到这里卖了个关子，但口气里透着财大气粗，“至于这当中花了多少钱，那就不便透露了。不过，跟这座铜金矿的价值比，那点钱也就是毛毛雨，往小的说，就是九牛一毛！这座铜金矿一旦开采出来，每年的财富都是以亿计！”“这跟我有什么关系？”杨浦看着黑暗的大海说，他忽然觉得自己很抵触刘大鸣那种说话的口气。“老班长，你如果辞职过来，我就把这座铜金矿交给你，让你全权负责！”刘大鸣说后把嘴里的一口烟吐得很长，“我左思右想，没有比你更合适的人选了。你的能力、才华和专业水平，都是公认的，当然，还有你的人品。我敢说，把这座铜金矿交给你，对我来说，应该算是‘物归原主’。”

这一刻，杨浦的心思是有些乱的。从最初选择采矿专业那一天起，他就一直渴望着自己能够管理和支配一座完整的矿山,他要在一座完整的矿山上规划他理想的蓝图,施展他的才华和抱负。这些年过去了,他这个梦想几乎湮灭,现在,刘大鸣猛然间又唤醒了他的梦,就像一座废弃的暗室突然被意外的火光点亮。

刘大鸣看出了此刻杨浦的心思,他拍着杨浦的肩膀说:"老班长,是不是太突然了?没什么,后面还有三天游山玩水的时间,你可以慢慢考虑,咱俩天天在一起,有许多事情要谈的,譬如你的酬劳、你的待遇,包括给你配什么样的车……"

海面上风大了,风中飘着细密的海水粒子,沾上唇边咸咸的。月光隐匿在云层里,大海上一片深黑。杨浦打了个寒战,他觉得身子突然冷下来。刘大鸣将手臂搭上他的肩膀,说:"咱们还是回酒店迪厅吼他几嗓子,跳他几曲吧!同学们可都在等待咱俩呢!"

不知是出于心乱,还是逃避对刘大鸣要做出承诺的恐惧,杨浦突然说:"大鸣,我忘了告诉你,我明天一早就要回公司去。公司有个技改项目,后天一早就要开论证会,专家都是我请的,我又是主持人,所以不能缺席。"刘大鸣停下脚步,怔怔地看着臂弯里的杨浦。记忆里,班长杨浦是从来不撒谎的。刘大鸣眨巴了几下眼睛,好像想到了什么,说:"那这样吧,明天一早,用我的专车送你回去。"杨浦却一时紧张地接上话:"不用了,明天一早,公司里有车会来接我。"

回到酒店房间,杨浦才觉得自己一时头脑发热的谎言,其实是把自己逼到了一个极其尴尬的境地。他也不明白,那一刻自己为什么要说那样的话,怎么会突然想到要回去了,而且把理由编得无懈可击(是有一个技改项目论证会,但那是下个月的事),更要命的是,刘大鸣提出用他的专车送自己,自己只要说一声"谢谢"就结了,为什么居然信口说出"公司有车会来接我"?——真的会有车来接吗?

现在是夜里十点多了。其他老同学还没有回来,不是在迪厅飙歌狂欢，就是去了夜市吃消夜，反正“今夜不醉不归”的。他现在必须做出决断。既然话说出去了，他就必须走。公司派车接他，是不可能的。他的待遇级别不够，他只是马山矿业公司总经理助理（按以往国有企业的行政级别，他只是个正科），在矿党政班子里，除了董事长、党委书记、总经理裘胜荣配有专车外，副书记、副总用车都是公务性派车，不享有专车。他如果提出要公司派车来接自己，就显得十分不知趣了，就算厚着脸皮向公司提出要车，即便公司同意了，那派来的车可能也就是公司里那辆最破旧不堪的普桑，况且还有八百多里的路程。这次参加老同学聚会，他觉得自己的脸面够寒碜的了，他可不想因为派车来接这件事再丢人现眼。思前想后，杨浦没再犹豫，收拾行囊，连夜就走了。除了刘大鸣知道，他跟谁都没有打声招呼。杨浦生平第一次觉得自己其实很卑微，也很脆弱。

孤零零地坐在夜行的列车上，杨浦内心空落落的。车窗外，灯火斑斓的城市渐渐远去，原野上大片大片的黑暗如帷幕一般。从满心欢喜地来到这座海滨城市，到孑然离开它，不过半天时间，而就在这半天时间里，杨浦觉得自己仿佛被一种不可阻挡的力量猛然抛到了半空中，他没着没落，不知所措，现在又梦一般地被摔在结结实实的地面上，却发现自己早已伤痕累累。

第二章

杨浦第二天中午回到家里。妻子小兰十分意外。“不是有四天的叙旧吗?”她问,语气透着揶揄。杨浦昨天临走时才告诉她,要去参加老同学聚会,小兰就阴下脸。“那种同学聚会有意思吗?”小兰不屑地扬了扬眉梢,“见了面,男同学就比谁官大,比什么级别,谁是大款了,谁房子多大,谁车子啥牌子;女同学呢,就比谁老公厉害,多大出息——没意思透了!”

小兰是去年刚刚参加过她的大学同学毕业纪念聚会,回来后就扬言以后大轿伺候也不参加了。当时杨浦不以为然,说:“你们中文系的本来就事儿多,喜欢指点江山什么的,不比咱们工科的,实在,重情义,不玩虚的。”小兰冲老公杨浦点点头,像是打赌似的一撇嘴说:“那你就等着瞧吧。”

最让小兰意外和气愤的是,去年那次同学聚会后,今年就传来同学里面有两对夫妻就因为那次聚会而旧情复燃,闹得离了婚,算是拆散了又重新组合。现在,老公要参加这种聚会,她不免就多份心思。“杨浦,你可要小心点儿,昔日的纯情小妹,现在可能就是正宗狐狸精了,你可不要给我带什么故事回来!”她一边给杨浦准备行李,一边对杨浦提出警告。

杨浦眼望着天花板,故意地阴阳怪气了:“那可不一定! 你可不要忘了,昔日的杨浦可是她们的偶像,用现在的话说,她们就是我的粉丝,这回去了,我倒正想检验检验我的魅力还在不在呢!”小兰把行李包裹往他的面前一扔,背过身去:“那你带个狐狸精回来看看,她前脚进屋,我后脚走人——我早就不想过这种穷日子了!”

现在,杨浦把行李包扔到旁边,径直走到客厅沙发上坐下,也不去洗漱一下,就在沙发上躺下。他不想跟小兰说话,一说话就只能证明他昨天临走前小兰说的那些都是对的。小兰从冰箱里拿出食物,准备做午饭,看到老公这般垂头丧气回来的模样,便猜想这次同学聚会一定不出她事前所料。“杨浦,不是准备带一个狐狸精回来吗?怎么,没见着?还是另有隐情?连你们的班花柳眉也没见着?不可能吧?还是当年的粉丝根本就看不上你了?”小兰在翻拣着塑料篮子里的蔬菜,往客厅沙发这边瞥了几眼,不见动静,就自顾怪声怪气说着,“杨浦啊,我猜你现在是有认识了吧,这种聚会真的是没意思吧?”

杨浦始终不答一句,他横躺在沙发上,用手臂枕着脑袋,像是睡着了。

老公如此反应,说明是点到了疼处,小兰不禁暗自笑了一下。

“杨浦,今天中午你去接明明。这会儿明明要放学了。”小兰在厨房里叫着,接着就响起一片油煎炸响的声音。杨浦听见了,好像在犹豫着去或不去。平日他都是在矿上吃午饭,难得他今天中午在家吃饭,况且小兰做饭,他去接孩子,天经地义。杨浦不情愿地从沙发上直起身,撑了个懒腰,疲惫不堪地拖着脚步,出了家门。他感觉这日子过得好像一下子变得很虚幻,也很困乏了。

吃饭的时候,小兰不再问杨浦同学聚会的事情。她了解丈夫,杨浦厌烦了且不予回答的话题,就是禁区了,她若不知趣,一定要穷追不舍,刨根问底,那么杨浦就会变得语言刻薄,恶语相向,直至发怒。这些年里,她早已熟知丈夫看似沉稳镇定的性格的另一面:倔强、敏感、自尊心上不依不饶。不承想女儿明明眨巴着天真的眼睛望着一声不吭吃饭的杨浦,问:“爸,你们班的女同学都去参加聚会了吗?那个柳眉同学也去了吗?”

小兰跟杨浦不约而同地对了一眼。明明才上小学三年级,她也会关心爸爸跟女同学的聚会,居然说出了柳眉的名字?显然,这是杨浦不在家时，小兰对明明说过的话题。小兰赶紧阻止道："明明，吃饭！你爸坐了大半夜的车，累了！什么女同学不女同学的！"

明明忽然咯咯笑起来："爸，你们班的女同学都是丑八怪吗？"

小兰的脸色红了。杨浦的脸色白了。

碍着孩子的面，杨浦不便冲小兰发作，他对明明说："谁说爸的女同学都是丑八怪了，她们可漂亮了，就说那个柳眉同学，她可是像白雪公主一样漂亮呢！"杨浦瞥了一眼小兰，小兰赶紧扭过脸去。

明明仰着小脑袋望着杨浦，口气较真了："爸，你们班的那个柳眉同学比我妈还漂亮吗？"

杨浦一时语塞，小兰装作没有听见，正搛菜顾自吃着。杨浦说："那可比不上你妈漂亮！人家充其量是个班花，你妈在大学那会儿，可是校花啊！"明明看看小兰又把脸蛋回过来："我妈现在呢？"杨浦也看了看小兰说："你妈现在，可是——女王啊！"他把"女王"二字说得又沉重又阴气森森的。

小兰似乎终于捺不住性子了，她往明明的碗里搛了菜，下手重重的，耷拉着脸说："快吃吧，吃完后就去午睡！"明明看到了妈妈目光里的警告，便不再言语，埋头吃饭了。

小兰把明明弄到房间午睡后，回到桌边，看到杨浦阴沉着脸，一点也不想搭理她的样子，知道他心里还在生气，她拿起筷子敲了敲自己的碗沿："杨浦，你在孩子面前说什么校花不校花，女王不女王的，你什么意思？是说我现在丑了？还是说我现在霸道了？"杨浦把筷子往桌上一丢，碗里还剩下两三口饭，他不想吃了，没胃口了。小兰说："我今天不想跟你斗嘴玩儿，我要跟你说正经事，你听着！——新世纪的那套房子到底买不买？反正，我已经托人预订了，一百三十平方米，首付要二十万。人家说了，年中不交钱，就保不住房号，也就保不住房了，你说怎么办吧？"

一听买房，杨浦头就大了。这事杨浦过去一直反对，原因很简单，家里没钱。结婚那年买下的现在住着的这套六十八平方米两室一厅的房子还是贷款买的，去年刚刚还完贷款。家里存折上也只有三万多元，是给明明买钢琴和相关教育做准备的。杨浦根本就没有心思再去贷款买新房。新世纪的房子在依山傍水的南湖区，确实风景如画，但杨浦觉得目前尚无那个经济实力去享受。小兰不止一次说过这个事，杨浦一直没当真，不想小兰现在已经把房子都预订了。

“谁让你预订的？钱呢？那二十万从何而来？”杨浦瞪眼问。

小兰反倒是胸有成竹的样子：“先借啊，你要是真的借不到，我们就先把这套房子抵押出去，向银行贷款，不行就按揭，反正，我是打定主意了。杨浦，我告诉你，那套房子真是棒极了！我看了四五次了，越看越喜欢！”

杨浦知道，小兰真要是疯起来，那是谁也拦不住的主儿。“你爱怎么着就怎么着吧，反正你当家，愿意过什么样的日子，你定！”杨浦觉得累了，他要去卧室睡会儿。他从腰里掏出手机，自他离开同学聚会后就一直关机，他怕他的出走引起同学们的猜疑和追问。这会儿他开了机，若干条短信提醒立即嘀嘀叫地纷至沓来。

他看到一条刘大鸣发来的短信：“老班长，当着你的面，我不好开口说聘任报酬，只好用短信相告了，我的开价是年薪五十万，不知你意如何？”杨浦突然冷笑了一声，对小兰说：“老婆，不是需要钱吗？你信不信，现在有人愿意给我开价年薪五十万！”

小兰在收拾桌上碗筷，她以为这是杨浦在故意戏弄她：“做你的大头梦吧！”她觉得自己有一肚子委屈。

日子过到这个份上，是杨浦和小兰都不曾想到的。

杨浦和小兰的相识，是缘于大学期间高校之间举办的一次联谊活动，郎才女貌，一见钟情。毕业后，杨浦留在了他实习的马山矿业公司，之所以这样选择，是因为小兰就是马山矿所在的 D 市人，而且 D 市人事部门已确定，小兰毕业后将在 D 市教育局工作。应该说，是爱情和婚姻促成了他们在D市的工作和生活，否则，以当时杨浦在校的优异成绩和知名度，他未必会屈尊于名不见经传的马山矿业公司。杨浦从一般技术员做起，到副科长、科长、副总工、总经理助理，收入也一路攀升。小兰从机关一般文秘做起，到如今的办公室机要科长，拿的是公务员薪水。那个时候的杨浦和小兰，嘻嘻哈哈，打情骂俏，日子过得幸福开心，他们并不十分操心未来的生活。直到明明出世后，日子似乎才过得有些紧巴起来。为房子和高档一点的消费话题多了，为孩子的培养、家教的支出争执多了，也为油盐柴米的争吵多了，而所有的吵吵闹闹和磕磕碰碰，似乎都不外乎是经济拮据所致。杨浦到了总经理助理的位置，年收入也只在四五万之间，这在本世纪初，在当地的国有矿山企业中，算是高收入水平了。小兰的薪水是死工资，年收入也就在三万左右。这样的家底，在短时间内要实现住大房，上下班有私家车，让孩子接受贵族式教育，包括高档消费，显然为时尚早。然而，小兰却不这么认为

“人就活这一辈子，凭什么我们节衣缩食，别人尽情享受，这公平吗？这也省下那也省下，这样活着还有什么劲儿！攒钱干什么？不就是为买个大房子，住得舒服点儿，环境好点儿，可咱们还天天掰着指头儿盼呢！如今人家都住别墅了，住二三百平方米都还嫌小呢！周末，我连商场都怕去了，怕看到那些高档衣柜，怕自己闯了进去又买不起，那才叫丢人！你不是不知道，明明一直要读钢琴班，可我们读得起吗？就是钢琴买回来了，家教请得起吗？同事小张就因为有个会做生意的老公，每周都去做面膜，做美容，还定时做健身运动，她一见到我，就嚷着让我也去，说我的皮肤要是保养了，一定会如何如何，我有那个条件去吗？……”

类似话题的絮絮叨叨，小兰每每说来，都显得那么委屈伤心，那么肝肠寸断，甚至泪流满面，有些时候说得坐在一旁半天说不出一句话来的杨浦，恨不得钻进地缝里去。

昔日的小兰绝对不是这个样子的。昔日的小兰，清秀、漂亮、矜持、风

姿绰约，而且成绩异乎寻常的优秀，是当时 H 大学著名的“五朵金花”之一。杨浦当年若没有诸多职务和荣誉，诸如学生会主席、学生党员、团中央优秀大学生干部等光环罩在头顶上，小兰也未必能跟他一见钟情——那个时候的小兰，青春洋溢，目光高远，谈吐高雅，透着超凡脱俗的迷人气质；在当时的杨浦看来，能够与小兰结合，是他人生最为成功的幸事。

然而，岁月尚未沧桑，金枝玉叶便似落花流水去了。

第三章

朝霞初现,连绵起伏的山冈俨然一道天然屏障横亘在天际之间;艳丽彩霞渐渐散开,日头升起,炽烈的光芒爬过山冈,一束束、一道道射映到山冈背后那些耸立的高大井架和依山成片高矮不一的厂房,射映到正在弥漫开来的被袅袅炊烟笼罩的整个马山矿区。

马山矿领导一干人从公务面包车里下来,陆续走进矿部机关大楼。

不久,大楼里响起电铃声,这是正式上班的铃声。

阳光透过树叶斜斜地斑斓地照进办公室里。杨浦把公文包放到办公桌边,先给自己沏好一杯茶水,接着到里面的房间换上工装和劳保皮鞋,然后坐到办公桌旁,一边呷着茶水,一边浏览摆放在案头上的昨日的生产报表和当日的生产计划调度安排。一天的工作就这样开始了。

电话响了,是矿区内部电话,他按下免提,是董事长裘胜荣的声音:"小杨,到我这来一下。"董事长办公室在三楼最里面一间。杨浦一边上楼,一边整了整工装,并且下意识地捋了捋头发。他知道,这些年里,但凡裘胜荣约谈,那一定是有涉及杨浦的事要谈。

推开董事长办公室,杨浦亲切地叫了声:"董事长好!"

这是一间又大又宽敞的屋子,坐在硕大的办公桌后面的裘胜荣显得很瘦小,他正埋头看着什么。在办公桌背面墙橱里,除了书籍,还摆放着许多从各个矿山收集来的精美的金属矿石。裘胜荣有这个收藏爱好。屋子里烟雾缭绕。

杨浦在办公桌对面的椅子上坐下，看见裘胜荣案头那只像汤钵一般大的烟灰缸里已经堆积了不少烟头。

“同学聚会，有什么有趣的故事啊？”裘胜荣把瘦小的身躯背进椅背里，脸上笑着问。

杨浦知道这是句玩笑话，便说：“我在那儿待了不到半天时间，即便有故事也来不及发生啊。”

“不是请了四天假吗？”裘胜荣摘下老花镜，把手指间的烟蒂按进烟灰缸里，合上文件夹，“是不是受了什么刺激才打道回府的？”

老家伙可真是火眼金睛啊！杨浦回来有三天了，裘胜荣也没找他谈，是不是一直在观察着自己？杨浦笑笑说：“那个聚会没什么意思，挺无聊的，所以就决定回来了。”

裘胜荣今年快六十了。从外表看，尽管他坚持染发，一头乌黑的头发使他显得年轻了些，但脸上黝黑而多皱的皮肤，特别是松垂的下颌还是显出了老态。他中等身材，瘦弱单薄，但让人难以想象的是，就是这么一个人，当年在井下当掘进班长时，一年干完了别人十年的活儿，年年先进，后来当上了全国劳模，受到党和国家领导人的接见。他中专学历，从工人到技术员、科长、副矿长、副总经理、总经理，直到担任董事长、党委书记、总经理三职一肩挑，二十年时间里他可谓一帆风顺。早几年便一直有传闻他要退休了，或退居二线了，但也总是传闻而已。后来又听说，老裘要退，就是整个班子集体退，因为现在的班子都是他一手搭建起来的，年龄都与他不相上下。可这也总是传闻而已。也许正因为这种局面，跟杨浦一同提拔起来的其他几个总经理助理索性跳槽走人了，其中林义强就是第一个跳槽走人的，而今总经理助理当中，杨浦是“仅存的硕果”，用矿里人的话说，杨浦是马山矿业“唯一接班人”。

杨浦知道裘胜荣今天找自己来绝对不会是想了解他同学聚会的事。

“小杨啊，”他给杨浦扔过一支烟来，自己也点着一支，然后把打火机递给杨浦，“最近又有几个技术员跳槽走了，都是骨干，真是越来越不像话了，连声招呼也不打，说走就走！这些年里，我们是怎么培养干部，培养年轻人的？这样对待企业，这个企业还能搞下去，还能有发展吗？如果年轻人都只是一味地为了钱，为了待遇，一点不讲艰苦奋斗，不讲创业，不讲理想，不讲奉献，今后的国有企业还指望谁呢？”

裘胜荣在说到那几个“不讲”时，左手攥着拳头，在桌上一“不”一敲，杨浦被敲得一言不敢发，闷闷地抽着烟。

这个几千号人的老矿山，年年都是保本不亏的经营局面，干部员工都有不满情绪；老人走不了，新人上不来；要改革转机制，要一切适应市场，要让年轻人挑大梁，担重任云云，可谓年年讲，但年年还是老样子。

裘胜荣老谋深算的眼光在杨浦脸上扫了几遍，杨浦的沉默和对他目光的回避，在他看来就是一种消极的抵触。他要把话说透了。

“那个林义强你还记得吗？我认为就是他在马山矿开了一个坏头，起到了一个坏典型的作用。他就是那种唯利是图的人，是不能堪以重用的人！”裘胜荣说得一点也不含糊。杨浦很是意外，老头子今天怎么突然把林义强扯出来了？

林义强是当初马山矿业公司与杨浦一同提拔起来的三个总经理助理当中第一个跳槽走人的。他跟杨浦同年分配到马山矿业公司工作，学的都是采矿专业。在以后的交往中，他跟杨浦成了好哥们。他跳槽前，杨浦并不知情。他当时向矿里请假说是要回东北老家办丧事，说是家里有个老舅去世了，可是一去就是半年不归。直到有一天他开着崭新的奥迪车来到矿上，要请杨浦一拨人“在一起坐坐”时，真相才公开出来。这小子已经在一家私营矿山当上了总经理，年薪三十万（这还不包括年底股份红利和利润提成），日子过得很滋润。裘胜荣曾委托杨浦把林义强约回来谈过一次，那次谈话林义强毫不客气，当面对裘胜荣提出要他回来必须满足的条件：一是他林义强要当总经理，二是出行要配有专车，车的档次暂时可以不讲究，三是年薪要不少于二十万。袭胜荣本想对林义强先谈前途后谈事业最后谈个人价值实现，可是没有想到，谈话刚一开始，林义强就把他逼进死角，相当于被人家一下子点到了死穴；老头子半天说不出话来。林义强知道他开出的条件袭胜荣无法满足，因此他一点也不想耽误时间，起身走人，可是走之前他说的话，差点没把袭胜荣气到医院里住院去："马山矿这样搞下去，是没有希望的，也是根本留不住人的！"

袭胜荣突然话锋一转，对杨浦说："我相信你，小杨，你不是那样的人！你是我们马山矿可以信赖的人！马山矿交给你这样的年轻人，我们才能放心！矿业公司班子最近就要调整，你这回要进班子了，担任副总经理，分管生产和技术，组织上的考查都通过了，市委组织部和国资委最近就要下文。我已经向市里主管部门递交了退休报告，我这把年纪了，必须退下来！这些天，我也找了班子里其他同志谈了，要求他们跟我一块退下来，尽管个别人可能一时半会还有些想不通，但这是大势所趋，必须以矿业的发展和前途为重。小杨啊，你可就是全矿年轻人的风向标了，他们看着你，就是希望你将来带领他们把矿业公司做大做强，发展上去！你要做表率，做榜样啊！"

不知为什么，如此语重心长的肺腑之言，杨浦却一点也没有激动起来，即使得知自己马上就要担任副总经理了，似乎也没什么异样的感觉，好像早就应该如此，或者说理所当然。从他脑中闪过的算计是：副总的待遇将意味着他的收入在目前基础上增加百分之四十，也就是接近两万多。这离小兰要买房的目标还有多远？离买车的目标还有多远？还有明明的钢琴、钢琴课，还有小兰要做美容，买高档商品……

尽管只是一念闪过，杨浦还是很快在内心责问起自己：怎么突然就只想到了收入待遇呢？怎么就只想到钱，而不是其他的东西？——那一刻杨浦不明白的是，是自己的心志"堕落"了，还是自己原本骨子里就是一个世俗不堪的人。

第四章

华灯初上，平日里看上去显得灰头土脸的D市，仿佛瞬间改变了色调与节奏，显现出城市夜晚的浮华、奢靡，甚至有些放荡情调；柔和的路灯灯光与那些暴闪暴烁的霓虹灯相互交织，弥漫在夜空下，从街头到巷尾，那种刺激的暧昧似乎无处不在。

小兰领着刚刚放学的明明打车到了酒店门口，林义强已经等在那里。在包厢里坐定，林义强对小兰说，"咱们先喝点普洱茶吧。刚才杨浦打电话来，说还要半个小时才过得来。"小兰撇撇嘴："就他忙，挣那份死工资，还乐此不疲！"林义强说："人家现在不一样了，是副总经理了，担子重了嘛！"小兰摆摆手，意思让林义强别再说他，鼻腔里哼了声，表示不屑。林义强问明明要喝点什么，明明一点也不客气，仰着脑袋说："可口可乐，小瓶的。"包厢服务员站在旁边，都听到了，林义强冲她一摆手，意思是马上去办。小兰说："怎么没把小秦带来？不是说好一块儿来的吗？"小秦是林义强的妻子，过去也在马山矿工作，后来辞职做全职太太了，家也随之搬到了省城。林义强说："她啊，现在可忙了！"小兰问："怎么，小秦又上班了？"林义强笑道："上什么班，是忙着在省城装修房子呢。"小兰问："怎么，你们又换房了？"林义强说："她要折腾呗！一百五十平方米的还没有住上两年，这不，又换上二百八十平方米的别墅了！不过，这回可够她操心的，从设计到装修，她全权打理，声明不许我插手。其实，我还巴不得呢！"这几年里，因为有钱了，林义强这一家子，买房买车，又换房换车，还携妻儿欧洲游，几乎一直没有消停过。

林义强未跳槽前，他们夫妇与杨浦夫妇两家人经常在周末聚在一起吃顿饭，两家轮流做东。而现在，只要林义强回到D市，做东请客的就是他，即便跟杨浦拉来扯去，最后买单的还是他，这也一度让杨浦和小兰都觉得挺难为情。可人家林义强把话说得再明白不过：“我年薪从来不低于三十万（税后的），这还不包括年底几十万的股份红利；就是请客吃饭，我一年核定计划报销的招待费也不下十五万，我请你们一家子吃几顿饭，充其量也就是毛毛雨而已。”杨浦这下没脾气了，或者说，杨浦的脾气一下子被灭了，尽管是痛苦地被灭的。时间长了，林义强来D市打电话约杨浦一家出来吃饭，杨浦和小兰也习以为常了，甚至也心安理得了。

女服务员用托盘端着沏好的普洱茶和小瓶可口可乐走进来。明明拿上可口可乐噘着小嘴仰脖就咕噜喝起来，小兰看不下去了，说：“瞧瞧，都馋成那样！”要夺明明手里的小瓶，明明一扭身就跑到电视机那边，坐下，边看电视边喝着。服务员给两只杯子斟上泛着咖啡色，散发着丝丝苦涩气味的普洱茶。

林义强说：“嫂子，现在流行喝这普洱茶，说是美容、瘦身什么的，还能降血脂、血糖、血压的，神乎着呢！”

小兰显然没有心思品尝普洱茶。“义强，你跟杨浦是好哥们、好兄弟，你现在发得也可以了，也该帮帮杨浦啊！当初你跟他一样，可你一走，马上就活出了档次，杨浦呢，依旧是老样子。虽说现在刚刚当上了个副总经理，其实屁也不是，一年忙到头，就挣那么几个死钱，我们的日子啥时候才能改善啊！都说，你们这样的人现在是生活，我们这类人现在还仅仅是活着呢！我过去一直不想在你面前说这些透着小市民气息的话，可是这样下去，啥时候是个头啊！”

林义强淡淡地笑着，仿佛小兰要说的都是他意料之中的。他轻呷着茶水，慢条斯理地说：“嫂子，杨浦确实跟别人不一样，他是真能沉得住气，而且耐得住寂寞。你想想，这些年，马山矿跳槽的跳槽，考研的，考博的，反正能跑的都在想着法子跑，以杨浦的能力和学识，选择哪条道，他都可以远走高飞，可是他就是有那个定力，以不变应万变！"

小兰忍不住插话："我看他现在是变傻了，变迟钝了！"

"那绝对不可能，他是何等聪明的人！我过去一直认为他可能生来就是要干大事情的，因此才能那样稳得住，而且从容不迫。"

小兰冲林义强白了一下眼睛，"你可不要那么夸他，越是夸他，他就一直认为自己是对的，那么我们可能就要一辈子这样受穷下去。你还是想想能不能帮帮我们吧！"

"嫂子，我实话告诉你，我今天特意赶来请你们吃饭，就是想问杨浦能否赏脸做事的，说白了，你也可以理解为是想帮帮你们。"林义强显然有些无奈的样子。

小兰的眼睛亮了。"让杨浦做什么事，快说啊？"

林义强本来并没有打算对小兰说的，他知道这个女人当前急于求富的功利心理，更知道这件事在没有得到杨浦同意前说出去可能对杨浦产生伤害。林义强早就知道杨浦手头上有两三个专家资格的高工证书，现在周围矿山各项资质达标和评定，都需要专家鉴定通过。只要杨浦愿意，就可以利用业余时间，去周围这些矿山走动走动，或者干脆就在那些需要评审通过的各类表格上签上自己的大名，他就可以得到一笔可观的收入。

小兰的眼睛更亮了。"义强，你说，一般一次会有多少钱的酬劳？"这话让林义强当场语塞，因为这方面从来就没有一个确切的市场价位，一般要看各个矿主慷慨的程度，或者事先约定好的价位。小兰似乎也看出了林义强的为难："你就告诉我一般最低的价位吧？"

林义强放低了声音："一般不会少于二三千吧。"小兰"哦"了一声。显然这个价位也是出乎她意料的。

这个时候包厢的门开了，有重重的脚步声传来。林义强站起身，小兰极迅速地小声对他说:“咱俩刚才说的一切,你可千万不能对杨浦说啊——只当我什么也不知道。”

话音一落,杨浦就进了包厢,林义强马上招呼服务员上菜。他拿杨浦打趣道:“当上副总经理了,气色都不一样啊,是要干大事业了吧!”杨浦把外套在椅背上挂好,挨在小兰身边坐定,说,“少拿我扯咸淡! 说说吧,从省城赶回来请客,是不是又想给我们一家人打打牙祭,还是最近又发了什么横财?”明明看见爸爸来了,立即凑过来告状,说妈妈不让她喝可乐。杨浦轻轻拍了一下明明的小脸,说,“只要是你林叔请客,爱喝什么都行。”

服务员将菜一盘盘地端上来。杨浦抄起筷子就吃,看来是饿了。林义强说:“当上副总了,老朋友也该来贺贺吧。”杨浦说,“那好,这顿饭算我请了。”小兰呛上一句:“就你——还请客?”杨浦白她一眼:“我马山矿副总,请林大老板一顿饭的实力总还是有的吧。”林义强把酒倒上,举起杯,跟杨浦、小兰的杯子碰了碰:“闲话少说,好久没聚了,喝吧。”杨浦喝了一大口酒,嘴里啧啧有声:“义强,你今天打电话来那会儿,我也正想着要找你呢!”林义强顿感意外:“找我? 是好消息吗?”杨浦说:“差不多算是吧。”小兰插了话:“你能给义强什么好消息?”这话让杨浦顿生不悦:“这事不用你知道。”小兰怔了:“为什么?”杨浦顶了一句:“跟你不相干。”小兰噘起嘴,鼻腔里哼了一声:“我还懒得知道呢。”拿起筷子就往明明跟前的碗里搛菜:“明明,咱们快吃吧,吃完了,妈带你回家做作业,让你爸和林叔好好说他的好消息。”林义强的眼睛看着杨浦,他凭什么可以给我带来好消息呢? 他往杨浦杯子里斟酒,嘀咕一句:“你不会是蒙我的吧?”杨浦不置可否地笑笑。

等到小兰带着明明走后,林义强把身子靠上椅背:“说吧,杨浦,你给我什么好消息?”

杨浦这才把自己可能今年年底就要接班当马山矿一把手的消息告诉

了林义强。林义强满脸狐疑看着杨浦:“这是你的好消息啊,跟我又有什么关系?”杨浦说:“如果我当了董事长,那么总经理人选,我第一个想到的就是你。”林义强当即就摇头:“不可能!我没有兴趣!”“为什么?”杨浦感到很吃惊。“当年你不是一直想要当马山矿的总经理吗?你不是天天嚷着要改变这改变那,扬言要让马山矿的面貌焕然一新的吗?”林义强听了直摆手:“杨浦,都猴年马月的事了,亏你还记得!我怎么可能再回到马山矿去?再说,我也早就当上总经理了,只不过不是个国字号的罢了!”杨浦接上话茬:“你这就说到节上了,你那个总经理能跟马山矿这样的国有大矿山的总经理相提并论吗?”这话倒使林义强不以为然的神情变得僵木起来,他停顿了一会,似乎在考虑怎样驳回杨浦。过了一会儿,他摇摇头:“杨浦,我们今天不谈这个好吗?我觉得没有意思!”杨浦却不依不饶:“如果我坚持要谈呢?”“那我就把丑话说在前了!”于是,林义强就照直说了,“你能给我年薪三十万吗?你能给我一年十五万作为总经理个人招待费吗?你能无偿提供给我一套一百二十平方米的住房吗?你能给我配辆奥迪车作为我的私人用车吗?”杨浦的脸顿时就涨红了。他怎么就没有想到这些呢?他即便是担任了马山矿业公司的董事长,他能办得到这些吗?

“说话啊,未来马山矿的董事长?”林义强的语调不乏嘲讽的意味了。

杨浦把酒杯端起一口喝干。“我确实没有想到那么多,”杨浦的声音显得有些苍凉,“我只是想,那个马山矿寄托了我们太多的梦想。”

“拉倒吧,杨浦!”林义强突然不耐烦地提高了嗓门,“别说那些没用的!再提当年的那些梦想,我都有点害臊了!如今的人们都在追求什么,你难道一点认识都没有?还是故意熟视无睹?你现在还像个热血青年似的,难怪今天小兰说你……”

“小兰说我什么?”杨浦很警觉地反应,“是不是说我不会挣钱?她要住大房子?”

“小兰说你变傻了,变迟钝了!”话一出口,林义强就觉得失语了,他看出杨浦脸色变白了，是生气了，于是马上缓和下语气。“杨浦，你先别激动，我觉得小兰没说错，人活一世，谁不愿意自己的生活过得丰富精彩，谁不愿意享受更好的物质条件，倘若能够办到，为什么要拒绝呢？为什么不选择呢？”

杨浦不再说话，脸色随即阴沉下来。林义强拿着酒瓶给他斟酒，他知道杨浦其实过得并不称心如意，难得杨浦一有好消息还会首先想到自己。他放下酒瓶说：“杨浦，我过去一直不明白你为什么不跳槽？或者说，以你的能力和才学，读研走人也一点问题都没有，可你就是沉得住气，在马山矿一直熬到今天。现在我明白了，你一直想熬到马山矿董事长的位置上去，到那时再大展宏图，改天换地！其实，你错了。作为从那里出来的人，我太了解那里的环境，那里的机制——你是干不成任何大事的！我先前说的那些聘用我的条件，不是想挤对你，让你难堪，是想让你知道你的权力是极其有限的。那是个国有矿山，所有员工的工资发放及其标准，包括你个人的收入，决定权并不在你的手上，都在上面的框框条条里，这就决定了你难以做到以待遇留人；按国有企业的劳动关系，所有员工都是主人翁，你是仆人，这种劳动关系能搞得好企业吗？这种劳动关系，就决定了你不可能从根本上管理好这些主人们，反过来，他们一旦闹将起来，你就会人仰马翻；国有企业，既要讲经济效益，又要讲社会效益，还包括稳定压倒一切，还要扶贫帮困，乱七八糟的事，都要操心，都要亲自负责，都要签责任状，你说，那是个干事业的地方吗？且不要说挣钱了！”

酒桌上的气氛骤然间降至冰点。两个本以为愉快见面可以畅所欲言的老朋友，就这样陷入了观点迥然的僵局中。杨浦不再动筷子了，他一口接一口地抽烟。他是去年才学会抽烟的，不承想一旦抽上，居然一发不可收，每到心烦意乱、郁闷不平的时候，他总要抽烟，而且是狠命地抽。其实，他也知道越抽越觉得心烦意乱。

恭敬地站在一旁的服务小姐看到这两个人如此僵持着、静默着，不知是退出去好，还是继续无动于衷地站着好。她走到桌边："先生，要不要再上一瓶红酒？"她举着空了的干红酒瓶，目光从杨浦的脸上扫到林义强的脸上。林义强好像突然省悟了什么："当然要上，再来一瓶。"服务小姐出去拿酒了。林义强对杨浦说，"兄弟，我说得有点过了，你别介意啊。"杨浦摇着头，把手上的烟摇晃几下，好像是说他没有介意。林义强说，"我今天找你喝酒，其实是有消息要告诉你！"杨浦翻了一下眼睛，抬头看着林义强："什么消息？好消息，还是坏消息？要是坏消息就不用告诉我了。"林义强笑起来："是不是好消息，要看你的态度了。"杨浦愣愣地看着他，似乎这就是他的态度。

林义强这才把他的"好消息"说出来，他最后一句是："说白了，就是把你的专家身份亮出来，变成价值，变成金钱！"杨浦听明白了，但半信半疑地说："这事能做吗？要担什么样的风险？"林义强猜到了杨浦的这种反应，他用手点着杨浦："杨浦啊，我看你真是落伍得快要完蛋了！如今那些小矿山是怎么发展起来的？没有专家论证和评定，没有各种资质评审，它们能红火起来吗？那些小矿主大多没什么文化，对专业更是一窍不通，咱们科班出身，地上地下，都不含糊，没有咱们，他们行吗？他们能够踏实地挣到钱吗？"杨浦警觉起来："你的意思是说，他们出钱，咱们就以专家的假评审假论证帮他们'合法'？"林义强有点急了："你看看，你又较真了不是！咱们就是真专家，真专家就是真帮助。他们其实请的是矿山专业技术咨询公司，而我们就是这些矿山专业技术咨询公司的专家，是挂靠在咨询公司名下的专家，请咱们去，也是希望咱们真心帮助他们整顿提高，使他们的矿山符合安全生产安全操作的条件和制度，这不是相得益彰、两全其美的事吗？"杨浦突然镇定地问："为什么这种事要找到我？"林义强的脸色骤然变了："杨浦，你这话什么意思？难道兄弟我有拖你下水之意？我告诉你，我现在除了是私营矿山的总经理之外，还兼任着省内好几家矿山专业技术咨询公司的副总，挂名的专家多的是，我替你揽下这种活儿，首先是出于哥们的感情，其次才是觉得你现在这么屈才，能力和知识几乎处于浪费和空耗状态，兄弟我看不下去，想替你发挥发挥，三是在经济上对你也有所接济。不要清高了，杨浦！我告诉你，通过这种方式获得收入，既是公正的，合法的，也是体面的。这有什么不对吗？”以彼此之间的了解和友谊，杨浦相信，这些话林义强是发自内心的，是真诚的。他变得沉默了。服务小姐拿着一瓶干红进来了，林义强径直把酒瓶拿过来，对服务员小姐一摆手，让她出去了。他往杨浦的杯子里斟满酒，又给自己斟上。两人又碰杯喝起来。

“义强，你知道一个叫刘大鸣的人吗？”杨浦喝上一大口，问道。林义强迟疑了一下，显得有些惊怔：“你也认识刘大鸣——矿老大？”杨浦猜得不错，林义强果然知道刘大鸣。“何止是认识，他是我的大学同班同学！”杨浦说，“他当年为了能够成绩及格，拿到毕业文凭，还曾想贿赂我，那个时候他在我眼里根本就不入流。”“是嘛！”林义强显然感到吃惊，“这么多年，我可从来没有听你说过他。我过去也不知道这个人。离开马山矿后，才听说这个人牛气冲天，到处找矿买矿，一掷千金，出手大方。在私营矿山主中间，他的名气可大了，号称‘矿老大’。我的老板跟他接触过，据说是谈矿山合作开发的事，后来因为股份分配的比例谈不拢才告吹了。他来过我们矿上一次，几乎都没有正眼看我一眼，是个谱儿挺大的人物。据说现在他的个人资产差不多几个亿了！”“你知道邻县的岐山镇有座铜金矿的事吗？”杨浦问。林义强又愣了一下，神情越来越谨慎了：“我也是上周才听我的老板说的，是有一个储量惊人的铜金矿在岐山镇，而且探矿权和采矿权现在都在那个刘大鸣手里了！我的老板说起这事十分搓火，他也闹不明白刘大鸣什么时候跑到邻县来找矿探矿的，而且居然把一切都搞定了，据说这小子花了不少钱。”杨浦说：“义强，刘大鸣准备把岐山镇上的那座铜金矿交给我来干，年薪五十万——这还只是他征求我意见开的价。”“有这种事？！好事啊！”林义强睁大了眼睛，显然这事太出乎他意料了。杨浦把不久前参加老同学聚会的事说了，并且说到了刘大鸣想聘任自己的经过。“那你还犹豫什么？”林义强说，“刘大鸣何许人也，矿老大啊！跟你还是大学同班同学，这个交情可不是五十万就打得住的！”杨浦摇摇头：“你错了，义强，我到现在也没有给他回话。这不是什么清高不清高的事，是内心真的不情愿。不知为什么，要替刘大鸣干，我就觉得不对劲儿，觉得自己一定是出了什么问题。”林义强脸上又泛起那种嘲讽的笑意：“你这还是骨子里的清高！他刘大鸣过去在你眼里是无名小卒，大学里你是明星，是班长，是学生会主席，是团中央表彰的优秀大学生干部，所有的光环都罩着你，大家都仰视你，敬慕你，但那是彼一时，如今是人家的此一时了，人家现在发了，牛了，是大款了，是亿万富翁了，时势造英雄嘛，这有什么错？总不能让人家被你们这些昔日的优秀人士永远压着，你也该让人家扬眉吐气一把，时运也要轮回转嘛，你有什么放不下架子的？我觉得刘大鸣看上你，把那个铜金矿交给你来干，是慧眼识珠，英雄相惜。”杨浦把酒杯举起来：“好了好了，别再提刘大鸣了，他就是让我去往家里搬金子，我现在也还是没有兴趣——喝酒吧！”

不久后的一个周末，林义强亲自开车上门把杨浦接走了。这次去的是周边县城一个民营小矿山，身份上杨浦、林义强和另外几个从院校请来的老师都是省某矿山安全技术咨询有限公司名下的专家组成员，组长就是林义强。从小矿山的井上到井下，从作业现场到机械设备，一天查看下来，没有发现什么大问题，于是在会议室的论证评审会上，专家们便纷纷在几份文件上签上了各自的大名。当晚在小镇上的酒店里，各类山珍野味都摆上了桌，留着一撇油亮亮的小胡子的矿老板，挨桌敬酒，为表诚意，一口一大杯，身边的女秘书随即将红包递上，矿老板点头哈腰地感谢着：“不成敬意，不成敬意！聊表寸心，聊表寸心！”

回去的路上，林义强开车送杨浦。杨浦一上车，就把那个红包掏出来数了，三千块，整沓的崭新票子。就是说，这一天挣的钱就相当于杨浦一个月的收入。“这样挣钱，是不是也相当于明星走穴？”杨浦对林义强说，感觉像收了贿赂。林义强开着车，讥讽地笑笑。“还明星走穴呢，挣的还不如人家一个零头！这也不好比啊，咱们可是专家，挣的是专家的含金量——没有咱们这帮人的评定和确认，那个小矿山不到今年年底就要被关闭掉，还要被罚款！我告诉你，杨浦，这点小钱在矿老板眼里根本就不算钱，跟上面要罚他的款比，简直就是九牛一毛！本来说好的，是五千，结果到了酒桌了，矿老板这小子突然改口说要等相关证件发下来后，再补上另外两千——这个孙子！”

回到家里，杨浦就如数把三千块钱交给了小兰。握到崭新的一沓百元钞票，小兰当即就在杨浦满是疲惫的脸上亲了一口：“老公啊，你算是真的开窍了！告诉我，义强他们拿了多少？”杨浦坐在沙发上脱去裤子、袜子，准备洗澡去。小兰的话让他厌恶，他没有搭理她，径直去了卫生间。小兰数着钞票，自语道：“老公要是早这么做为，何愁房子、车子呢！”

杨浦站在淋喷头下，打开热水冲着。直到现在，他心里还是有些忐忑不安。他清楚地知道，今天检查的那个矿山事实上还是存在着不少安全隐患的，他在决定签字前的那一刻把林义强叫到会议室外面说了自己的看法，但林义强对他说，字是一定要签的，你反映的问题可以通过口头或书面的方式反馈给矿老板，让他以后整改。杨浦说，等到他整改好了，我们再来签字也不晚啊？林义强说，人家马上就要应付上面大检查了，请我们来，就是要先把上面对付过去！当矿老板的漂亮女秘书把红包递上他手时，他是犹豫的；他没有想到这种事会公开这么办。他注意到坐在对面酒桌边的林义强正看着自己，目光在暗示他立即收下钱，不要给后面的红包发放制造麻烦，其他人还在等着呢。自从那个红包揣进衣兜后，杨浦的心里就像吞下一只活苍蝇般难受而别扭。按照林义强的约定，这种事是悄悄地，不用公开的，而价钱却是事先谈好的，签完字就拿钱，交易即结束,叫“两清”。对于杨浦来说,只能利用周末休息时间出来做。热水淋在杨浦的头上,他闭着眼,一动不动,脑子里却摆脱不掉这样的自责:我真的是需要这样悄悄地,像干着偷鸡摸狗的勾当一样地去挣钱吗?

杨浦有一种失节般的懊恼。

第五章

一辆铿亮的黑色奔驰轿车徐徐开进小区，引来不少惊诧的目光。刘大鸣从车上走下来，抬头环视了周围的环境和破旧的楼房。他是凭着杨浦留在通讯录上的地址找到这里来的。此时接近傍晚时分，小区里下班回来的人好奇地驻足打量这个陌生的衣衫挺阔的有钱人。刘大鸣走过去问，杨浦是住这里吗？得到肯定回答后，他让司机把车在旁边停好，从车后备箱里拎出大包小裹的东西，就往楼上去了。

杨浦家在五楼。他按了门铃，小兰开了门。“你找谁？”小兰系着围裙，刚才正在厨房里做饭。刘大鸣说：“我是杨浦的大学同学刘大鸣，没有猜错的话，你就是杨浦夫人小兰女士吧？”一听刘大鸣，小兰顿时惊怔了片刻。她从丈夫口里早听说过了，这位就是所有同学里最有钱的，资产几个亿了。“快请进，请进！”小兰招呼着，解下围裙，去厨房关了灶具，忙着沏茶。

刘大鸣把大包小裹的东西放到一边，在狭小的客厅沙发上坐下，四下打量着杨浦的家。他之所以不给杨浦打电话，而直接闯到他的家里，就是想看看马山矿的副总经理的家里到底是番什么光景。一看便知，杨浦混得够惨淡的，家里没有任何高档奢侈品，一切都是极普通的，电视、衣柜、冰箱和这一套不足七十平方米的老式结构的房屋。自从提出要杨浦辞职来帮自己干，杨浦至今没有给他回话。他看到杨浦这个够寒碜的家，就觉得杨浦没有理由不选择五十万的年薪了。

小兰开了客厅的灯，把茶水放在茶几上，招呼刘大鸣喝茶，自己坐在旁边的椅子上。刘大鸣说："杨浦长我一岁，应该叫嫂子吧。"小兰有点不好意思："就叫小兰吧，杨浦的同学都这么叫。"想当年，杨浦能跟名牌大学的校花交上朋友，并最终把人家娶到手，在同学当中引起了多大的轰动啊，刘大鸣当年可真是羡慕嫉妒恨啊！他那个时候一心想追柳眉，可是纯情的柳眉却一门心思暗恋着杨浦，几乎没有正眼看过刘大鸣，直到杨浦跟人家美人小兰在校园里都手牵手了，柳眉这个傻姑娘好像也还是没有最后死心——这段遗恨至今都没有从刘大鸣的心里抹去。当年的那个仿佛高不可攀的大美人，如今就坐在眼前，面容憔悴，肤色泛黄，曾经风情万种的双眸也已不再清纯。此刻刘大鸣的内心竟为眼前这个女人的命运而有些伤感。气氛有点尴尬。刘大鸣赶紧把目光从小兰那里移开，说："嫂子，这房屋也够年头了吧，也该换换了？"一听问到房子，小兰便阴下脸："你就别提房子了！为房子的事，我跟杨浦吵过几回了。上个月我在新世纪预订了一套一百五十平方米的，我还是托熟人把那个房型和楼层，包括那个好地段搞定的，可是杨浦一听要首付二十万就坚决反对，说是要等到有钱的时候再说，我对他说，等咱们有钱了，那个房子早没了，房价天天在涨，而你杨浦的工资却没涨，何时才是你有钱的时候呢？为这事儿，我至今还跟他怄着气呢。"刘大鸣来了精神："现在那套房子怎么办呢？"小兰愁眉苦脸道："还不是悬在那儿。人家说了，到了年中，不把首付交了，就要把房号收回去。这些天里，我正打算找人借钱呢。""借钱的事，杨浦知道？"刘大鸣故意轻描淡写地说。就这么几句对话，刘大鸣对眼前这个他叫嫂子的女人的性格和心事，已掌握得十有七八分了。小兰说："知道不知道，反正他都不管了。你们是同学，应该了解他的脾气，他不同意的事，你就休想让他改口。反正，我是打定主意要买下那套房子的。"刘大鸣突然站起身："嫂子，我把手机忘在车里了，我出去一下。"

刘大鸣下了楼，来到那辆奔驰车旁，把司机叫出来，吩咐道："去，赶紧去银行，给我弄二十万现金。”他从衣兜里掏出几张金卡：“这几张卡上都有钱，看看就近是哪家银行，就用哪家银行的卡，快去办吧。”

杨浦今晚在矿里值班，刚在办公室里捧起盒饭准备吃时，小兰的电话来了，说刘大鸣到家里来了。杨浦吃惊不小，他要小兰把电话交给刘大鸣，他要跟他说话。小兰说，刘大鸣说是下楼拿他忘在车里的手机去了。杨浦说，那好吧，等他再上楼来，让他打电话给我。

约莫一刻钟光景，刘大鸣的电话果然打了过来。“喂，老班长，是不是躲着我，不见我啊？都这时辰了，还不把家还？”杨浦冲着电话叫道：“你混蛋吧，来了怎么也不提前说一声？”“咱们老同学，犯得着那么正规其事吗？”刘大鸣握着手机，一边说一边看着站在旁边样子显得有些手足无措的小兰。杨浦在电话里说：“大鸣，今晚我在矿里值班，回不来呢。”刘大鸣接上话：“那我也上矿里陪你值班吧，晚饭也给我备一份。”杨浦忽然想起了什么，压低了声音：“大鸣，你可没有把我们之间的事对小兰说吧？”刘大鸣也有些变色，眼睛看着旁边的小兰说：“你什么意思？”“就是让我辞职去你那里干的事——这是咱俩之间的秘密，可不能对小兰透露啊！”杨浦低声强调着。刘大鸣故作镇定地笑了两声：“放心吧，老班长，我半个字儿也没透露！”“那好吧，你要是真想见我，那就上矿里来吧，我给你备份盒饭。”

刘大鸣挂了手机，将手里一个沉甸甸的黑塑料袋递到小兰的手里。“嫂子，这是二十万现金，你明天就去把首付交了。”小兰惊喜交集：“什么——二十万现金？！你从哪儿弄来的？”刘大鸣：“这不用你管了，反正是我的钱，你放心去交吧。”小兰：“你跟杨浦说过吗？”刘大鸣：“杨浦他会找我借钱吗？他那个人，你不是比我更了解他吗？”小兰突然想起了什么：“那我这就去给你打借条。”刘大鸣不想跟眼前这个女人耽误时间了，他对小兰说：“这钱你不用写下借条，对谁也不用说，包括对杨浦也不能说。至于什么时候可以说，你会知道的。”小兰一下子慌了，忙把黑塑料袋退回到刘大鸣手里:“那这钱我不能收。”刘大鸣索性将那只装钱的黑塑料袋扔到沙发上,扭身就走了。

杨浦挂了手机,拿起桌上的电话给食堂打过去,让食堂再准备一份盒饭。他把自己刚刚吃了两口的盒饭重新合上,等刘大鸣来了一块吃。他其实已经猜测到,刘大鸣这次来一定是要他表态:辞职跟他干,还是不干。

天黑后就淅淅沥沥地下起雨来。刘大鸣赶到马山矿时,雨下得更大了,黑暗的天空不时夹着闪电和雷声。杨浦站在办公楼门口迎接他:“刘大老板大驾光临,有失远迎啊!”刘大鸣从车里跑进门来,身上淋了半湿。他推了杨浦一把:“赶紧弄口饭给刘大老板吃吧,还远迎什么。”杨浦把桌上的盒饭合上。“走,到食堂热热吃吧,饭菜都凉了。”两人冒雨小跑着到了食堂,在里面专供领导用餐的小包间里坐下来。杨浦对食堂的师傅说,重新弄两个菜吃饭。刘大鸣说:“要不要喝两杯,我车上有茅台、五粮液,还有 XO,都是正宗货。”杨浦说:“你留着喝吧,值班不准喝酒。”看来是都饿坏了,两份饭就着两盘小菜三下五除二就吃完了,彼此似乎没来得及说上话。刘大鸣说:“这顿饭吃得可真是香啊,几年都没这种感觉了。”杨浦说:“要不要让食堂再弄两份来?”刘大鸣说,“炒个蛋炒饭吧,多放些鸡蛋。我现在特想吃这个。”杨浦就吩咐食堂去做了。刘大鸣掏出中华烟,扔一支到杨浦面前,自己咬上一支,然后用打火机先给杨浦点上。“老班长,知道我来看你的意思吧?”刘大鸣点着烟,把烟雾从嘴里吐出来。“算算日子,我等你消息都过去快两个月了。”

杨浦不自觉地起身将门掩上。外面风雨交加,电闪雷鸣。

“大鸣,跟我说实话,你要聘用我,是出于老同学的情义,想帮我改变一下境况,还是你那个矿山真的需要我?”杨浦坦率地说。刘大鸣摇头:“此话差也!老同学的情义肯定有,这是毫无疑问的;至于说到帮助什么的,就扯远了。你杨浦是何许人也,还要我来帮助?你的才华、能力是公认的,这也无需我评说什么。我只是觉得以你的能力和才华,在这个国字号矿山是太屈才了，到我那儿去，你完全可以放开手脚来干！"

这时，蛋炒饭送进来了，杨浦用眼神示意他一下，刘大鸣赶紧止了口。一人一大碗，还配了两小碟辣酱和豆腐乳。蛋炒饭上散落着一层青绿细碎的葱花，那股子香味从油亮亮的米饭和黄澄澄的鸡蛋里散发开来。两人把未吸完的烟扔了，操起筷子又吃起来。刘大鸣说："人他妈的就是贱，平日里大鱼大肉、山珍野味都吃腻了，吃什么都提不起精神，可一到饿极了，吃嘛嘛香！"

重新掩上门，刘大鸣接着刚才停下的话头："杨浦，我觉得你应该没有理由拒绝我，不论是投资、规模、产能，还是装置和设备水平，不出十年，我的岐山镇铜金矿都将超过马山矿，而且我告诉你，岐山矿已经探明的地质储量，至少够我开采百年——这难道不是你大显身手的舞台吗？"气氛静默下来，刘大鸣压低了声音，"是不是认为我是民营矿山？身份上不响亮？将来的发展空间有限？"杨浦停下筷子，看着刘大鸣，慢慢摇了摇头。他把自己可能年底就要接掌马山矿一把手的情况说了出来；他本不想这么做的，只是刘大鸣的话太强势了。但刘大鸣没等杨浦说完，就打断道："那好吧，你现在就是马山矿的董事长了，这能意味着你真的就能干好了吗？兄弟，我也是从国有矿山出来的，想在国有矿山干事，是你说了算的吗？这里面的问题，我今天一点也不想跟你探讨。我只说一个事实：你这个董事长，年收入能有五十万吗？其他的待遇和条件，我暂且不说——你不要拿眼瞪着我，你也千万不要跟我说什么钱不重要，关键是事业什么的！你必须跟我承认，钱对你来说，是重要的，甚至是非常非常重要的！说白了，钱，难道不是衡量你的价值和能力的一个杠杆吗？"

刘大鸣这一通话几乎将杨浦逼得无话可说；杨浦觉得心里很乱，又无言反驳，好像要说的都已被驳斥得体无完肤，他要强行说出来，似乎就是强词夺理，就是牵强附会。在杨浦内心深处，对于刘大鸣，他是有心结的。大学时代，成绩平平的刘大鸣始终不在杨浦的视线中；他甚至想过，像刘大鸣这种人能够进入大学，可能纯属机遇巧合。刘大鸣来自贫困偏僻的鄂北地区的山村，说着一口极其难懂而又拗口的所谓普通话，人也长得有点贼眉鼠眼，成绩从来都是班里倒数。就这么个人，从大二开始，就在早晚的校门口摆地摊，什么能赚钱就卖什么，甚至包括女生的发卡、卫生巾之类。那个时候社会上流行一个新名词，叫“经济动物”，杨浦觉得用在刘大鸣身上真是恰如其分。从那个时候起，杨浦似乎就断定自己这辈子跟刘大鸣是两股道上跑的车，自认为在人生态度、理想和价值观上都与他难以苟同。他与刘大鸣之间始终保持着距离。谁曾想到，仅仅十几个春秋，身价过亿万的刘大鸣居然要来招安他，收编他，置他于掌控之下！这是杨浦做梦也不会想到的。然而，事态似乎却在不可遏制地朝这个方向发展。

屋外仍在一次次地电闪雷鸣，屋檐下和屋顶上一片密集的沙沙雨声。两个人突然就僵持住了，一个像狩猎者在等待着期盼的猎物掉进陷阱，另一个作为猎物正竭力企图四处逃窜和突围。杨浦似乎就要妥协了，他抬眼看着一脸镇静的刘大鸣说：“能不能在不辞职的前提下，去你的矿上兼职，不公开的，我提供支持？”

杨浦尚未说完，刘大鸣已经摇头了，而且手势与脑袋的摇动是一致的：“不行，绝对不行！你必须辞职，假如你要当我的总经理的话。”

刘大鸣的态度和口气都是不容挑战或讨价还价的。

正说到这里，包间的门被突然撞开了，一个被湿漉漉的雨衣包裹的年轻人站在门前，惊慌失措地叫道：“不好了，杨总！井下可能透水了！”

杨浦面色大变，立即起身就走，那一刻他根本就忘掉了刘大鸣。

第六章

翌日，下了一夜的滂沱大雨终于停歇下来。杨浦在值班室里脱去一身泥水湿透的工装，在里面一间小浴室匆匆淋浴了一下，出来换上衣服，就用电话向矿办要了车。今天是周末，他要赶回家里好好睡上一觉，他觉得自己疲乏至极。

这一夜，对于马山矿和杨浦来说，真是险象环生，惊心动魄！

当杨浦把刘大鸣丢在食堂包间里冲出去的那一刻，整个马山矿各系统、各中段的生产管理，其实是处于失控的真空状态。好在这个过程仅仅几分钟！

杨浦跑进矿部生产调度室，里面聚集了不少人，个个神色恐慌。杨浦要求立即打开所有视频。“我要看各中段的视频！现在——立即！”他大声命令道。“大巷的，掘进坑道的，水仓和泵房的，炸药库房的，还有通风巷道的！”调度大厅里突然安静下来。墙壁上的大屏幕立即闪现出井下各中段、各要害部位此刻的真实情况。杨浦的眼睛仔细搜索着视频每一个画面和细节，他的心其实在狂跳着；他知道，他现在的决策事关当班的几百名矿工的生命，还有许许多多的机械设备，他一分一秒都不能耽误。

“所有调度人员听令！”杨浦看完了全部视频后，正式在大厅里部署抢险方案。“从视频情况看，透水是发生在井下四百米中段，其他中段的情况尚属正常，因此第一，立即通知井下各工区停止生产，将所有工段人员全部撤离，副井、措施井，所有提升井安排提升撤离人员，四百米各中段人员优先提升，关闭所有中段防水紧急阀；第二，各工区各单位所有值班领导立即赶赴生产现场，亲点当班所有职工，统计完整人数，报矿部，不准有一个遗漏，负责确保全部安全撤离；第三，立即启动井下各中段所有备用水泵排水，四百米中段要突击排水；第四，立即通知救护队和消防队所有当班人员和车辆在副井口集结待命，做好应对紧急不测的准备；第五，所有要害岗位，如炸药库、变电所、压风机站的人员必须坚守岗位，何时撤离由矿部决定；第六，立即把情况向裘董事长汇报！”

杨浦坐镇调度室指挥。一部部紧急电话将他的指令像神经末梢一般迅速传遍矿区。他一边观察着墙壁上大屏幕视频的每个画面，一边用那部处理突发紧急情况的红色电话进行现场指挥调度。窗外，闪电不时把道道蓝光映射进来，雷声过后，便是急促狂倾的雨声。

时间在一分一秒地过去。情况看来没有预计的那么糟。一线报告：所有工段人员已基本撤离到安全地带，机械设备和要害岗位目前全部正常运行。这个时候，裘胜荣的电话打来了，杨浦向他汇报了情况。裘胜荣说他就在来矿里的路上，其他矿领导也在从各路往矿里进发。

杨浦松了一口气，要求立即备车，他要去一线看看。杨浦乘车直奔副井口，他看到闪动着警示灯的救护车和消防车都停在甬道旁，处于待命状态；从井下撤离的人员正在清点人数，分批往各工区集结。他来到井口候罐大厅里，这里聚集了许多刚刚从深井里提升上来的矿工，一个个满身泥水，神情不安。杨浦当场要求一名矿工脱下矿帽、矿灯和胶鞋，让他换上，随即带着两名调度人员乘着罐笼就下到井底去了。

首先到了三百米中段，这个中段最后一批撤出来的矿工拥聚在井口等待乘罐笼上去，这时看到杨浦副总下来了，紧张的气氛立即有所缓和。杨浦冲大家说了几句话，要求大家不要紧张，情况正在好转，所有人员要按秩序乘罐，老师傅先上。说完就往深巷里走。

在杨浦的记忆里，有关地质资料和最近勘探的结果都表明，负四百米中段没有大的地下水源存在。怎么会突然就出现透水了呢？而问题就应该出在三百米与四百米之间的矿层中。从空无一人的三百米各巷道和矿场一路查下去，也没有异常迹象，于是他决定从盲井人行梯直接往发生透水的四百米中段进发。到了四百米巷道里，这里人员已全部撤完，显得寂静可怖。深巷里一股股混浊的水流涌出来。越往深处走，水的流速和声响就越猛也越大。跟随其身后的调度员忍不住拉住了他："杨总，我们还是撤回吧，等明天看看实际水量再查看吧。"杨浦转回身对他们说："你们在井口等着我，我一个人进去看看。""那可不行！"调度员说，"万一……我们负不了责任！"杨浦正色道："这是命令！我负责！"他举着矿灯继续往深巷里淌去。

巷道里的流水渐渐淹没胶鞋的半截，很快就掩过了膝盖，冰凉的地下水钻进胶鞋内，杨浦打了几下寒战。这种凉意使他立即意识到这确实是存积于地壳深处的水。他把矿灯照在水面上，发现水已不再混浊，而是越来越清了，越往深处走，水则越变越清。当水淹没到他腰际时，他明显感到水流已没有最初的猛劲了，一股股暗涌也显得疲软，似强弩之末，这就是说，这一定不会是一场大规模的透水，可能很快就将结束。他决定继续往深处走，他要找到透水的源头。

不知熬过了多少漫长的时间，当深巷里终于亮出一束雪亮的矿灯灯光时，两个一直守候在四百米井口的调度员，几乎喜极而泣，大声喊着："杨总——！杨总——！"并用矿灯光向里面晃动。而杨浦似乎比他们更激动，更喜悦："太好了——！只有一个透水源——！紧急状态可以解除啦——！"

杨浦回到家里，小兰带着明明出去了，茶几上留着纸条："老公，我跟明明今天去新世纪看房子，中午去我妈家吃饭。小兰。"看房子？小兰借到钱了？还是把这套老房子作抵押贷了款？首付交了？这事小兰现在已不再跟他商量了，因为一商量就争吵且没有结果。“没有钱交，看什么房嘛！”杨浦嘀咕一句，把纸条扔到一边。女人也真是奇怪，明摆着是买不起的东西，却偏偏喜欢，爱去看，爱去想，愿意受那种得不到却刺激着且还乐此不疲的折磨。有几次一家人逛商店，那些高档商品绝对是买不起的嘛，但小兰就爱在那儿转悠，还想试试，杨浦就看不惯，说她，小兰立即反驳：买不起，看看还不行吗！这回新世纪的房子，小兰可能也是“买不起，看看还不行吗”。杨浦去厨房看了看，小兰没做早饭，她是带明明上街吃去了。算了，不吃了，赶紧睡去吧！杨浦这样想，也真是觉着自己困倦得不行了。

刚刚在卧室脱下衣服准备睡下，手机响了，是林义强打来的。他对杨浦说，他开着车就停在楼下等着杨浦一块儿走啊。杨浦一时丈二和尚摸不着头脑：“走，上哪儿去？”林义强说：“怎么，忙糊涂了？不是事前说好的事吗？”“什么事前说好的事？”杨浦还是不明不白。林义强恼了：“你把门开开，我上你家来说。”林义强上了楼，进了屋子。杨浦穿着单衣，趿着鞋，让林义强就站在客厅说。林义强瞪着眼，就一股脑说了出来。

原来是说好这个周末，要去一个名叫南山矿的私营矿山搞安全系统工程评估论证。矿主是个浙江商人，林义强领着他还上门来过，送了不少土特产，说是上面的检查验收马上就要开始了，因此事情比较急。当时杨浦是答应要去的。“你怎么能变卦呢？”林义强拉下脸说，“那个浙江老板都已经在龙潭山庄替我们订下了房间，今晚还有不少娱乐活动呢！”杨浦只好如实相告。昨晚马山矿一场透水事故，险些酿成大祸，自己忙了整整一夜没合眼，又惊又吓，这会儿两个眼皮恨不得用火柴棍撑着才不至于合上，今天是真的去不了！林义强看了看杨浦布满血丝的眼睛，也就没再坚持，他从公文包里掏出一沓材料，并拿出笔递给杨浦，说：“你在这上面签个名吧。”杨浦把材料扫了一眼，是矿山安全评估论证报告。“这个不合适吧？”杨浦说，“我人都没去看，根本就不知道具体情况，就签上名？”林义强说：“你不去，不还有我去吗？还有其他专家去吗？叫你签，你就只管签吧。”穿着单衣的杨浦这会儿冷得有些瑟缩起来。“好吧，我签。”签完名，林义强把材料和笔放进包里，随手抽出一个牛皮纸信封塞进杨浦手里。“快去睡吧！做个好梦！”转身就出去了。那个信封里装了五千元现金。

仿佛在一夜之间，杨浦就成了D市家喻户晓的人物，这是完全出乎他意料的。当D市电台、电视台及报纸和网络媒介的记者蜂拥而至马山矿时，杨浦根本就不知道一场针对他本人的宣传策划已经拉开帷幕。

周一上班，杨浦刚走进办公室，矿政工部的同志跟着就进来告诉他，有新闻记者要采访他。杨浦意外得很，他自嘲地笑笑：“搞错了吧，应该是采访裘总的吧？”以往马山矿的采访就是裘胜荣一人的事。杨浦到里面房间换工装，好像在自言自语：“采访什么？我有什么可采访的？”杨浦完全不以为然。但等他出来时，眼前的阵势使他惊怔了。

他的办公室里竟然聚集了一大群人，他一出现，闪光灯就频频闪亮起来，接着一只只麦克风直顶到他的面前——

“请问杨副总，井下透水事故开始时，你在干什么？有事前的预案吗？”

“在没有查明真实情况之前，你是否想过，到透水现场会有生命危险？”

“对你来说，是事业重要，还是家庭妻儿更重要？”

“请谈谈你对这座国有老矿山未来发展的看法？”

“听说，你曾经在大学时就是团中央表彰的优秀大学生干部，那么现在你又如何看待未来的仕途？”

杨浦被闪光灯晃得几乎睁不开眼，一时间，他完全蒙了。他必须立即逃离这个现场。他挤开人群，赶紧换上胶鞋，往头上扣上矿帽，说：“我正要下井去处理一些问题，没有时间接受你们的采访。”他往门外走，但被他们围住了。“杨副总,你一定要说明一下,你处理这次事故心里的真实想法?”“我们想知道,事故过程中你是怎样想的?”杨浦推开了面前的麦克风话筒:“我只能告诉你们,那天正巧是我值班,所以处理这个事故就是我的本职工作,没有你们说得那么玄乎。”

杨浦这一天都躲在了井下,直到天黑后才乘罐笼来到地表,回到自己的办公室。他从抽屉里拿出手机,打开,看到许多未接听电话,其中裘胜荣的最多,里面还有他发来的短信:“今晚上我家来,我有话跟你谈。”杨浦给小兰打了电话,告诉他今晚回来要晚点儿,他要去裘胜荣家,晚饭就在矿里吃了。

杨浦来到裘胜荣家时,时钟刚过了八点。裘胜荣跟老伴坐在客厅沙发上看着电视剧。裘胜荣夫妇有一儿一女,都在外地工作,家里就老两口,住着这套两室一厅不足七十平方米的老式结构的房屋,房型几乎跟杨浦住的那套一样,家具、电器什么的,都是二十世纪九十年代前期的东西。杨浦刚分配到马山矿的那年春节第一次来这里时,根本不相信,堂堂一位国有大型矿山董事长的家竟然如此寒碜简陋。看到杨浦走进来,裘胜荣老伴立即起身热情招呼,忙着沏茶。裘胜荣用遥控器关了电视,用手拍拍身边的沙发,也就是他老伴刚坐的位置,示意杨浦就坐到那里。杨浦只好在他身边坐下。裘胜荣老伴把沏好的茶水放到茶几上,就说要去卧室继续看连续剧了;看得出,老伴知道今晚老裘对杨浦有重要谈话。

老伴一离开,裘胜荣就开门见山地批评杨浦,今天不该采取那样冷漠生硬的态度回避新闻记者的采访,他直言相告:这次采访的幕后导演就是他裘胜荣。他之所以要这样做,是担心杨浦的“接班”落空。他的退休报告交上去后,据说市里正在酝酿另外的人选,是国资委的一个副主任。裘胜荣便去找了国资委的领导和分管市长,可他们就是不给他透底儿,反倒告诫他,谁来接他的班是组织上考虑的事,要他相信组织!老裘不能容忍马山矿未来的董事长是个“空降兵”,而让一直有这个能力接任的杨浦空等一场。现在，透水事故发生了，由于杨浦的果断处理，不仅没有出现任何人员伤亡，而且还挽回财产损失，矿山很快就恢复了正常生产，他觉得这个时候真是天赐良机，把杨浦的事迹宣传出去，造成声势，说穿了，就是为杨浦正式接班推波助澜。他今晚找杨浦来，就是要求他态度端正，接受采访。

这样的良苦用心和推心置腹，让杨浦左右为难了。杨浦其实是个低调的不事张扬的人，尽管他骨子里的虚荣心坚硬无比，但他内在还是比较抵触媒体的那种多少有些浮夸的虚荣。何况那天值班处理透水事故，在他看来，也并不算是什么惊人之举，而一旦被媒体宣传出去，就难免有夸大不实之处，到那时岂不是把自己一直精心保护着的名声搞臭了吗？更何况，自己现在时常以“专家”身份出入周边那些私营小矿山，其实是冲着人家的红包而去，这等“见不得阳光”的事一旦因为自己的“先进事迹”而连带一并被抖搂出来，岂不是自取其辱？

屋子里一下子变得出奇的静默了。隐约听得见，裘胜荣老伴在卧室里发出的开心笑声，显然是电视剧里的人物逗乐了她。裘胜荣从茶几上抓起烟盒，从里面抽出烟来递给旁边默不作声的杨浦；他知道这个年轻人正在痛苦地考虑着是否接受自己的建议。杨浦接了烟，裘胜荣接着用打火机给他点上，态度恭敬得让杨浦有些不知所措；杨浦注意到裘胜荣一双深陷的老眼正看着自己，那里面既有期待和信任，也有酝酿中的不满和愤怒。

杨浦在内心里妥协了，他开始点头，边点边说：“好吧，好吧，我接受采访就是了。”

裘胜荣这才放声笑出来：“哈，好样的！年轻人，这就对了嘛！”

第七章

一周以后，一个崭新的像耀眼的明星般的杨浦，在 D 市各大媒体上闪亮登场，舆论很快呈铺天盖地之势；报道中的那个杨浦，临危不惧，沉着从容，处险不惊，奋不顾身，果断勇敢——这些显然夸大了事实的报道，很快就对杨浦造成了心理压力。他觉得自己过去好像一直在后台默默无闻，忽然之间就被人推到了色彩炫目的前台，一举一动都备受关注了。他几乎不再有勇气走到街上，凡是投向他的目光都使他紧张而谨慎，即使在单位里，同事们见面的眼光和表情似乎都深藏别意，似乎都在疑问：这个平日里沉稳低调的杨浦这回搞这么大动静究竟要干什么？不就是要接裘总的班嘛，也无须非要将自己的形象编造得那么伟岸高大，俨然一个时代英雄一般！

尤其令杨浦始料不及的是，这些报道居然在自己家里引起了轩然大波。

这天下班回家来，客厅里亮着灯，小兰坐在沙发上正神情严肃地看着自己，那眼光像在看着走进来的一个陌生人。她面前茶几上摊开着 D 市日报，杨浦不用看也知道那张报纸上整版刊登着他的先进事迹的长篇通讯。平常这个时候，小兰差不多已将晚饭做好，摆在厨房的桌上，明明会随着他的进门便叫唤起来：爸爸回来了，可以开饭啦！特别是最近一段时间里，杨浦发现小兰变了，变得愉快活泼，甚至温柔体贴了；在床上也变得主动多了，以往都是杨浦在上面，现在小兰要主动在上面，而且手法细腻，情欲绵绵，使得杨浦的高潮酣畅淋漓。在家里，小兰的埋怨也少了，面容也光亮起来，做饭的时候，甚至还在厨房里轻轻地哼唱起当年流行的港台老歌。对待明明也和蔼亲切了，即便明明闹一闹，她也变得耐心多了。杨浦忍不住问过她是发了一笔大奖金，还是要晋升了？小兰看着他，诡秘地笑着，不回答。杨浦冷不丁地问："是不是那套大房子买下了？"小兰当即愣住了："老公，你怎么就猜到是房子买下了？"杨浦扯了一下嘴角："你那点心思谁还猜不透？！告诉我，那首付的二十万从哪儿弄来的？"这个她不能说，她跟刘大鸣有过约定。小兰说："你到时候就会知道的。"杨浦觉得蹊跷："假如我现在就想知道呢？"小兰索性说："那也不会告诉你。你就慢慢猜着吧。"

可今天家里似乎有点气氛不对劲儿。杨浦把外套脱下挂上衣架，伸头往房间里看看，明明放学回来了，正一声不吭地在台灯下写作业。往厨房看，桌上什么也没有，就是说，小兰到现在晚饭还没做呢。今天这是怎么啦？要出去吃饭？是不是老公成了明星了，要庆贺一下？杨浦坐到小兰身边的沙发上，他注意到小兰那种严肃得有点怪怪的目光始终在关注着自己。

杨浦打趣地说："是不是为了学习老公的先进事迹，连晚饭也不用做了？"杨浦伸出右手臂想亲热地搭上小兰的肩膀，但被小兰用力推开了。小兰指了指茶几上的那张报纸："你告诉我，报道上说你一个人沿着齐腰深的水流逆向往巷道里蹚进去，说是一定要查明透水的水源——这是真的吗？"杨浦扬了扬脑袋，有点自鸣得意的样子："当然是真的！像你老公这样的，才是英雄本色嘛！"小兰就是这个时候突然发作起来的。她抓起茶几上的报纸，当场就撕碎了它，重重地扔到地上，接着几乎跳起身子，像个决定开仗的斗鸡般冲着杨浦就数落开来："我不要！不稀罕！我，还有明明——都不要——不稀罕你这样的英雄！你这种行为叫英雄吗？叫不负责任——对我，对明明，对我们这个家不负责任！你在那个不顾性命的时刻，是否想过我，想过明明，想过这个家？你这样做，像一个负责任的丈夫吗？像一个负责任的父亲吗？”

两串泪水从小兰的眼睛里滚落下来。明明从房门角惊恐地探出小脑袋，她不知道发生了什么事。杨浦如坠雾中，脑子里马上乱成一团，但他内心却在如实坦白：小兰说得没错，那个时刻他确实没有想到过她们！不，不仅仅是那个时候，是他工作的时候几乎从来就没有想过她们母女！那他都在想些什么呢？

杨浦在闷头抽烟，他的沉默其实就是默认。这默认无形中在加强着小兰的愤恨。“今天在班上，我们科室里的人都在议论，说我丈夫这才出名了，是个英雄什么的……我还不相信呢，认为那一定是报纸上瞎编的，想想我丈夫杨浦是何等精明强干的人，他能去做那种不管不顾、不要性命的傻事？他能为了所谓荣誉和他的事业，就把他妻子女儿都抛到脑后？可是，可是你——杨浦，就是那样的傻蛋！”

“小兰！”杨浦有些坐不住了，“你说够了没有？说够了就赶紧做饭去，我跟明明都还饿着呢！”明明立即在房门口那儿接了话：“妈，我早就饿了！”小兰径直过去一把将明明推进房里面，关上门：“饿什么饿，饿死拉倒！”看来，她今天是要跟杨浦好好发泄一场，“杨浦，我今天非要把话跟你说明了，你那样做，到底图什么？你不想说我也知道，是你的事业吧？是老裘退休后那个董事长的位置吗？但我要告诉你，我一点都不稀罕，甚至把那一切都拱手送给我，我都不要！为什么？——不值得！”

“够了，小兰！”杨浦把烟头拧灭在烟灰缸里，从沙发上站起身；他内心的莫名之火正在往上蹿蹿烧着。他觉得小兰今天的恶语相向和穷追猛打，就是要彻底羞辱他，打击他的自尊心和他心底最后一块隐秘所在。他不能听任她这么干下去。“你不要把话说得那么难听，那么刻薄，那么庸俗！事情发生过了，我以后会注意自己安危的，你没必要发那么大的火。我如果真是像你说的是那样一个傻蛋，那么一个心术笨拙的家伙，那你当初嫁给我，岂不是冤大了吗？”

这句不经意从嘴里溜出的话，一下子就重新燃起了战火。

“杨浦，你终于认识到我冤大了啊？”小兰逼近到杨浦跟前，两人的架势像是随时准备开战，“嫁给你，我不冤吗？你给我，给这个家，带来过什么？我们仅仅是活着，而且是紧紧巴巴地活着，你知道吗？别的家庭，别的男人如今活出了什么样的风光，你是看不到还是装糊涂，还是自己根本就没那个本事去挣，你自己心里不清楚？”

这些话像刀子般直插杨浦的心窝，且立即就见血了。“那你想怎样？”杨浦不依不饶，“你现在还可以做出选择嘛！”话一出口，杨浦就后悔了；他看到小兰的脸色一下子就变白了，双眼睁得奇大，好像刚才两人吵着争着都是闹着玩的，但现在才是来真的了！

“你什么意思，杨浦？你是不是想？”那两个字小兰没有说出口，但杨浦意识到了，“好吧，杨浦，你想好了，我随时听候！”小兰说罢，扭身走进卧室，不多时背着一包衣物，牵着已经吓哭了的明明，摔门而去。

小兰领着明明走后，家里一下子死一般沉寂了。杨浦坐不住了，家里这种沉寂令他窒息，他觉得有些透不过气来。他要出去走走。沿着昏暗的小巷走出去，走到街面上时，杨浦还是没有从刚才羞恼失落的情绪中解脱出来，他驻足停下，从口袋里掏出烟卷点着吸起来。他犹豫着不知道自己要往哪儿去。晚饭还没吃上，但他并不觉得饿。他吐出浓浓的烟雾，站在冷清寂静的街面上，忽然觉得自己是那样迷茫又郁闷，困惑又无助。

漫无目的地在街面上走着，他搞不明白事情怎么会弄成如此一团糟的局面，而且这种局面正在把他陷入困境。起风了，风裹着枯叶、纸屑和尘埃，在昏暗的灯光下横吹过来。他现在很想找个人一块到酒店里喝上几杯，痛快地交流一下，但他在脑子里搜寻了几遍，竟然找不到一个可以与他真心倾诉的人！要是林义强还住在这个城里，可以约他出来小酌几杯，痛快地说上几句心里话，可是人家现在是住在省城郊外的别墅里了。

现在，小兰领着明明去她娘家了，如果小兰真的要离他而去，那他可真正成了孤家寡人！这样一想，杨浦不禁打了个冷战。

第二天在班上，矿政工部的同志来通知杨浦，说是省新闻单位的记者下周要来马山矿专访杨浦，让他做好准备。一听又是宣传报道，而且是省里来的，杨浦的头顿时就大了。他问这事裘总知道吗？政工部的同志说还没有汇报呢。杨浦说不用汇报了，下周我要去外地开一个经验交流会，请省新闻单位取消采访吧。政工部的同志走后，杨浦马上就在案头找那些积压的信函，那里面一定能找到时间是下周的会议。那些各种会议的邀请函每月都有，大多是借会议之名营利的，杨浦一般情况下积压一段时间就直接扔到旧报纸堆里。果然有一份是下周在上海召开的矿山采掘设备交流会。他拿着这份邀请函就去找裘胜荣请假。裘胜荣准了假，但要求杨浦“非会议交流的安排内容”就不用参加了，就是说，早点回来工作；他还意味深长地提醒杨浦，你现在出名了，是榜样了，关注你的人多了，更要把工作抓紧了。杨浦心里其实想说，正是你的馊主意，我现在被逼得四处逃窜，家都快要妻离子散了。

杨浦下班回到家里，家里没人，这是意料之中的，但他却有种异样的感觉，家里透着一种陌生的气息，仿佛他走错了门。他掩上门，目光扫视着家里，一切都被整理得井然有序，像是主人出了远门似的。他最后发现在茶几上放着一张纸片。他走过去拿起那张纸片，上面写着：“杨浦，如果你真的觉得这样的日子过下去没有意思了，你也不爱我了，也不再爱我们这个家了，那么，我不想等到你先开口，我们离婚吧，小兰。”

小兰终于跟他摊牌了。

这张小纸片几乎当场把杨浦心底最后一道防线摧垮了。他突然有种被抽空的感觉。他再也迈不动脚步似的，原地扭身就在沙发上躺下来；那个累啊，仿佛身子要散架了。他脑子很乱，又没有头绪——“离婚”这个可怕的原以为十分遥远的事实一下子直逼眼前，令他措手不及。

闭眼躺着，渐渐地，在他纷乱的脑子里，小兰不同时期的形象一一显现出来。这个当初出水芙蓉般清纯美丽的姑娘，从恋爱到婚姻，一路走来，逐渐面色憔悴，逐渐粗言冷语，逐渐气急败坏，逐渐从她身上难觅昔日令他魂牵梦萦的那一切！而这一切究竟是怎么发生的？是什么改变了她？——她错了吗？何况当初，小兰决定嫁给他时，他不是口口声声海誓山盟般吹嘘过，要使美丽的姑娘一生幸福快乐吗？

杨浦出门时，天色暗淡了。他想在晚饭之前赶到小兰的父母家。打上车走了一段，他又下车，去附近超市里买了两大塑料袋给岳父岳母的滋补品，他有很长一段时间没去看望他们了。走进小巷时，跟着一群孩子在疯跑着的明明突然停下来，她看到了杨浦。"爸爸！爸爸来喽——"她叫着，扭头往巷子里外婆家跑去。等杨浦走进屋子里时，气氛远不像平日里女儿女婿一家回娘家时的亲热和谐，而是异样的冷静，这种冷静里甚至还透着丝丝敌意。岳父岳母分别坐在堂屋桌子的两边，面无表情，似乎正等着这个倒霉女婿上门来加以呵斥。明明不在屋里，显然是去厨房跟她妈小兰待在一起。杨浦轻轻叫了声爸妈，把手里两个沉甸甸的塑料袋放到茶几上，在椅子上坐下来。岳母开口道："小杨，你是不是跟小兰闹别扭了？"这个做了二十多年女支部书记的岳母大人，一向心气高傲，一旦认定了是非就不依不饶。她问话的语气马上让杨浦意识到，问题严重了。杨浦谦卑地回答："没有闹什么别扭，只是争吵了几句，小兰也太较真了。"岳母的鼻腔里哼了一声，警告："她那是关心你，为你好，你在矿上干那样危险的傻事，心里还有妻子女儿吗？一旦出了事，你让小兰跟明明今后的日子怎么过？她一片苦心，你反倒好，还要她重新选择！你什么意思？不就是明摆着要跟小兰散伙吗？"杨浦本来要说是小兰提出了离婚，现在问题怎么转移到他这里来了。一向在强势的岳母面前扮演和事佬的岳父，在这个节骨眼上耍起了滑头，他煞有介事地倏地站起来，自言自语道,“我忘了要上街买点卤菜的,再晚,人家就要收摊了。”说罢起身就走了。看得出,岳父一点也不想掺入这场纷争。杨浦知道,岳母大人一旦说起话来,在这个家里是不能容忍其他人插嘴的;从跟小兰谈恋爱到结婚,这个女人的强势,杨浦早已领教。“小兰在大学跟你谈恋爱时,我就是反对的,这你也知道。”岳母又把老账翻出来了。那个时候,因为杨浦是农村出身的孩子,岳母不同意小兰跟他结合。“可是小兰死心塌地要嫁给你,她图什么呢?你给她,给明明,给你们这个家又带来了什么,你心里不清楚?她大小也是个局机关的科长,给你生孩子,照顾孩子,操持着一个家,年纪轻轻的经常弄得蓬头垢面,为的就是让你在外面一心干事业,干大事,可你都干出了什么大事业?”

杨浦的脸刷地一下红了个遍,倘若脚下有地缝他即刻就钻进去。不难想见,小兰把需要和不需要跟她妈说的都说了,岳母大人才变得如此尖酸刻薄,在小兰嘴里说不出来的,现在统统都可以由她妈说出来,而且不留一点情面。

屋子里骤然静下来。一股被羞辱的火焰在杨浦的五脏六腑里翻腾着,但他却发作不出来,或者说,表面上看,他好像安静下来了,只是有点不知所措的样子。外面的天色黑了,岳父仍没有回来,看来不等岳母把这个倒霉女婿羞辱够了,老头子似乎决计不回来。小兰一定是在厨房那边看守着明明,显然也是在等到这边偃旗息鼓时才出场。果然,堂屋的安静使明明从厨房里跑出来了。“爸爸,爸爸,妈妈说一定要把你饿极了,才肯上菜吃饭哩!”她跑到杨浦跟前,杨浦顺手一把将孩子揽进怀里,那一刻,他的眼泪险些涌出来。

这顿饭吃得别扭而了无情趣。小兰当着父母和孩子的面,对杨浦说,她跟孩子还要在这里住一阵,究竟什么时候回去,现在还说不准。杨浦没有任何据理力争,他完全缴械投降了;他说,我告诉你,下周我要去上海开个交流会。临走时,明明似乎看出了问题,她突然抱住杨浦的腿,小眼睛里含着泪花:“爸爸,你就跟咱们一起住在外婆家吧?”杨浦又是一阵心酸,他淡淡一笑,拨开明明的手,什么也没有说就走了。

第八章

从早晨起床那一刻起，刘大鸣就觉得头晕目眩，开始以为是昨晚跟税务部门的那些领导喝得酒水重了，肠胃不舒服所致，这种情况过去也经常发生。刷牙的时候，用力大了点，牙刷刺破牙板，口腔里立即流出血来。看着染红的牙膏泡沫从嘴里淌出来，刘大鸣突然觉得事情有点不妙。他的预感一向是比较准确的。他草草洗把脸，早饭也没吃，开着奔驰车就直奔公司去了。

这个早晨刘大鸣之所以显得如此焦躁不安，是他担心精心策划的计划落空。刚走进那间豪华宽大的办公室，他就把项目部的负责人叫来，询问南山矿昨天安全评审的情况。在项目负责人汇报时，靠在宽大皮椅中的刘大鸣的右眼就跳得厉害；对于刘大鸣来说，这就是不祥之兆。当听到南山矿的评审最终还是通过了时，刘大鸣拍案而起，就像是他的屁股被重重地电击了一下。

"混蛋!"刘大鸣暴跳如雷，破口大骂。

发迹后的刘大鸣是极其信奉风水天象、问卦占卜的，他手机通讯录里重要客户一栏留存的都是风水大师和易经宗师的号码，以备他随时请教。这些日子里，咨询有关南山矿归属的吉凶卦象竟然都是凶兆。这下算是应验了。

"是哪些混蛋专家帮南山矿评审通过的？这帮混蛋受了多少贿赂才这么干的?"刘大鸣拍着桌子叫着，"去，去给我查！查查是哪些混蛋？查查他们到底受了南山矿矿主——那个浙江商人多少贿赂？今天就给我查清楚！”

南山矿一直为刘大鸣所觊觎。南山矿其实是个储量不过百万吨级的小铜铁矿，刘大鸣打它主意却有年头了。南山矿原先是个镇办矿山，二十世纪八十年代中期因亏损而倒闭关停，后来浙江商人捷足先登，花了不到百万资金就把采矿权买下来，接着就恢复了生产，效益随铜铁价格的升涨也一路飙升上来。当时的刘大鸣苦于筹不足那百万现金而饮恨吞声。但刘大鸣从来也没有放弃把南山矿从浙江商人手里再夺回来的野心和念头。他之所以要这样做，是因为南山矿的矿藏与刘大鸣所占有的公羊山矿藏在地壳深处是同属于一个整体矿床，在一个矿带上，而在浙江商人草草买下南山矿时，刘大鸣就早已通过秘密渠道以贿赂方式将南山矿最早的地质勘探资料占为己有，也就是说，南山矿真实的矿藏储量是掌握在刘大鸣的手里的。拿下南山矿的矿权，也就意味着刘大鸣要将这一区域十多平方公里所辖的全部矿产资源尽收囊中。刘大鸣曾经几次与浙江商人面对面谈过，也几次杯来盏去，到最后，刘大鸣愿意把价格涨到一千万，也就是高于浙江商人最初收购南山矿十倍的价格收购，对方依然不为所动，结局就是一句话：不卖！后来，刘大鸣又通过中间人想合作开采搞股份制，有钱大家赚，没想到的是，浙江商人一点也不客气地告诉他：“刘老板，你是不是以为我们没有你那么有钱？需要你来发善心帮我们一块儿挣钱？”这以后，刘大鸣断了与浙江商人的来往，但私下里他一直在等待时机。刘大鸣知道，这几年因为矿产品价格一路飙升，浙江商人面对滚滚而来的金钱，已无暇去关心矿山的安全设置以及作业条件的改善。年初时候，刘大鸣就得知很快省里就要组织对所有的矿山安全进行突击检查，重点是私营小矿山。他想，只要南山矿一旦被勒令关停，他就有办法重新将它收购为己有。谁曾想，浙江商人早有防范，居然在这之前就通过了专家组的安全评审，并且补办了全部相关合规合法的手续，结果是通过了这次省安检专项小组的突击检查。这个结果意味着,刘大鸣设计的阴谋泡汤了。

就在这一天,刘大鸣终于得到了他所需要了解的一切。

令他极其吃惊的是,那些“混蛋专家”居然是由一家挂靠在省安监局下属矿山安全咨询公司组织的,牵头人是一个叫林义强的采矿高工,而更令刘大鸣万万想不到的是,在那些“混蛋专家”名单中赫然签有“杨浦”的名字!

“好一个杨浦啊!我三番五次请你来,开价年薪五十万,你都不为所动,而且还清高得不行!装作出淤泥而不染的样子!可你却背着我,为了区区五千块的红包就去干这种专家评审的造假勾当!”

刘大鸣几乎一整天都把自己关在办公室里,电话和手机一概不接。他一会烦躁地踱走着,一会又叹息地躺到皮椅上。他一支接一支吸着烟。他觉得胸口有一股股吐不出来的怨气。事实上,刘大鸣想到了过去和今天,想到了当年大学时代自己的屈辱、卑微以及种种失败的情感经历,包括被柳眉的轻视和冷漠,想到了当年杨浦的高傲、得意、成功,以及他身边的美人小兰,还有那个一直暗恋着他的柳眉,想到了自己三番五次地想聘任他,用金钱诱惑他,也算是成就他,却一直不被他重视,甚至仍然被他另眼相看……

“这事不能算完!”刘大鸣阴冷地对自己说,“这事老子要搞它个天翻地覆慨而慷!豁出去了,就是要把老账新账一并算!”

来到大上海的杨浦,根本就没有心思在什么矿山采掘设备交流会上;他出来就是想散散心,透透气,把马山矿和那个“马山矿的杨浦”丢到一边去。他在宾馆住下后,就有些急不可待地拿出通讯录查找号码。李建平、汪一露、柳眉这三人和他们的公司都在上海,其实杨浦真正想见到的是柳眉,不知为什么,他现在经常会不自觉地想到她。首先给谁打电话倒是为难了他一阵；权衡再三，觉得电话打给这三人里唯一的男性李建平，让李建平再去约汪一露、柳眉比较合适。李建平接到电话后很兴奋，他说他现在在深圳，不过他决定现在就买机票往上海赶；至于汪一露、柳眉，他这就打电话去约。约莫十来分钟，李建平电话就来了，他告诉杨浦，汪一露在北京，但表示下午就飞回来，柳眉在三亚，但也将在下午飞回来。李建平在电话里说，“老班长，我们都把生意停下来，从东南西北飞回来欢迎你，说明你的魅力不减吧！”这句恭维话让杨浦的虚荣心得到了极大的满足。李建平还告诉杨浦，晚餐已订好了地点，在苏浙汇酒店，那里的清蒸鲥鱼做得真叫一绝！

整个下午，杨浦似乎就在等着这顿饭了。可是时间过得很慢，他在房间里憋不住了，决定出去走走。他是个从来不爱逛街的人，但这次例外了。他打车从浦东到浦西，在繁华热闹的南京路逛了一圈，又折身去了外滩，浦江两岸的高楼大厦和摩登气派让他感叹不已。怪不得史建平他们都把公司扎在这里，这里才是淘金的天堂，也是充分享受金钱带来奢华生活的所在。

黄浦江上一阵阵强劲的风，吹着在岸边思考着的杨浦，吹着他的思绪悄然往刘大鸣开价的五十万年薪的成沓成沓的钞票上飘去。

这顿为杨浦接风洗尘的晚宴，就他们四个老同学。三位老同学都撇下生意，不远千里飞回来设宴招待，这让杨浦很是感激；尤其是柳眉，她是刚到三亚，下了飞机开的手机，李建平的电话就打来了，她就又返身回了机场，买了机票就飞回来了，这让杨浦感到很有些过意不去。

当晚，苏浙汇酒店可以提供的经典名肴几乎全摆上了桌，包括李建平说的那道所谓一绝的清蒸鲥鱼。酒是茅台。酒宴开始不久，杨浦就隐隐觉得话题和氛围都在逐渐给他造成压力。就跟年初那次同学聚会的情形差不多，李建平两杯茅台下肚后，就又开始吹嘘他经营的期货与股票，挣个几百万跟玩儿似的，汪一露依然免不了要炫耀一番她目前仍在见涨的资产，时不时地把手指上的钻石戒指和脖颈上那根镶嵌着翡翠钻的项链显摆一下。唯有柳眉很少说话，时不时地用她那总是安静平和的眼光投向杨浦。杨浦渐渐意识到，这餐饭自己真正想见的人是柳眉吧，而柳眉的目光里似乎比往日多了一份忧郁和焦虑。

似乎是炫耀得差不多了，话题自然要转向人在眼前而身份和职业仍然还落在那个山沟沟里的马山矿的杨浦。李建平冷不丁一句问话令杨浦当场诧异："老班长，我就不明白，刘大鸣的五十万年薪你不要，偏偏要把自己窝在那个国有矿山上，你较的什么劲儿？"杨浦注意到汪一露、柳眉都在这一刻用异样的目光看着自己，显然，这件事她们早已知道。"好一个刘大鸣啊！你我约定事前彼此都不公开的，你居然背地里用这样的'善举'逼我就范？使我被同情，被曲解？——你这个混蛋！"杨浦在心里骂着，一种厌恶的情绪使他变得有些烦躁，他独自饮下一杯，叹了口气："不说这些吧，老同学们！我现在焦头烂额，跑到大上海来，就是想跟你们聚聚，喝点小酒，把自己好好麻痹一场！我跟你们不在一个境界啊！——我们接着喝吧！"

晚宴接下来的气氛就始终没有高潮了，到了快要结束时，李建平提议去歌厅吼几嗓子，不想杨浦当场就拒绝了。他不再隐瞒自己内心的念头，便明说想跟柳眉再坐坐聊聊。李建平和汪一露对了一下眼神，立即就心领神会，连声说那好那好吧，便匆匆握手而别。杨浦现在巴不得李建平和汪一露就此消失，这顿晚宴谈话下来，杨浦坚定地认为，他们就是浅薄、功利、世侩，为了金钱和财富，可以不择手段，到处投机钻营，甚至无耻无畏，他们跟刘大鸣之流有区别吗？

柳眉，这个不事张扬、冷静低调的女人，现在成了杨浦唯一想倾诉的人。

李建平、汪一露走后，杨浦和柳眉原想去外滩走走，看看浦江两岸夜晚灯光的姹紫嫣红。但起风了，江面上风很大，柳眉提议喝点咖啡去，于是两人打车来到了复兴西路一家名叫夏朵的咖啡馆。这里幽静优雅，里面坐着一对对情侣，其中不少是外国人，散发着浓郁干燥的咖啡芬芳。因为曾经在大学里那样决然地拒绝过柳眉，杨浦内心里对柳眉始终有一种情义上的愧疚感，而柳眉似乎从来没有从心底里恨过他或有意疏远他，这些年里，尽管彼此没有往来，但一见面，四目相对，杨浦便隐约感觉到她对自己的那份柔情似乎依旧还在。

幽暗紫色的灯光，馨香浓烈的咖啡，萦绕在四周若隐若现的萨克斯低沉忧伤的曲调，烘托出伤感的也是情意绵绵的氛围。毕竟是单独相处，彼此最初的拘谨很快就被现实的谈话打破了，仿佛彼此都清楚过去的那一页早已翻过去了，值得关心的自然是当下。

一向显得不爱说话的柳眉这时轻轻地问道："杨浦，你到现在都没有回答，为什么不愿接受刘大鸣的聘任，是五十万的开价低了？"

杨浦看着一脸疑惑的柳眉，显然她也关心这个。"你真的想知道？"柳眉肯定地点着头。这个话题看来是绕不过去了。"我觉得自己一直没有做好接受它们的心理准备，"杨浦说，"做刘大鸣聘任的总经理，拿他的五十万年薪，这可是我过去从来也没有想过的事情啊。"

"你没有说真话，杨浦！"柳眉打断他，淡淡地笑笑，用保养得丰腴纤巧的手指呈兰花指状地捏着小匙子，优雅地搅拌杯里的咖啡，嘴角含着讥讽意味地扯动了几下。"是你的自尊心在作怪，是你心理上无法接受像你这样优秀的人，如今竟然会屈尊于刘大鸣的麾下，受他驱使，为他左右，刘大鸣给你的一切，在你看来，就是嗟来之食！你抵触它，甚至鄙视它！我说得没错吧？"

杨浦沉默了。他把眼帘低垂下来，他不想再与柳眉的眼光相遇；他忽然觉得一向单纯安静的柳眉，其实隐藏着极深的城府与锐利，她几乎看穿了他内心的一切。

"这是个多么现实的世界啊！人们争名夺利，追逐地位、权势、金钱、财富，尽情享乐，甚至不择手段，整个社会浮躁喧嚣！谁能独善其身呢？谁能不被这滔滔洪流卷入旋涡之中呢？”柳眉仿佛正在不紧不慢地一层一层地剥去那被杨浦包裹的灵魂外衣。她把自己手里的小匙子放到杨浦的咖啡杯里搅拌了几下，似乎是某种关怀和提醒。“杨浦，恕我直言，你不是一个严格意义上的务实者，你对现实缺乏准确和明智的判断和认识。刘大鸣给你的总经理位置和那五十万年薪，真的有什么问题吗？你或许会问，如果是我，会是什么态度？我告诉你，杨浦，我会当场接受它。因为目前没有更好的选择，那么五十万就是我当下的价值体现。我有自己的能力做保证，就相信五十万会变成一百万、二百万，几年下来，我就完成了原始积累，也就是所谓第一桶金，到那时只要我愿意，就可以从真正意义上干我自己的事业，搞矿山、办实业、做贸易，一切悉听尊便！这有什么不好吗？如果让这一切仅仅因为心理上自尊心的纠结而放弃，从而使时光荒废，年华不再，你觉着值得吗？”

这一通话从柳眉的嘴里说出来，对于杨浦来说，简直是醍醐灌顶。他完全惊怔了。看来，每一个财富拥有者的背后都隐藏着不为人知的发迹史，柳眉可能也不例外。

不知为什么，杨浦突然想离开了，离开这间幽静优雅的咖啡馆，离开眼前这个一直被自己蒙蔽的女人。他装着煞有介事：“不早了，柳眉，我们该回去了。”柳眉有些意外的样子，但似乎很快就明白过来了。她说：“是的，不早了，是该结束了。”她的话比杨浦说得更加意味深长。

在当时，这对男女似乎彼此都厌倦了，彼此都真的觉得是到了“该结束”的时候了——是的，那些如烟似雾的岁月里所发生的情恋、误判、伤痛、执着、悔恨、关爱，所有这一切仿佛都到了该画上句号的时候了！

然而，谁会想到，在随之展开的命运变数里，这对男女居然会再次惺惺相惜，彼此的命运会紧紧地交织在一起。

第九章

第二天的会议开到一半时,杨浦的手机震动起来,是林义强打来的。因为在会场,他按下未接,然而,震动不断传来,看来是有什么急事,杨浦只好离开会场来接这个电话。果然,林义强告诉杨浦出事了,至于出了什么事,林义强死活不说,反正一句话:你今天必须赶回 D 市,我在 D 市等着你。杨浦立即意识到一定是去那些私营矿山干的勾当"东窗事发"了,他的心里顿时笼罩上了阴影。

傍晚时分,杨浦回到 D 市,按照林义强约定的地点,他们在一家酒馆的包厢里见面了。面对面坐下,杨浦就问:"到底发生了什么事,如此紧急?"他故意用轻松的语气,其实看到桌边烟灰缸里的数十支烟蒂以及林义强脸上布满惶恐的神情,他内心就更加忐忑了。林义强满脸焦虑:"杨浦,还记得那个南山矿吗?就是那个给我们送过土特产的浙江商人的矿山?"杨浦心里咯噔了一下。"记得啊,怎么啦?评审的那天我不是没有去吗?哦,对了,是不是要退回那五千块专家评审费?"林义强显然对杨浦如此轻慢的态度有些不满:"现在麻烦大了!南山矿上周末夜班,矿车从罐笼里滑进矿井,砸死一个人,本周一中班又出冒顶事故,又埋了一个人,昨天上面成立了专案组进行调查……"杨浦的脸色变了:"怎么会这样?"他的心悬了起来。林义强把烟拧灭在烟灰缸里,压低声音:"更可怕的是,那个浙江商人掩盖瞒报了好几起人身伤亡事故,都是私下里用钱摆平的,可这回被人揭发了,反映上去了!"

话已至此，彼此作为搞矿山出身的专家，对于问题的利害关系和严重性已无须展开剖析。南山矿是他们去做的安全评审，所有评审项目，白纸黑字，签着他们的名字。林义强又点上一支烟，他瘦长的脸上既惶恐又茫然，他看着杨浦，仿佛期待杨浦给出解决方案。此刻的杨浦内心比林义强更加紊乱如麻。令他气恼和不堪的是，南山矿他并没有亲自参加评审，但却在林义强的鼓动催促下自己居然就在文件上签了名，而一旦签名，相关责任便如影随形，现在他是脱不了干系了！

"真是报应啊！"杨浦有些绝望了。他伸手从林义强面前的中华烟盒里抽出一支烟，用打火机点上吸着，吐出的烟直喷到林义强的脸上。林义强把脑袋耷拉下来。"兄弟，这真是我第一次翻船！我可以对天发誓，拉你入伙干专家评审，我绝无害人之意！就是那天让你签名，我也绝对想不到，事情会出现这样的结果！我现在搞不明白的是，这回南山矿的事故出得这么蹊跷，前脚省安监突击检查都过了，后脚怎么就出了一连串的安全事故，动静会闹得这么大！杨浦，你跟我说！"他突然把头抬起，审视着杨浦，"你没有跟什么人结过怨吧？或平日结过梁子？我说的是那些要害人物，有背景有权势的人物？""你什么意思？"杨浦激灵了一下，"我会跟谁结怨？何况，跟你去干什么专家评审，从来都是秘密的，还有谁知道？"一听杨浦这么说，林义强眼前一黑，看来，杨浦是一点不关心在矿权争夺领域的你死我活，表面平静下的暗流汹涌、嗜血搏杀。他叹息一口："看来，就是南山矿那个浙江商人惹了麻烦，人家这回要置他于死地了！"杨浦震惊地睁大眼睛，把手里的香烟放下。"怎么回事，这里面难道……"林义强双手捧着脑袋，疑惑不解地摇晃，像是头痛得厉害。"杨浦啊，我告诉你，这事情复杂着呢！"

原来，早在南山矿事故发生前，就已经有人告发其矿山安全系统存在隐患，但并没有引起相关部门重视，或者说，那个浙江商人又把事情摆平了。然而这接连的事故死了人，纸包不住火了，那个在背后要搞倒南山矿的人再次把告发材料散发出来，不仅散发到市委、市政府及安全主管部门，而且散发到省委省政府及省安全主管部门，甚至散发到了中央和国家机关主管部门。“还有更绝的呢！你压根儿就不会想得到——！”林义强警觉地看看包厢外面，担心接下来要说的被别人听见，“那个躲在暗处的家伙，居然把那些告发材料统统发到了互联网上！你还记得，咱们在南山矿那份安全评审报告上的签名吗？”杨浦机械地点点头，林义强把脑袋往前一伸，“那份报告连同咱们的签名，统统都被弄到网上了！”

酒馆里陆续走进一些顾客，服务小姐忙着在过道上穿梭。杨浦把目光从林义强那张瘦长而焦虑的脸上移开（他现在竟对这张脸感到有些厌恶和憎恨），透过落地窗户玻璃，外面天色渐渐昏暗下来，他看到街道上一对老年夫妻，那个老头似乎病得不轻，脚步颤颤巍巍的，老妇人几乎侧在他的身后搀扶着他，担心老头随时倒下。杨浦就那么凝神看着，直到那对老夫妻从视线里消失。他突然觉得自己可能就是那样一个老头，而且随时就可能倒下。那么现在他的身后有人搀扶吗？

“杨浦，我说了这么多，你都听明白了吧？下一步该怎么办，你可得事先有个心理准备！”林义强显然有点急了，“这件事我可想好了，就是上面追究下来，处分罚款，甚至蹲大牢，我都无所谓，我反正不是体制内的人了，可是你杨浦要想好了，你可是……”

杨浦又点着了一支烟，在吐出来的一团团烟雾里，他仿佛看见阴暗角落里的刘大鸣，正眯了一对小眼睛在冲他笑着。“何苦呢，杨浦，你要这么一番折腾！现在应该是你投奔我的时候了吧！”他仿佛听见刘大鸣在笑声里这么说。为什么会是这样？在自己就要晋升一把手交椅时，祸从天降？这是命运注定的劫数，还是机缘巧合？这一次自己就将前功尽弃，甚至身败名裂？

他突然不愿意再想下去了，倏地站起身：“听天由命吧！”说着就往外走，林义强起身拉住他：“咱们点的酒和菜还没上呢！”

杨浦推开了他，推得很重，带着怒意，走了，看都没再看他一眼。

林义强孤零零地站在原地，伤心地意识到，是他深深地伤害了杨浦，甚至可能一手毁了杨浦即将开始的仕途前程，尽管他从来就没有这样的企图和用心，尽管他一直把杨浦当作自己肝胆相照的朋友。

第十章

南山矿事故在 D 市掀起了不小的波澜，矿主浙江商人和相关责任人都已被检察机关立案调查。市安监局召开了新闻发布会，并通过电视进行了现场直播。

杨浦看到这场新闻发布会是在当天晚上自己的家里，是电视台重播的录像。事故已被定性为安全责任事故。在新闻发布会的最后阶段，有个记者拿着麦克风站起来问安监局局长：南山矿如此糟糕的安全设施和条件而居然能够被合格通过，那么请问局长，对于那些拿了昧心钱的所谓专家，他们如此草率，如此缺乏基本的职业道德行为，将如何予以追究？这些人包括他们的姓名、单位、职业、身份都应该向全社会曝光，让全社会进行谴责！安监局长顿时面容窘迫，左右看看，尴尬一笑，说请记者朋友相信，对于涉及南山矿事故的相关责任人，我们都会给予一定处理的。新闻发布会的录像到这里就结束了。

杨浦关了电视，身子往后一仰，背靠在沙发上。家里因为没有小兰、明明而变得冷冷清清。杨浦也没有心情打扫屋子，整理东西，家里看上去早已是乱七八糟的样子。本来打算看完电视，自己动手煮点面吃的，此刻他已没有那个心思了。他把脑袋担在沙发背上，手掌搭在额头上，双眼闭着。他要静静地梳理一下造成眼下如此糟糕局面的来龙去脉，看看究竟在哪个过程、哪个环节上出了问题。这样梳理着，他觉得好像就是从年初那次同学聚会以后，自己就如同中了魔法一样始终被一种浮躁不安的情绪左右着，变得患得患失，心神不宁，金钱、财富、地位、权势……纠结着，斗争着，撕扯着，也就是从那个时候起，他就不再拥有过去内心的平静和淡定了。

这样思考的过程是痛苦的。他越来越明显地感觉到，他要向内心另一种呼唤和另一股力量做出妥协——是应该妥协和屈服的时候了吧？

他从沙发上站起身，去了明明的房间。明明的房间有笔和纸。开了灯，走到明明的小书桌边坐定，把台灯扭亮，从明明的书桌抽屉里拿出笔和纸，这个过程当中，他觉得自己是镇定的，态度也是毅然决然的。然而当他握住笔时，却发现自己握笔的手突然有些抖动，就像不由自主地痉挛了一样；当纸上写下"辞职报告"四个字时，他内心涌起的酸楚委屈还是当即使他潸然泪下——

这就是他在马山矿奋斗至今的结局？这就是他矢志不渝、孜孜以求的事业理想而现实结果可以兑现给他的回报？

其实这一夜，另一个人也几乎是整宵未眠。

裘胜荣白天被叫到市里，市委、市政府的主要领导亲自跟他谈了话。谈话内容有两个方面：一是他老裘的退休报告批了，没有过渡期，一经宣布即退，二是杨浦作为马山矿董事长、总经理、党委书记的人选正式被否决，不仅如此，杨浦还要接受组织的通报批评，甚至是记过处分。当时的裘胜荣如同五雷轰顶，他的震惊不是因为自己的退休被批准了，而是他一直精心栽培扶植且作为推荐的唯一接班人杨浦，怎么一夜之间，不仅不能接班了，而且还会落下组织处分。市领导这才把有关南山矿事故的材料以及签有杨浦名字的那份安全评审报告扔在裘胜荣面前的桌子上。

"小杨怎么会去做这种事情呢？"这是裘胜荣看完材料后的自言自语。

"这就是杨浦同志政治上的不成熟，思想上的不坚定！这样的年轻人怎么能担重任，挑大梁！”市领导的语气铿锵有力，不容置疑，也隐含着对裘胜荣推荐这样的年轻人接班的埋怨和不满。

“那么，马山矿的领导调整会怎么安排呢？”裘胜荣当然还是希望能够给杨浦最后的机会。

市领导摆摆手，似乎这个问题已经不是他老裘可以关心的了。“老裘啊，你就安心退休，安享晚年吧。组织上会很快选定接班人，当然，一定是政治、思想上，包括业务上，都是可信赖、可依靠的好同志！”

裘胜荣意识到，杨浦接班已无可能，那么如何晓之以理、动之以情地挽留住他，使他在接受批评的前提下认识到错误，不气馁，不松劲，把工作继续做好，这可让他伤透了脑筋，在床上辗转反侧。

人一旦索性跟某种心理纠结做个了断，反倒变得轻松和从容了。

第二天上班，杨浦意识到这是自己在马山矿上的最后一个班了，竟然觉得精神很好，甚至精力充沛。他跟同事们打招呼显得亲切，超出了平日的热情度，又似乎别有深意。他没在办公室里耽误，从公文包里拿出那份装在信封里的辞职报告，径直往董事长办公室去了。昨夜写辞职报告的时候，他把自从来到马山矿以来的所有经历都重温了一遍，酸甜苦辣，涌上心头，他几次泪水沾襟，几近哽咽；从一稿的五千多字到二稿的两千多字再到三稿的不足三百字，他压缩的不仅是文字，更是他的情感和已经破灭的梦想。

杨浦走进裘胜荣办公室，依旧习惯地叫一声：“董事长好！”裘胜荣愣了一下，他原想下班的时候找杨浦谈，没想到一上班他就主动来了。杨浦径直在裘胜荣面前的椅子上坐下，脸上挂着淡淡的微笑，这让裘胜荣有些疑惑。按照杨浦最初的设想，跟裘胜荣一见面就把辞职报告交过去，说声拜拜就走人，可是一见面，看到神情倦怠、愁容满面的老领导，他的心就软了，毕竟这些年裘胜荣是关心、爱护并着力培养自己的，于情于理，他都不能那样一走了之。

裘胜荣的脸色是阴沉的。“我正要找你呢,你这个糊涂蛋!”裘胜荣沙哑的声音满含愤懑。裘胜荣拉开抽屉从里面抽出一沓材料,扔到杨浦的面前,“你看看吧,那上面是不是你的签名?这些事是不是你自己做下的?”杨浦很平静,这是预料到的场面。他不想做任何辩解。裘胜荣粗糙的手掌在桌面上拍了一下:“你这就是政治上的不成熟,思想上的不坚定!”杨浦虽然不知道昨天市领导跟裘胜荣的谈话,但裘胜荣此话一出,他立即意识到他个人在马山矿的政治前途暂告一段落了,他不禁有些暗自庆幸自己提前提出辞职走人的决定。而裘胜荣的内心是愤怒的,他觉得杨浦辜负了他,甚至是欺骗了他,使他在退休前因为选接班人不慎这件事而在市领导那里失去了信任,也丢了面子。“小杨,我看你平日里沉稳不躁,踏踏实实的,并不太关心外面的花花世界,可是情况原来不是这样的——南山矿事故牵扯到你,我开始压根儿不信!你告诉我,这一年多来你都在外面干了些什么?”

杨浦本来并不想解释什么,但现在他觉得必须说话了,他的神情和语气反倒镇定而平静。“那上面确实是我的签名,那些事也确实是我做的,我不否认。组织上给我处分我接受,说我政治上不成熟,思想上不坚定,我同样接受。我已经想过了,这件事发生后,我在马山矿的政治前途可能就此画上句号,也就是说,前功尽弃,我现在说很惋惜也没用。我要说的是,对于工作,对于我的职业和职责,我是尽心尽力,问心无愧的。说到有愧,就是我辜负了您的希望和栽培。可是我现在也想通了,真要说想干事业的话,到哪儿不都是干事业吗?不都是为了这个社会和国家创造财富做贡献吗?离了谁,地球都照样转,还可能转得更好。这样一想,我也就不再跟自己纠结了。我现在一点也不想掩饰什么,我受朋友之邀,业余时间去那些小矿山做专家评审,说白了,其实就是冲钱去的。我现在的生活就是因为钱的原因而搞得一团糟,我爱人小兰至今还住在她娘家,跟我僵着，甚至想闹离婚；她就是希望我从这个体制里跳出去，去挣更多的钱来改善生活，她觉得我有这个能力，而这个能力才能体现我的个人价值。现在我想，小兰可能是对的，她给我的压力就是要迫使我改变观念，重新开始。因此，我今天来就是要告别的！”杨浦把一直压在膝盖上的那个信封递到桌上，“老领导，这是我的辞职报告，我要说的差不多都说了。”

裘胜荣立即愣住了，他没有打开杨浦的辞职报告，他专注地看着杨浦，眼睛慌乱转动着，看得出，他有许多话要说而一时间又不知从何说起。杨浦的表情有些僵，眼眶渐渐泛起潮湿，裘胜荣忽然感受到了眼前这个年轻人的内心苦痛与无奈。裘胜荣多皱松弛的嘴唇翕动了几下，说出的话是：“小杨，你就不能在哪里跌倒就在哪里再爬起吗？”

杨浦站起身，深深地向裘胜荣鞠了一躬，他的眼泪终于忍不住流下来：“谢谢了！不必了！”

杨浦走了。裘胜荣意识到，这个年轻人去意已决，走得义无反顾。

离开了马山矿，杨浦觉得自己与过去的杨浦决裂了，也解脱了。他将重新开始，他要走马上任刘大鸣的金山矿总经理，在那里大展宏图；他要名利双收，他要让小兰惊喜地发现，他改变了，生活也会随之发生变化。五十万的年薪，专车，洋房，明明的钢琴、钢琴课，明明要去的贵族学校，还有欧洲旅游、度假……他要去实现那一切，他有这个能力和信心。

其实，杨浦错误地估计了一切，事实上他从来就不在主动的一方。

杨浦兴高采烈地给刘大鸣打电话，他要告诉刘大鸣，他终于下决心辞职了，决定投靠他刘大鸣的怀抱，然而，电话里传来的刘大鸣的声音是懈怠的、轻慢的，甚至是冷淡的：“哦，哦，好啊，辞职好啊。不过，我最近可是挖来了几个人，正要任命呢，都是国企里管着几千号人的大矿的一把手和高工啊，人家才学能力，那也是不得了呢！我是说，我们的大班长，你的事，先等一段时间再说吧。”

犹如一盆凉水扣头浇下！

“刘大鸣，你现在哪儿？我们要面谈一下。”

杨浦的声音激颤起来。他当即意识到事情正在往他不可控的方向发展，那里黑暗、诡异、阴森，甚至狰狞。

“我啊，——我现在非洲呢！这里的矿藏多的是，老黑们天天围着要我收购它们呢！哈哈……”刘大鸣坏笑了起来，声音故意做作地浪，“杨浦啊，我们的大班长，你那房子的首付二十万交了吧？”刘大鸣突然转换了话题，“那套叫什么新世纪的一百五十平方米的房子，也该买下了吧？乔迁之日，可别忘了请我喝酒啊！”

耳机里又传来那种别有深意的笑，而在杨浦听来，这是他听过的最恶毒的坏笑。

右手握着手机紧贴右耳僵在那里的杨浦，就像他原本就打算在那里做这样一个造型似的——刘大鸣那种笑声里的意味，渐渐使他目瞪口呆，四肢冰凉。

杨浦的人生之路在经过如此这番自以为曲折却不失周全的计划之后，原以为就要重新开始了，事实上却面临着一片更加沉重迷惑的茫然。

对于杨浦来说，现在仿佛才是到了他人生真正需要重新抉择的时候了。

第十一章

在杨浦的内心深处，自己人生的前三十五年恍若一梦。

从那样一个看似前景美妙、鹏程万里的人生平台，仿佛倏忽之间，甚至是猝不及防地坠入了人生谷底——他辞了职，接着又离了婚，一夜之间，就变成了无人问津的孤家寡人，变成了无依无靠、随波飘零的一叶浮萍！就是说，昔日罩在他头顶上所有炫目的光环顷刻之间全部褪去，一句话，他已经变得一无所有！

温情人生，现实的狰狞是看不见的；而这种狰狞一旦显现，温情的一切也就烟消云散！

在以后相当长的一段时间里，杨浦都难以查找出导致自己人生如此败落的真正原因。他查找出的那些原因，经过仔细品味和痛苦深究，好像又不全是——他贪婪金钱吗？不是的，他可以对天发誓，他从来就没有把金钱作为自己人生终极的追求目标，可是在那些平庸、烦琐、无奈的日子里，金钱却确确实实是困扰他的，为了小兰，为了那个家，甚至也为了自己的虚荣和所谓“成就”。他贪图权力吗？真实地有过，就像主动饮下的毒药，兴奋甚至癫狂——不可否认，在那些看似漫长的日子里，他确实一度像个贼儿一样地关注着裘胜荣屁股底下坐着的董事长、总经理的位置，曾经那样用心地，也是热切地，更是谨慎而庄重地期待着那个一把手的权柄交到自己手上。他迷恋享乐吗？坦率地说，刘大鸣那样的生存状态和生活方式的确曾深深地刺激了他，使他有过失落、迷乱，心有不甘，甚至也一度乱了心志方寸，这个过程当中，或许加上林义强的旁敲侧击和鼓动游说，自己才真正陷入了心理不平衡的汪洋波涛之中了。这一切，就是导致自己如今局面的根源所在？好像也不尽然，应该还有别的什么潜藏其中，就像精心预谋的那样，不可预知，也难以察觉。这样的反省与检讨，令杨浦痛苦、愧疚，甚至耻辱，因为经历过的一切，就像电影胶片一样在他的脑子里反复重现，其中许多情节与画面，恍然如昨。

在意识到被刘大鸣欺骗与戏弄之后，杨浦才真正预感到自己的人生到了面临重大抉择的十字路口，何去何从，都要重新决断。他想到了要重新开始，而如何重新开始，却是一片茫然。他的辞职报告已经交到了裘胜荣董事长的手上，他已经跟马山矿做了诀别，就是说，他不可能再回到那里，或者说从裘胜荣手里再要回自己的辞职报告——他杨浦不是那样的人。他做不到。回到家里又如何呢？他几乎不敢去想象一下以自己现在的处境去面对小兰——自己已经是个一败涂地的人了，那么跟小兰的婚姻还能维持下去吗？或者说，即使能够维持下去，那还能有意思吗？而这之前，小兰就公开提出了离婚的要求，现在看来，应该是时候了；与其那样忍气吞声地苟活着、维持着，不如早日做个了断。在杨浦看来，离婚是眼下的当务之急、必然选择，也似乎只有那样，自己才能轻装上阵，重新开始。

从马山矿回到家里，经过一夜痛苦无眠的折磨，杨浦终于下定决心，告别在这里的一切。他主动找上门去，跟小兰离了婚，尽管小兰在最后一刻试图暂缓办理，但杨浦完全不依不饶，于是差不多半天时间里，两人就办完了协议离婚手续。女儿明明由小兰哺养，每月杨浦须支付赡养费800～1000元（这个数目是杨浦主动提出的，而当时他自己根本就不知道这钱能不能支付得起，因为他尚不知道将来自己工作在何处何地）。他回到家里装了一旅行包的衣物就出了门，来到汽车站，搭上最近一班车就走了。他要去哪里，他根本不知道，在当时，他只知道自己必须走，走得越远越好。当破旧的长途客车把城市丢在身后，行驶在郊外的公路上时，杨浦做的第一件事就是把那只留存着同事、朋友、同学，包括小兰、林义强、柳眉、刘大鸣等联系号码和信息的手机，狠狠地扔向公路旁边的一个池塘里。看着那只黑亮的摩托罗拉手机，在空中翻腾着，划出一道弧线，闪着金属的光泽，一头扎进池塘里，溅起小小的水花，但很快就没了踪影，就像看着自己与过去的一切做了最后的告别。

当客车驶入乡野山道时，一直僵在座位上的杨浦，好像突然被什么触动了，他把头扭向车窗外，一串又一串晶莹的泪水从他眼眶里滚滚而下，模糊的泪痕像是印在了车窗外的山峦和树木之上。

第十二章

在短短的两天时间里，杨浦不仅辞了职，还离了婚，并且从此人间蒸发了一般，这个消息震动了马山矿，更震动了昔日杨浦身边的那些人。他们难以想象，一向行事持重稳健、头脑冷静精明的杨浦，竟然会做出如此反差的选择来。他们纷纷上门来探望，想了解究竟原因何在。

接待他们的小兰，没有表现出任何热情的态度，冷冰冰的，就是几句话："他要辞职，他要离婚，有什么办法阻止呢？""他现在跑到哪里去了，只有他自己知道。""他是不是事先就计划好的，你们只能去问杨浦本人，只有他自己知道。"探访者们的屁股尚未坐热，便起身告辞了，他们隐隐觉着小兰话语里似乎透着他们就是杨浦的合谋者的意味。

在这些人的面前，小兰并不想表现出悔恨或凄苦的模样，毕竟是协议离婚，其实自从拿上那本绿皮离婚证后，她的内心就像打翻了五味瓶，种种酸楚真是一言难尽。丈夫这样毅然决然地选择跟自己离婚，几乎就是一个阴谋策划的结果，特别是他随后的出走，没有任何招呼和交代，显得义无反顾。她把女儿明明留在父母家里，自己独守空房，一连数日，她都在想着这个当初好端端的家庭，怎么会弄成如今这般破裂毁坏的局面，可是她怎么也理不出个所以然来，几乎也是天天以泪洗面，伤心不已。

这天裘胜荣夫妇居然上门来询问情况，小兰努力控制着自己的情绪，有一搭没一搭地应对着。当问到杨浦要辞职这么大的事也不事先来征求一下领导的意见时，小兰如实说，她自己对此事先也是一点都不知情，而且是离婚后才知道他事前已经辞职的事。当问到是谁提出离婚时,小兰也不回避,如实承认,是她首先提出的,但压根儿没有想到杨浦会真的要跟自己离婚,而且不离不行,不离都没得商量。“他如今在什么地方,在干些什么,跟什么人在一起,只有他自己知道。”这是小兰最后对裘胜荣夫妇说的。临走时,裘胜荣忍不住地发出了感叹:“杨浦是个好青年啊,好干部啊!出现这种状况,真是想不到啊!这个好苗子,没有使用好,真是可惜了啊!”这对老夫妇走了,关上门后,小兰噙在眼眶里的泪水才潸然而下。她心里对于裘胜荣是怨恨的,她甚至认为这个老头儿阴险、保守、虚伪,这个老头儿如果当初就把自己的权柄交给杨浦,让他大显身手,可能也就不至于出现如今这样的局面了吧。

小兰的悔恨情绪终于爆发出来,是在林义强夫妇来到家里探望的那天。

林义强当天上午一得知消息,下午就带着妻子小秦从省城开车赶了过来。他预感到,对于杨浦来说,一定是发生了重大变故才有可能促使他做出如此惊人的决定。小兰打开门,看见是林义强夫妇,眼泪就抑制不住了,当林义强妻子小秦问她:“怎么回事啊,小兰?是杨浦疯了,还是你们一起疯了?!”小兰就抱住衣着鲜亮的小秦,哇地大哭起来。

“不是我,是杨——浦——疯——了——!”小兰喊道。

如此痛哭了一阵,小秦把小兰拉到客厅沙发上坐下。她与小兰当年亲热得如同亲姊妹,但在身份上,甚至也包括在容貌上,在小兰面前,她总有一种“矮了半截”的感觉。她曾一度讨好过甚至巴结过眼前这个曾经美艳高傲的女人——直到她老公林义强跳槽出来,不出几年便有了钱,而她也终于成了全职太太后,她才觉得那“矮了半截”的感觉渐渐消失了——如今面对这样一个衣衫不整、双眼红肿、悲伤欲绝的小兰,她不知道应该说的话从何说起。

林义强坐在旁边椅子上抽烟,他皱着眉头,神情抑郁;他一直无法原谅自己当初硬要拖着杨浦去什么“专家评审”——所谓事出有因，都是从那个“因”出来的——他心里比谁都清楚。

此刻，面对林义强夫妇，小兰昔日的矜持、端庄，包括她因“出身优秀”所表现出的那些“面子”统统不见了；她要把自己内心真实的情绪表现出来，把杨浦临走前的种种绝情绝义的举动，完完全全地说出来。

那是个星期三的上午，小兰刚到上班不久，杨浦就到了她的办公室；如果小兰没有记错的话，这是她与杨浦结婚以来，他第一次来到她的单位——市教育局。因为是第一次，小兰同室的同事便问他来这里找谁，杨浦说找小兰，这个时候刚刚从楼道口提着装满开水的暖瓶的小兰看到了杨浦。这第一眼看过去，就让小兰十分吃惊，因为这个熟悉的男人从来不曾有过今天这副模样：衣衫松垮，头发凌乱，显得邋里邋遢，尤其让小兰意外的是，他胡须未剃（这是过去从未发生过的），嘴唇四周居然黑密密、黑麻麻的一片，看上去显得落魄而苍老。他脸色极其黯淡，是那种熬夜后的深灰色，神情淡漠。那双眼睛里泛着又冷又硬的光芒。当时的小兰险些被眼前这个突然陌生的男人吓得把提着的暖瓶失手打碎。

情急之下，她说了一句：“你来这里干什么？”

杨浦的声音像是来自另一个从来不熟悉的男人，他说：“我来，就是要把我们之间的事了结掉。这里谈不方便。”他把小兰拉到楼道后面的院子里。杨浦所谓要“了结的事”就是离婚。杨浦说（他似乎等不及小兰询问什么，或说些过渡性的话）：“我已经想好了，我不能再耽误你了，既然离婚的事你早已提出，我也不能老是拖着，今天来就是去把这件事办掉。”

小兰的眼泪当场就夺眶而下。她压根儿不会想到丈夫杨浦这么一大早来是干这个的，而且态度是如此坚决而果断。小兰赶紧背过身去，掏出纸巾擦了眼泪，把情绪控制好，才转回身来，说：“我今天确实没有时间跟你办这个事，等我有时间了再说，行吗？”

杨浦一动不动地站在那里，仿佛根本看不到眼前小兰的情绪反应，他在步步紧逼，且一板一眼说："不行，必须今天就去办完。这事一天也不能拖了！"

小兰愤怒了："为什么？为什么必须今天？我今天要是坚决不办，又怎么样？"

杨浦："那就说明你跟我提出来的离婚，是欺骗！我不能接受这种欺骗！"

小兰（眼睛里顷刻之间没有了泪水）："这么说，你是打定了主意，必须这么办了？"

杨浦（自始至终冷若冰霜）："必须这么办，而且一定要这么办！"

这句话当场就引起小兰身子一阵剧烈地战栗，但她最后还是让自己镇定住了："那好吧，就今天办，如你如愿，今天就了结掉！"

这些对话，在后来的时光里曾反复出现在小兰的脑海里，细细品嚼，就像是事前编排好的，谁也没有迁就谁，而且是一句顶着一句，好像谁都不能甘拜下风。

离婚协议是杨浦事先就准备好的，几乎可以说，这份离婚协议意味着杨浦将净身出户，对他来说，今后唯一的责任就是养女儿明明。

小兰说，那天她的脑子乱极了，几乎完全空白一片。在去民政局的路上，她什么也说不出来，整个人恍恍惚惚，像是醉酒的状态；她不知道自己今天要去做的，究竟意味着什么，但她隐隐约约预感到，走在自己前面的这个神情低落、绝望潦倒的男人将从此从自己的生活里消失，她与他之间过去所有的一切都将从此结束。她突然觉得自己好像有千言万语淤积于心头，可是怎么也说不出个一字半句来。她就那么一直恍惚着，脚步也有些踉跄，到了民政局，工作人员问了些什么，她几乎没有任何印象。等把手续办完后，走出民政局大门时，她记得杨浦突然转回身在她面前站定了，眼睛看着别处，对她说："告诉我，你曾背着我从我的大学同学刘大鸣那里借了二十万买新房，有这回事吧？"小兰迟疑了很久，最后才想起了那二十万的来龙去脉，她反驳道："你说错了，我从来都没有向你的同学借过钱，那二十万是刘大鸣自己主动送上门来的，而且要求我不要告诉你。他难道没有跟你说这些？"杨浦摇摇头，他不是不相信小兰说的，而是觉得刘大鸣这种行为背后的动机，现在看来就是对自己无能的羞辱。他看着眼前这个似乎一下子变得瘦小而憔悴的女人，特别是看到她那双微微红肿的眼睛时，他的心头顿时涌起了怜惜而酸楚的情感。是的，这个女人从大学时代起就追慕自己，从爱情到婚姻——何曾想，竟然走到了如今这般不堪的境地！他在竭力抑制自己的情绪，或者说，他现在一点也不想表现出自己的脆弱和柔软。他对小兰说，声音有点嘶哑了："我要告诉你的是，那二十万不用你去还，那套新房你带明明安心住着，刘大鸣跟我之间的事由我去了断它。"说罢，他转身就准备走，不知道是怎样一种冲动，小兰突然拉住了他的手臂："杨浦，你就不想去看看我的父母，跟他们道个别，说从今以后你不再是你们的女婿了？你就不想去看看我们的女儿明明，再抱抱她，对她说，爸爸妈妈离婚了，你从此是个单亲家庭的孩子了？"自始至终都在克制着，且保持着心肠冷硬状态的杨浦，这一瞬间便彻底崩溃——特别是提到女儿明明，他一下子就觉得自己内心最柔软的部分被抓住了，被刺疼了，被击碎了！眼泪顿时汹涌而下，身子都有些晃悠了，好像随时要倒下的样子——他没有把眼前的小兰抱住，而是伸出手臂支撑在旁边的立柱上。他觉得自己说不出话来，嘴唇抖动着，他闭上眼睛，把里面尚未流出来的泪水封锁住。小兰这时想上前抱住他，但是被他推开了——他什么也没有再说，就走了。

他似乎知道这样的时刻持续着，就极有可能会导致他放弃所做出的决定和选择；他一点都不想那样，或者说，他的性格里已容不得他对自己的迁就和妥协。这个走投无路的男人，仿佛只有走投无路，才是眼下对自己的最好交代。

屋子里的光线比较暗。此刻已近傍晚，但这个家里显得毫无生气。看着坐在沙发上对着小秦泪一把鼻涕一把地诉说着的小兰，坐在旁边椅子上的林义强，心中不禁百感交集。他觉得眼前这个变得蓬头垢面、苍白虚弱的女人，真的快要被绝望击垮了。昔日这个令人羡慕的家庭，这样一对郎才女貌的佳偶，怎么会顷刻之间就土崩瓦解，劳燕分飞了呢？究竟是什么原因才使得杨浦如此绝情绝义地做出这样的选择？他要找到杨浦，要当面把问题搞清楚。可是杨浦在哪儿呢？手机早已没有了信号，林义强把能够找到的跟杨浦熟悉的同事朋友都询了个遍，也没有一个人知道杨浦的下落。他问小兰，小兰说原以为他可能会回老家一趟，在那里待上些日子，可是电话打过去后，杨浦的父母反倒在电话里问杨浦最近可好，孙女明明如何，弄得小兰当即改口在电话里谎说杨浦最近要去外地学习一些日子，家里这边一切都好，云云。就是说，杨浦突然之间就人间蒸发了。他会不会选择自杀？会不会真的就从此消失掉了？这是数日来小兰最为忧心与不安的。尽管她一直不明白是什么样的打击导致了自己的丈夫——不，是前夫——如此毅然决然地与自己分手，并且还辞去了公职，以她对杨浦的了解认识，像杨浦那样持重稳健、沉着平和的人，不是顶不住、扛不动的压力和打击，绝不至于如此心灰意冷，万念俱灰，竟然会做出这样的无终选择。尤其让小兰不解的是，关于杨浦今后的去向，杨浦竟然没有跟她透露半点信息。因此，在她的脑际总是盘旋着杨浦种种不测的不祥预感。

林义强本不想说什么的，他隐约觉得，造成杨浦眼前这种局面的原因里面，最直接的原因一定与自己有关。他回想起了这些年里，自己自从马山矿跳槽后，财富与日俱增，在杨浦面前可没少过显摆与炫耀，吃呀喝呀玩呀的，没少刺激杨浦和影响杨浦这个如今瓦解了的家庭，以致后来的小兰见到自己问的话都是有关收入的、房子的、车子的，而提及杨浦，小兰也总是埋怨、委屈，甚至是愤怒。杨浦如今的辞职、离婚、出走，难道与这一切一点关系也没有？他是终于不能忍受了，索性一走了之，眼不见为净，还是另辟蹊径，过属于自己的人生去了？此刻的林义强有种种猜测，但他绝对不会相信杨浦会选择自杀，会结束自己的生命。他不是那样意志脆弱的人。他咳嗽了几下，清了清嗓子，像是在提醒一直在安慰小兰的妻子小秦，他现在有话要说，他觉得有必要把自己的想法说出来。

“小兰，我绝对不相信杨浦会去自杀，他不会做出那样的傻事！他不是那样的人！这件事现在看来多少有些扑朔迷离，但原因一定会搞清楚的，我看这只是一个时间的问题。你要相信我，杨浦一定还会回来的。眼下的情形，我怀疑他可能是跑到了某个偏僻幽静的地方自我疗伤去了。你想想看，离婚、辞职、出走，对于像杨浦那样的人来说，这需要多大的勇气和决心啊！”

“杨浦他到底为什么要这么做呢？”小兰责问道，“是我的不好，不配他，那就离婚吧，可是他为什么还要辞职呢？他的事业不是在蒸蒸日上吗？他不是就要当上马山矿的董事长了吗？而他这一辞职，不是前功尽弃吗？义强，你再想想，他的出走，更是没有道理，他跟谁也没有招呼，要去哪里，去干什么，到如今连他自己的女儿都不知道亲生父亲的下落，他犯得着要这么干吗？”

小兰的这番话，林义强是无法回答的。事实上，杨浦在做出这一切之前，林义强什么也不知道。这之前，他与杨浦最后一次见面，是一个星期前在D市的一家酒馆包厢里，林义强告诉他南山矿发生了大事故，而他跟杨浦作为专家评审的事也被捅了出来。那个时候林义强就有些预感到了杨浦情绪的绝望。而这以后又发生了什么，他就一点也不知道了。难道正是对那次事件的绝望使杨浦最终做出了如今的选择？

这个时候，林义强突然想到了一个人，这个人可能正是整个事件当中的关键人物。

“小兰，你刚才说，刘大鸣借给你二十万买新房，到底是怎么回事？”

小兰重重地往纸巾里擤了一把鼻涕，又擦拭了一下眼睛。“那个叫刘大鸣的，我从来不认识的，有一天突然跑到我家来，说是杨浦大学同学，我也听杨浦说过这个人，非常有钱，他听到我说想买新房正缺钱，就匆匆拿来了二十万，说是借给我买房的，不用还，我说那不行，他最后说，什么时候有钱了再还，反正他是非常无所谓的。我当时就收下了。”

“小兰，我要告诉你一个情况，”林义强越发感到杨浦与刘大鸣之间的纠葛严重了，“就是这个刘大鸣，一直在打着杨浦的主意。杨浦亲口告诉过我的，说刘大鸣开价年薪五十万，配车、配房，请杨浦去他的私营矿山当总经理，但是杨浦始终没有答应他。”

小兰那双被泪水泡肿的眼睛，此刻泛出光泽来：“这么说，杨浦是投奔他去了？”

林义强摇了摇头：“我想不会的。杨浦要是真的投奔了他，那他就不会选择跟你离婚。我想，杨浦不会看重刘大鸣的钱。”

小兰和小秦都对这话感到目瞪口呆，似乎不明白林义强何以把话说得如此明白肯定。而把话说到这个分上的林义强，马上意识到下一步要找的人就是刘大鸣。

第十三章

杨浦的辞职、离婚和随后的失踪，对于柳眉来说，是意外中的意外。

自从上海那次见面之后，杨浦的形象开始在柳眉的印象里渐渐淡化。她开始相信，杨浦可能终其一生都将是体制内的人，并且坚定在体制内发展他的仕途与事业，他对财富没有野心，他会按部就班地，也是循规蹈矩地走完他的一生。至于他能够发展到什么阶段，级别如何，身份几何，柳眉想象不出，或者说，现在还看不出迹象来。她甚至埋怨自己，怎么能把他与刘大鸣想到一块去，杨浦怎么会屈尊于替刘大鸣做那个打工的总经理呢！五十万的年薪，就能诱惑得了杨浦那样优秀的男人，是不是自己太看重金钱的力量了？她有些后悔那次见面自己对杨浦说的那些话。其实，从柳眉的角度出发，她无非还是希望杨浦的个人价值实现得更充分，更圆满些，更符合她所期待的一个成功男人应有的高度。她并不看好在体制内的杨浦，她觉得那样的环境注定会让杨浦活得很累，甚至得不偿失。

当然，柳眉压根儿不会想到体制内的杨浦居然辞了职，对传统坚守的杨浦还离了婚，而且一向沉稳持重的杨浦最后竟不知去向了，这太让柳眉大惊失色，而她得知这个消息也显得有些诡谲——居然是刘大鸣打电话来询问她是否知道杨浦的下落。

那是一个秋阳灿烂的午后，柳眉在办公室刚刚吃完午饭，按照以往习惯她要在电脑上浏览一下当天上午的股市情况，然后去休息室里午睡。

手机是这个时候响的，来电显示“刘大鸣”，她就让手机一直响着，眼睛游动在屏幕上那些红红绿绿的曲线中；过了约莫四五分钟，显示“刘大鸣”的来电又响了，柳眉仍旧视而不见，直到又过了四五分钟的光景，这个来电第三次响起，柳眉才接通了这个电话。

其实这些年里，但凡刘大鸣的来电，柳眉一般都是在三次来电后才接的。以往接通这个电话，刘大鸣要说的大多是他的财富状况、矿山经营效益、下一步宏伟规划目标什么的，像是在对柳眉的嘘寒问暖中不经意中说起的，但柳眉清楚他真实的欲望，说穿了，那是一个日益暴富的男人，抑制不住需要在自己心仪的美女面前炫耀财富和身份的强烈冲动。就像雄性孔雀那样，时不时地需要在那只被穷追不舍的雌性面前翘臀摆尾，展开姹紫嫣红的羽翼一般。这在柳眉看来，其实就是无聊，没品位，自我找感觉，尽管对方也算是个财富加身的所谓成功男士。事实上，柳眉不愿接他的电话，甚至烦他，厌他，还是骨子里从来就没有真正地欣赏过他；而刘大鸣似乎也适应了柳眉对他的态度和这种接他电话的方式。

这里面有一个从来不为外人所知的秘密，甚至包括杨浦至今也不曾完全知晓的秘密，那就是从大学时代起，柳眉就是刘大鸣一直追求的梦中情人。那个年代，刘大鸣穷困潦倒，却不卑不亢，俨然把大学校园作为商场练习着挣钱，周末就在学校门口摆地摊，卖卫生巾、发卡、装饰品、纪念章什么的，扯着嗓子吆喝，一点也不难为情，柳眉就从内心里鄙夷他的这番作为，并认为他的学习成绩之所以糟糕就是因为他如此不务正业。那个时候的柳眉觉得，大学毕竟是学习深造的地方，犯不着如此心急火燎地搞“经济”，就是家里穷，也犯不着一定就要在自己的校园门口做这个营生，好像就是为了练自己脸皮似的，更何况偏偏卖的还大多是女生用的东西。那个时候只要看到刘大鸣在校园门口摆地摊，吆喝着，柳眉就绕道从校园后门回去，也决不愿意跟他照上面。令柳眉万万想不到的是，刘大鸣在校园门口地摊上所赚的钱，都变成了一只只一件件名牌皮包、香水、化妆品或裙子、套装、大衣什么的，由本市某个邮局寄到了柳眉的宿舍，随物还附有一封封情真意切的情书，到这个时候，刘大鸣对于柳眉的良苦用心才昭然若揭。谁能想到那个时候的柳眉，心里只有杨浦，除了杨浦，就再也装不下任何男生了。因此对于刘大鸣这份沉重而心酸的“爱意”，她只能拒绝，也就是说，刘大鸣寄来一次，柳眉就退还一次，并且毫不客气地在退件单上写上“查无此人”。大四时，几乎全校都知道了杨浦与小兰的恋情，刘大鸣更加疯狂地给柳眉寄着那些当时女生的“奢侈品”，情书也越发地肉麻而大胆，他可能是觉得自己的机会终于来了，然而当年那个不动声色的柳眉却照旧坚决地采取退还措施——她如此绝情地拒绝刘大鸣，就是要告诉他，在她柳眉心里没有刘大鸣，尽管她深爱的男生杨浦另有所爱，然而，她伤痛的心里却依然不能容忍让刘大鸣这样的人来填补空白。毕业以后，大家各奔东西，但柳眉却发现，有一个人始终在关注着自己——刘大鸣会通过各种途径掌握柳眉的行踪和处境，包括柳眉在美国时的学习、生活和婚姻，并且想方设法地联络上她，随后便源源不断地把有关他个人的经历和发迹史转告她，无论柳眉是否愿意接收或了解他的这一切，就好像他与她之间从来就不是一般同学关系，而是昔日情人、今日恋人一般。

从手机里传来的刘大鸣的声音，总是显得有些暧昧、做作或假正经的意味。

“柳眉啊，总是来电三次才接电话，不合适吧，老同学？”

柳眉习惯了，说：“这是午休时间，不是老同学，我就直接关机了。”

刘大鸣：“问你个情况，你可要如实告诉我。”

柳眉：“说吧。什么如实不如实的，真是的。”

刘大鸣：“杨浦的情况，你知道吗？”

柳眉：“杨浦？！他怎么了？”

刘大鸣：“我刚从非洲考察回来，去了杨浦的马山矿找他，说好的，他要来我这里当总经理的嘛。可是我去了才知道，杨浦半个月前就辞职走人了，不仅如此，他还离了婚，全矿的人都说，这家伙玩失踪，人间蒸发了！”

柳眉：“你打手机联系过他吗？”

刘大鸣：“还手机呢？那个号码都不存在了！”

挂断刘大鸣的电话，柳眉午休的睡意全无了，她快速地在手机号码簿上找到了杨浦的手机号码，拨过去，没有任何信息，如此反复几次，那个号码似乎永远不存在了。一时间，柳眉靠着椅背，竟觉得自己有些不知所措了。

怎么会发生这样的情况？这也太突然，太意外了！

就在去年初，那次由刘大鸣策划并赞助的老同学毕业十五周年联谊会上，当柳眉第二天得知杨浦当晚就悄然离去的消息后，显得十分意外，甚至有些惊愕。当时她刚刚吃完早饭，在酒店花园里散步，刘大鸣尾随过来告诉了她这个消息。“柳眉，知道杨浦为什么会这么急匆匆地离开吗？”刘大鸣的语气有些阴阳怪气。柳眉如实地摇晃着脑袋，表示不知道，也不理解。刘大鸣凑近了她，差不多是贴着她的耳朵说：“我想，他是因为自卑和羞愧而离开的。他可能会觉得在我们这些同学们面前，他还算不上是一个成功人士吧。”柳眉心里沉重了一下：“你真的这么认为？”刘大鸣无比自信地回应道：“我就是这么认为的。”刘大鸣点着烟，吐出一口，迈出潇洒的一大步，走到柳眉的前面。“当年的杨浦，是多么优秀、多么骄傲的一个人啊！我等同学，何曾入过他的法眼？而如今，在我们这些同学面前，他内心难道不觉得有些失落？有些窘迫？有些尴尬？”刘大鸣的眼光在柳眉的脸上扫来扫去，好像他的话要在柳眉的脸上得到验证。柳眉轻轻笑了，是那种讥讽的笑。“刘大鸣，你话里的意思我明白，可是我觉得你衡量成功的标准有问题，或者说，至少对于杨浦来说，他未必是你说的那种类型,你的所谓成功人士的标准可能并不适合杨浦。”刘大鸣一点也不想跟柳眉较真什么类型标准,他腆着肚子,仰望蔚蓝色的天空。“柳眉啊,我告诉你,昨晚杨浦跟我在海边可是谈了很久,知道我要干什么吗?”柳眉并不搭腔,其实也是想象不出刘大鸣能够与杨浦谈些什么。刘大鸣放高了声调,“我要他跳槽来帮我干,我给他年薪五十万,配车、配房、配秘书,给他一个中型矿山的总经理。”柳眉这才有些吃惊了:“杨浦怎么说?”柳眉当然不会想到刘大鸣这时居然反问她:“你觉得杨浦会接受吗?”柳眉的脑子里顿时有些乱了,她不知道刘大鸣这句话的真正用意是什么,但有一点她是可以确定的:这对昔日因为自己而成为情敌的男人之间(至少在刘大鸣的情感世界里是这样),暗地里的刀光剑影可能从来就没有停息过。刘大鸣在认真地看着她,等待着她的回答,于是柳眉就笑了,笑得释然轻松。“我说不好,杨浦接受与不接受都是他个人的事。”

她径直挪步往花园深处走去。她忽然觉得没有必要把这种谈话继续下去。这些年里,她并不知道杨浦的经历和环境,她与他之间一直缺乏那种知根知底的交流与了解,她如何谈得上替他代言呢?不过,在当时她觉得如果刘大鸣所说的这些都是真实可信的话,作为昔日大学同学,杨浦在当前没有更好的选择的情况下,投奔刘大鸣,既有经济上年薪五十万等诸多待遇,又可以施展个人干事业的才华和能力,也不失为一种明智的选择。如今早已是一个极其务实的时代了,在所有体现个人价值的杠杆中,金钱是最实际、最有效,也是最有说服力的标准。这种想法,也是后来杨浦来到上海与她见面时,她直言不讳向杨浦灌输的理论。她当然不会想到,在上海的那次谈话,柳眉的所谓务实理论,其实是给当时的杨浦造成了内心伤害,以致于杨浦事后十分后悔那次相约的见面。

事实上,柳眉永远不会想到的是,能够驾驭和左右杨浦及其命运,是刘大鸣多年以来最执着不过的念头。甚至从大学时代开始,刘大鸣就暗暗发过誓言,将来要超越杨浦,打败杨浦,把杨浦这样当年学业优秀的人物挤进一个可以被金钱宰割的境地里。刘大鸣那个时候曾经想到，如果这个世上没有杨浦，或者说，大学岁月里没有杨浦这样的男生，那么柳眉的心里就有可能有了他，继而爱上他，从而使那段岁月成为自己人生的美好回忆。因为有了杨浦，他的所有努力几乎都付之东流。而那个时候的杨浦，身边有那么多爱着他的美女资源，他可以选择谁，也可以谁都不选择，就是在小兰这样的名校校花与他携手并肩时，他却依然能够被柳眉这样痴情的美女所迷恋着。这对刘大鸣就是极不公平的命运。这些年里，刘大鸣疯狂地捞取金钱，不择手段，用金钱武装自己，就是想证明自己已经强大了，甚至可以来收拾杨浦之流了。他这样做是给自己看的，也是给柳眉看的。在刘大鸣的内心深处，尽管他如今腰缠万贯，财大气粗，其实面对杨浦，他还是有着一种不可告人的自卑的；他清楚地知道，论及杨浦的才华、能力、品德，都远在自己之上——表面上看，他那样虔诚地聘请杨浦来做他的私营矿山总经理，是出于真挚的同学情谊，出于欣赏杨浦的才干和能力，然而只有他自己知道，这其中隐藏了他难以言喻的、私欲的报复心理——使杨浦就范，只会给他刘大鸣带来超值的利益。想想看吧，昔日学生中领袖式的人物，风流才俊，明星耀眼，光环无数，美女相拥，如今却屈尊于那个当年在校园门口卖女生卫生巾的穷小子的麾下，仅这一事实，就是由表及里的多大的荣耀啊！

他今天给柳眉打来电话，是真的想探询杨浦目前的下落。从目前情况来看，这一轮较量，他已经大获全胜；只是他万万没有想到，杨浦居然会如此干净利落、悄无声息地就撤离了战场，尽管是带着累累伤痕，这让他颇为不爽。

第十四章

黄昏时分，长途客车终于在一座小城破旧的汽车站里气喘吁吁地停了下来。司机停稳了车，在驾驶座上欠起身，展开双臂，龇牙咧嘴地撑出一个疲惫不堪的大懒腰，说："终点站到了。"接着才嘀咕着这趟车跑得辛苦、困顿，骂骂咧咧了一阵。

这是一辆省际长途汽车，司机一趟下来要三天时间。

杨浦提着自己的行李包，随着一车困倦不堪的旅客下了车，这才知道到达的这个地方是粤北小城C市。

暮色在小城的上空越来越浓重，混乱而肮脏的街道上人来车往。行色匆匆的路人与杨浦擦肩而过，仿佛赶往集市一般。眼前的一切都是陌生的，像是在梦境里，没有熟悉的面孔，甚至连一点熟悉的迹象也没有，充斥在周围的声音听起来也是那样莫名其妙。

对于杨浦来说，当务之急是赶紧填饱饥肠辘辘的肚子，然后找个旅店住下来。

走过两条街巷，有缕缕游丝般的牛肉面的香气袭来，寻香而去，面馆就在街角路边。杨浦一口气吃下了两大碗香喷喷的牛肉面，身子微微泛出热汗来。这个混迹于同样围坐在路边小桌椅上埋头吃面喝汤的打工仔、农民工、失业者群体中的杨浦，似乎终于回到了他的本色人生，平凡而落魄，穷困而孤独。

付了钱，从小桌上脏兮兮的黑塑料桶里抓一团纸巾擦去脸上和额头的汗。天色渐渐黑下来。杨浦问面店老板,附近有旅馆吗?老板挥手往前一指,转身就忙活去了。按照老板指的方向,穿过一条阴暗的街道,杨浦找到了一家所谓“二星”的宾馆。住下后,他洗了个热水澡,洗完后,烧了壶热水,用宾馆纸袋装的碎茶给自己冲了杯茶水,放在床头柜上。他裸着上身,躺在床上,头发湿漉漉的。他知道,自己现在的位置距离马山矿所在的D市,也就是自己出发的地方有近六百公里之遥。到目前为止,可以肯定的是,没有人知道他独自来到了这里。这正是他希望的,他甚至希望永远也无人知道他而今落脚的地方。他忽然发现,自己的人生好像又鬼使神差地回到了一个新起点,而就在前天,就在自己的辞职报告未交到裘胜荣手上之前,这一切几乎是不可想象的。他原以为自己的人生会是另外一番景象,私营矿山的总经理,年薪五十万,可能时常还要与刘大鸣出入所谓“大场面”,光顾“大世界”,可是一切都突然翻了个个儿——他居然在一夜之间就变成了孤家寡人,而且一文不名!

杨浦勾起腰从床架上拿过他汗渍密布的上衣,从口袋里掏出皱巴巴的香烟,捋直,点上,吸起来。昏黄的壁灯灯光映着他明显消瘦的脸颊。烟雾中,想想这一年来的经历,他觉得其中充满了命运的诡异色彩。如果没有那些隐蔽的却是日益显现的物欲压力,没有那些关于权势、地位、金钱和享乐的氛围与气场,说得实际点,没有小兰坚持要买那套新世纪一百二十平方米的大房子,也就有可能没有接受林义强建议去从事以专家身份挣“外快”、捞“红包”的作为,也就有可能不会发生后来的南山矿重大人身伤亡事故而牵扯出的“专家评委评审”的丑闻,也就可能不会最终促使杨浦决定投奔刘大鸣,并且下决心辞去公职。想一想,这些好像还不是问题的症结所在。那么,症结在哪儿呢?就在前大,前天才是彻底转变的一天,这一天好像才是命运变数的玄机所在。如果杨浦事先就与刘大鸣取得联系,而且掌握了刘大鸣原来并没有真正的诚意邀请他加盟,那么杨浦还有可能将辞职报告交到裘胜荣的手上吗?如果没有辞职,自己的命运又会是怎样的轨迹呢?“南山矿事件”有可能使自己身败名裂,自己的仕途可能就此夭折?

躺在床上的杨浦,又续接了一支烟。在昏暗的壁灯灯光里,杨浦的神情显得凝重而痛苦。狭小的房间里烟雾弥漫。他忽然觉得自己可能无法理得清已经发生的这一切,因为这一切的里面似乎纠葛了太多的变故,且迷雾层叠,怪异难辨。直到现在,只要一想到刘大鸣,杨浦都难以抚平他在最后一次电话里所表现出的那种轻慢、轻蔑和戏弄的态度在杨浦内心造成的刺痛与伤害。杨浦不明白的是,刘大鸣这个混蛋,既然没那个诚意,为何表面上要表现得那么真诚而谦虚,甚至不惜把他的诚意告知所有的同学、朋友,以迫使杨浦就范,而当杨浦真的辞职来投奔他了,他却是那样一副阴险的嘴脸?他为什么要这么做?杨浦思前想后,觉得自己并没有伤害过刘大鸣,整个大学时代其实是帮助他,甚至可以说是有恩于他的,譬如帮他考试过关,帮他顺利毕业,那么问题是不是当年的自己太过于优秀,太过于招人耳目,太风头强劲,以致于刘大鸣饮恨至今?

在杨浦的反省里,独独没有想到柳眉是不是个因素,独独没有想到会不会因为柳眉当年一心爱慕自己这件事可能引起刘大鸣的心存怨恨,从而酿就了如今这场没有硝烟的潜藏着羞辱的报复?如果真是那样,杨浦就会发现,刘大鸣的这个报复太阴险、太歹毒了,因为从结果来看,杨浦不仅被弄得妻离子散,而且家庭事业皆已分崩离析。

事业没有了,为什么又偏偏要急于把家庭也拆了呢?此刻,把自己隐身在粤北小城这家破落而简陋的小宾馆里的杨浦,对于自己的离婚选择,并不后悔。他依旧清晰地记得,当在电话听到刘大鸣用那种暧昧语气说出给了小兰二十万用于购买那套大房子时,耻辱与愤恨齐涌心头,陡涨的血压令他一阵晕眩;他从不向人借钱,何况是向刘大鸣借钱,就是说,他绝不会向刘大鸣借钱,这里面似乎不需要什么原因,就是不能向他借,一借,他的自尊、脸面,甚至全部身价,便完了,碎了,土崩瓦解了!这几乎是他可以捍卫的自己在刘大鸣面前做人的底线！那一刻杨浦的脑际顿时就蹦出了那个决绝的决定：离婚。这一年多来夫妻之间的纷争吵闹，无以穷尽的欲望索求，而眼下，自己又辞职了，这个婚姻就不能再成为彼此的羁绊。而在这之前，小兰就已经提出了离婚的建议，想到自从小兰提出离婚以来自己所过的不堪的日子，这场婚姻看来也是到了尽头。在小兰最后一刻提出离婚能否缓办时，杨浦之所以依然那样态度坚决地要办，是因为他痛苦地意识到，他是无法说得清自己被伤害得有多深，也无法对小兰或者对小兰的父母，也包括自己的父母和亲人们说得清这风起云涌的变化——他说得清他为何要辞职吗？他说得清他是如何被诱惑着走到今天这步田地的？说得清他其实是被人暗算了、陷害了？一句话，说得清他如今这一败涂地的尴尬耻辱的处境的来龙去脉？

杨浦下了床，趿着鞋，吸着烟，移步到窗前。夜幕下的粤北小城，灯光迷离，夜色撩人，所有的喧嚣嘈杂，好像都被层层叠叠的夜色所隔断。这个伫立窗前被失败困扰不堪的年轻人，重重地叹息一声。就让时间把那一切统统冲淡，忘掉；他要隐身起来，是因为那样的耻辱使他情何以堪，他已无颜见江东父老，他甚至想到自己的将来就终老在某个荒山野岭而无人知晓。他在对自己说，我已万念俱灰，我现在要做的就是把过去的一切全部忘掉，那些人，那些事，那些曾经发生的一切！他毫无目标地搭上那辆长途客车来到这个偏僻的粤北小城，那么下一站在哪里，他不知道。既然命运已经左右了他，那么就让命运继续左右他吧。他现在真正体验出了听天由命的真实滋味，只是他心里多少还有些惶惑不安。

他把手指间的烟扔了，熄了灯就睡下了。明天行程如何，明天再说吧。

第十五章

翌日一早，杨浦就起床了，他是被一个梦惊醒的。梦里他已经剃度，正式成为出家之人，一身袈裟，云游四方，整日阿弥陀佛，某日在某个路口，竟然不期与手牵着明明的小兰相遇，小兰根本就已认不出眼前这个形容枯槁的和尚是谁，神情上甚至充满了抵触的厌恶，拉紧了明明，竭力回避与这个和尚的靠近，然而聪慧的小明明却仰着小脑袋，死死地盯着这个等待在红绿灯口的表情茫然的和尚，当绿灯放行时，这个孩子终于大声哭喊道："爸爸——！爸爸——！"梦就是这个时候醒的。梦醒后的杨浦在床上坐起身来，想到梦里的一幕幕，不禁打了个寒战。这个梦是个启示，还是某种召唤？难道自己的未来将终老于香火缭绕的寺庙？

他洗漱好之后，就背着包走到了街上，就像一个醉了酒的人醒来后的状态，头重脚轻，脑子里好像有打算，却一直没有确定的目标，心理上却是对什么也没有准备好的那种手足无措。那时天色刚刚放亮，街上几乎没有什么行人。

在路边一个早点摊上，杨浦一边吃着热腾腾的馄饨，一边问邻座的一位也在吃着馄饨的老人，附近有寺庙吗？老人停下筷子，定睛看了看他，没有回答他，继续埋头吃着。杨浦觉得不便再问了，默默垂下头去。身边的老人呼啦啦地吃了半晌才说："年轻人，你是外地来的吧？只有外地人才会问这里有没有寺庙？——南山寺，知道吗？"老人提高了嗓音，像是突然被激怒了似的，"我们这里的南山寺可是国家的名寺，你都不知道？"早点摊上的人抬起目光扫视过来，好像这里马上要发生什么。杨浦见状，马上低声对老人表示抱歉，说自己是真的不知道，外地来的。老人放下筷子，一板一眼地指点着方向：从这里出发，向南走上十里，南山寺就到了。“那里的香火可是旺盛呢！”老人夸张地拖长语调。

老人说得没错，向南十里的地方就是著名的南山寺。杨浦走到这里时，旭日一抹艳红而柔嫩的光芒，透过层层树木的枝叶，幽静地泼洒到古老寺庙凌空飞翘的屋顶和鹅黄色的墙面，浓郁一片的密林中，有一声接一声的清脆鸟鸣，好像告知来访者，这里的静寂是自然而神圣的，不容被打扰。有一个身穿袈裟的小和尚手持扫帚在打扫寺庙的前院。杨浦上前拜见这位小和尚，询问南山寺住持方丈是哪一位，如何求得一见。小和尚细皮嫩肉的，二十出头的年纪，薄薄的唇上尚未长出一星半点的胡须。他停下扫帚，上下打量着杨浦，眼神里既疑惑又纳闷。“你是干什么的？”小和尚问。杨浦：“一个游客。”小和尚用手指着院外：“出去，这里是僧寮堂，八点以后寺庙才开放。你要购票才能入内。”小和尚的态度和语气都显得不容置疑。杨浦只得退了出去。

寺庙前的广场上，陆续有载着游客的车辆驶来，寺庙前甬道两侧摆摊的商贩开始吆喝，游客纷纷去购请愿香，另一部分则聚集到了售票口那儿，准备购票。孤身一人的杨浦抬腕看表，距离八点还有段时间，便点着一支烟吸着，在寺庙周围转悠起来。沿着厚重的印着斗大方正的“阿弥陀佛”字样的围墙边的小道，一路走进深山密林，这里古树参天，浓荫蔽日，薄雾在晨曦里袅袅升腾着，鸟儿啼鸣着在枝叶间穿梭，空气清新，凉意袭人。杨浦隐约看见一个身穿袈裟的老和尚从山间下来，手持佛珠，气定神闲，口中似乎默念有词。到了近前，杨浦看到这是一位面目清癯的老人，眉宇间散发着仁慈平和的光泽。未等杨浦开口，老和尚先停下脚步，口念道：“阿弥陀佛！我佛慈悲！”杨浦赶忙双手合十，毕恭毕敬地说：“大师傅，敢问南山寺的方丈是谁？我想拜见他。”老和尚展眉一笑：“老讷正是，请问年轻人有何指教?”杨浦把背的包放下，当即就跪下了:“拜见大师傅！我有大困惑想求教啊!”方丈哈哈大笑起来，仿佛眼前这个潦倒落魄的年轻人的举动早在他的预料之中。他说:“善哉善哉！请起吧，年轻人，随我去佛堂一一讲来。”

方丈走在前面，手转佛珠，口念佛经。“观自在菩萨，行深般若波罗蜜多时，照见五蕴皆空，度一切苦厄。舍利子，色不异空，空不异色；色即是空，空即是色。受想行识，亦复如是。舍利子，是诸法空相，不生不灭，不垢不净，不增不减，是故空中无色，无受想行识，无眼耳鼻舌身意，无色声香味触法，无眼界，乃至无意识界，无无明，亦无无明尽，乃至无老死，亦无老死尽，无苦集灭道，无智亦无得，以无所得故，菩提萨埵，依般若波罗蜜多故，心无挂碍，无挂碍故，无有恐怖，远离颠倒梦想，究竟涅槃。”杨浦跟在后面，惊喜得一声不吭。

老和尚走在这条下山道上步态轻盈飘逸，杨浦差不多小跑着才跟得上。老和尚领着杨浦从后门进了寺庙，早晨杨浦在前院遇见的那个小和尚正恭敬地站在后门里迎接方丈，瞧见他身后的杨浦正要上前阻拦，方丈一抬手:“让他进来，是个迷障的年轻人。带他去讲经堂。”方丈独自往大殿深处走去。小和尚又上上下下看了看杨浦，说:“你不简单啊，我前面撵你出去，你后面居然跟上了方丈!” 原来方丈每天清晨都要上山去做功课，风雨无阻，今天巧的是被杨浦遇上了。杨浦说:“看来是我跟你们方丈有缘嘛。”小和尚念了句“阿弥陀佛”便不再跟杨浦言语，把他领进空寂无人、光线黑暗的讲经堂里，说了句“在这里等着吧”就转身走了。

不多时，方丈来了，他换了一套青色袈裟，手里依旧转动着佛珠，像片青色云朵般飘然而至。他没有在讲经堂的正台上落座，而是拉开两把椅子，放到屋子中央的天井底下，自己坐上一把，另一把让杨浦坐上。这里明亮净洁，外面阳光的升高移动，都会给这里带来光线变化。杨浦与方丈落座后，彼此都能清晰地观察到对方的仪表与神情的细微反应。杨浦就注意到眼前这个古稀老人面容变得红润了，神情安详平静，炯炯有神的目光正专注着自己。杨浦把头微微低垂下来。方丈问话了："年轻人，说说你的大困惑吧。"

杨浦犯难了。刚才在山道上，那会儿他向方丈说出"大困惑"似乎是脱口而出，又像是胸有成竹，可是真到了需要自己一一展开那个大困惑时，他却觉得不知从何说起，他脑子里顿时乱作一团。"我——我——我——我很失败！"好像只有这个开头才有可能把他要说的引发出来。"我放弃了事业，也放弃了家庭，不，是事业很失败，婚姻也很失败，这一年多来，我觉得自己好像始终被什么魔咒罩着，摆脱不掉，又欲罢不能，我为此痛苦死了，可是并没有人了解我，理解我，更谈不上来帮助我……"

方丈一动不动且一言不发地听着，清癯的脸上始终挂着那种慈祥宽容的微笑。

"从大学时代起，我几乎一直是青年当中领军似的人物，我收获过各种各样的荣誉，也收获过在当时令人羡慕的爱情。进入社会后，我也一直比较顺利，家庭和事业都发展得很好，女儿也是个懂事可爱的孩子，可是不知怎的，最近几年里，我就觉得情况在发生着变化，而且是悄然无声地变化的；不知不觉的，人就有了更大的欲望，而且是不可抑制的欲望，有金钱和物欲方面的，也有地位和权力方面的，而现实与这一切之间的距离不是在缩小，而是越来越大；从那个时候起，人就变得烦恼了，变得不安宁了，而且总有一种说不出来的惶惶不可终日的感觉。"

杨浦把话停下了，他觉得心里很乱，他说不好交织于心的那种尖锐而酸楚的痛感。他想这个时候面前的方丈可能会开口说上几句吧。时间在沉寂中滑去，仅有的声息就是方丈手中转动着的佛珠，在手指间窸窣地滑动着。显然此刻的方丈依然不想开口说话。低垂着脑袋的杨浦发现，面前的方丈的影子往自己面前凑近些了，他知道那不是方丈挪动了身子，而是阳光升高了，光线转到了方丈的背后。

“我是离家出走的。出走前，我把工作辞了，把婚也离了，把过去所有朋友与同事的联系方式统统放弃了，我这样做，就是想从此变得无牵无挂，孤家寡人。我越来越怀疑，这一切或许就是我的命运，我这样做也就是认命了。能够到南山寺来，也不是我事先计划好的，这或许也是命运的安排。”

方丈笑着开口了，声音极其轻柔：“年轻人，你到南山寺来要解决什么问题呢？是心上的困惑迷茫，还是想求得将来事业和家庭的圆满？”杨浦怔了怔，抬头迎着方丈睿智的眼光：“是心上的困惑迷茫，解我的迷障，还我内心的宁静。”方丈依然那样笑着，笑得平和有度：“说得好，年轻人。这么说，老讷能不能理解是，你打算在南山寺出家啊？”这可是杨浦从来也没有想过的重大问题，经方丈一说，他却猛然感到自己与作为笃信佛教的出家人之间，还存在着种种不可深究的迷障。他想到了早晨起床前的那个梦。他有些茫然地看着方丈，而方丈依旧慈祥地微笑着，似乎全然洞悉了眼前这个年轻人的前世今生。“年轻人，你放得下你那没有完成的事业吗？放得下你那个离了婚的妻子吗？放得下你那个懂事可爱的女儿吗？依老讷所见，你现在的心里还是郁积了太多的不舍与怨恨，是不是这样，年轻人？”

杨浦低头不语。那一切像块巨石一样压在他的心头上，像一团黑沉沉的雾障笼罩在他的脑子里，他怎么能“放得下”呢？

“年轻人，你尘缘未了，佛缘未到啊！吾佛大慈大悲，普度众生。人生苦海，烦恼无边，皆由欲念所致；吾佛讲慈悲，无欲，包容，智慧，要解决的就是吾等苦众生的迷障。吾佛之般若，全是心之妙用。上至佛，下至众生，无不由此而成佛道，了生死，度苦厄。论其性体，是不生不灭的金刚；论其相貌，却是无形无状的实相；论其妙用，乃是不可测知的圆通神妙。这个般若，是人人有份的，佛和众生都是平等的；不过佛是开了般若慧，众生是有而不开，被无明所蒙住了。年轻人，你就是‘有而不开，被无明所蒙住了'!"

杨浦点了点头，点得虔诚而恭敬；他知道方丈在点化他，疏导他，尽管他一知半解，但还是有所察觉方丈话里透着的意思，那就是尘缘里，你牵挂的还很多，依旧迷障，也就是他尚未了断他的尘缘。他如何才能了断他的尘缘呢？他了断得了吗？

"年轻人，今天你也算是跟佛结缘了。但愿吾佛从此在你心里，佛光照着你，使你早日摆脱苦厄之境——阿弥陀佛！"方丈说罢就飘然而去。

第十六章

林义强是在公羊山矿业有限公司总部见到刘大鸣的。

在这之前，他曾跑遍了刘大鸣所属的几个矿山公司，都不见他的人影，多方打听，才知道他人在非洲某国，在那里商谈购买矿产资源事宜。林义强找刘大鸣，主要还是想寻觅杨浦的下落。林义强谎称自己是刘大鸣生意场上的朋友，有重要商务商谈，这才从公羊山矿业有限公司那位嗲声嗲气的女秘书口里弄到了刘大鸣的手机号码。他当即就给刘大鸣打去电话，刘大鸣开始在电话里支吾着，当听到对方说是杨浦的朋友林义强时，便连说了两声“久仰、久仰”，于是跟林义强约定，在他回国后就约定见面时间。

根据约定的时间，林义强上午九点前驾车经过密林中一条曲折延伸的盘山小道，来到了公羊山矿业有限公司总部，总部位于公羊山主峰一侧的一幢别墅式三层洋楼的小院里。据说这里曾是一座仅次于主峰的山巅，坐北朝南，草木繁茂，经请来的风水大师断言是一处不可多得的“紫金宝地”，于是刘大鸣前后花去了一千多万，先征了地，后派出爆破工程队进驻山上，硬是用炸药将整个山峰炸平，开辟出二十亩平整地，兴建起了这幢别墅式三层洋楼作为办公场所，几年下来刘大鸣的生意，还真是风生水起，财源广进。林义强将自己的奥迪车开进小院时，看见在小院的另一角落停放着黑色锃亮的奔驰 S600，他知道刘大鸣已先他到了。

林义强从未与刘大鸣面对面接触过，虽说自己从马山矿跳槽出来后一直在私营矿山担任总经理，也算是在一个行当里有头面的人物，但却从来不曾主动去跟刘大鸣结识。他对刘大鸣这个人早有耳闻，这是个既豪爽大方又精明奸诈，既一掷千金又锱铢必较，既乐善好施又心狠手辣的家伙；反正在搞矿山的这个圈子里的人说到他，既有巴结他、讨好他、敬佩他的，也有反对他、回避他、甚至厌恶他的，结论是，这个人玩阴的和玩阳的，都是高手。因为听得多了，久而久之，在林义强的印象里，刘大鸣绝对不是同道之人，他从来也没有想过要跟这个人物攀上关系。最初听到杨浦说刘大鸣要他跳槽去做总经理，年薪五十万，配车、配房、配秘书，当时的林义强没有反对，是觉得杨浦与其在那个国营的马山矿就那么既无名又无利地空耗下去，还不如选择刘大鸣提供的舞台，至少也算是物有所值；其实在林义强的内心深处，他是不太相信杨浦会看上刘大鸣这个人的，这好像跟金钱与待遇都没有关系。杨浦是何许人也，以杨浦的品德、学识、能力，包括为人，跟刘大鸣之流排列在一起，是让林义强难以想象的事，甚至显得有些不伦不类。现在，林义强主动找上门来，是因为他觉得杨浦如此反常的辞职、离婚，包括眼下的失踪、音讯全无，可能背后就有刘大鸣的因素。

“来人可是林总啊？鄙人可是早就恭候在此了！”洪亮而亲切的招呼声，是从楼上宽大的阳台传来的。

刚下车的林义强抬头看见，生得高大威猛的刘大鸣穿着洁白的西式背带裤，手持烟卷，笑容可掬地站在阳台栏杆旁冲他招了招手。林义强点着头，便匆匆进了小楼。

三楼阳台上摆放着一张古木圆桌，上面摆好了香烟、水果和两杯沏好的热茶，旁边两把藤椅显然是供宾主就座的。刘大鸣上前跟林义强握手，“久仰啊，久仰啊，林总！”刘大鸣谦逊的态度，让林义强多少有些受宠若惊。“久仰刘大老板啊！”林义强弯了一下腰，声音涩涩地说，“这里可真是世外桃源啊！”“哪里哪里！”刘大鸣打着哈哈道。两人在藤椅上落座。

刘大鸣给林义强敬了一支烟，林义强接了，刘大鸣伸过打火机给林义强点上。

“林总如此急切地想跟我见面，不知有何事见教啊?”刘大鸣吐着烟雾问。

刘大鸣尚在非洲某国接到林义强的电话时，就猜测到一定是事关杨浦的，他知道就是受这个林义强的鼓动和组织，杨浦才去周边那些小矿山干起了“专家评审”，南山矿事故东窗事发后，他就了解到这个林义强跟杨浦一样如热锅里的蚂蚁。事实上，刘大鸣就是要在这个时候给杨浦一个致命重击，他之所以在接到杨浦最后那个电话时要采取那样轻佻、怠慢、戏弄的口吻拒绝杨浦的前来投靠，就是要狠狠打击一下杨浦骨子里的虚荣高傲和自命不凡，他要让形势逼使杨浦乖乖地前来哀求自己收留他，给他最后一块生息之地。当然，从现在的局面看，杨浦根本就没有前来哀求他，而是从此音讯全无。刘大鸣回国后给杨浦打了电话，那个时候他是想看看杨浦如今的心气如何，是否只剩下等着他刘大鸣来收购他的卑微了，然而杨浦那个手机已经没有了信号。这件事还是让他明白了，杨浦还是那个杨浦，根本就没有迹象表明他肯屈膝于自己金钱和地位的诱惑。当然，刘大鸣也意识到了，自己毕竟是伤害了杨浦，而且是重重地也是无可挽回地伤害了他。那么，林义强的约谈，或许就是要来替杨浦讨回公道，讨回尊严？然而当时林义强在电话里只是说：“我想跟你见面谈谈。”刘大鸣便说：“回国后我约你来谈。”两人都没有把要谈的具体内容说出来。现在应该是摊牌的时候了。

在林义强看来，不论是做朋友或者做敌人，刘大鸣都是一个难缠的对手。从见面到现在，他都能强烈地感受到有一种来自眼前这个肥头大耳、身强体壮的家伙潜在的居高临下的心理压力，因为他的财力、权势和如今拥有的地位；而他脸上机械地泛起的微笑，透着商场上职业的虚情假意，甚至连他今天身穿的洁白衬衣，宽大的背带裤，油光锃亮的大背头，都仿佛显示着他仅仅是出于礼节性的需要才如此郑重其事地约见眼前这个叫林义强的家伙。

一落座，刘大鸣就开口问到何事相约，显然是没有闲情与林义强客套什么或兜圈子、绕话题，林义强也就开诚布公了：“刘老板，实不相瞒，我是为你的老同学杨浦而来的。他也是我的好兄弟。据我了解，你曾三番五次地邀请杨浦来贵公司，开价和待遇都不菲，那么杨浦如今在你这里高就了吗？”

刘大鸣一贯的作风就是等到对手出了牌，他才决定如何出牌。不出所料，这个林义强就是为杨浦而来的，而且显然对杨浦如今的情况，他跟自己一样也是一无所知。这一刻令刘大鸣稍感欣慰的是，看来杨浦并没有把他刘大鸣如何婉拒他、戏弄他，甚至羞辱他的事告知林义强，看来林义强还是完全蒙在鼓里的。这就为刘大鸣接下来的冠冕堂皇提供了条件。

“林总啊，我这些天里，也正纳闷着呢，说好的来帮我干，怎么一下子就没了影儿了呢？你说得没错儿，我邀请杨浦何止是三番五次啊，比三顾茅庐的动静都大多了，去过他的家，还去过他的单位，甚至差点儿还跟他一块参加了那次井下的透水抢险呢！他如今也不知去了哪儿，连给我个落实不落实的话儿也没有，再也不照面儿了！你说说，他这还算是老同学吗？”

“这么说，你也不知道他如今去了哪里？”林义强诧异地看着他。

刘大鸣耸了耸宽厚的肩膀，显得无奈而失望。“说好的，来我这里干总经理的，如今位置我还空着呢，可是人却不知去向了！从国外回来，我就一直纳闷着，杨浦他可不是这号人啊，他从来都是一言九鼎，是言必行、行必果的谦谦君子，怎么也跟我们玩起这种失踪游戏来了！他完全犯不着这样嘛！”

林义强说：“杨浦这回可是玩大了，他不仅辞了职，而且还离了婚。这段日子我到处打听他的下落，却没有任何结果。”

刘大鸣显出震惊不已的样子。“他这是为什么啊？他难道疯了？他那种人能够做出这样的选择，你不说打死我也不信呢！”说这话的过程里，刘大鸣已经在掂量自己给杨浦造成的伤害的程度了。此刻让他无法心安理得的是，杨浦如此决绝的选择里面一定有自己的罪恶之手。当然，他绝不能说破这些。

话说到这里，杨浦的情况已基本明了，彼此后续的话题就显得乏味了。静默一出现，气氛就不太自然了。林义强在想着自己是否应该起身告辞了。对林义强来说，是因为涉及杨浦，否则他并没有兴趣主动上门来与刘大鸣这种人谈话或交往。正欲起身之际，刘大鸣冷不丁地问道：“林总，你是怎么知道，我曾三番五次地邀请过杨浦来我这里的？是他亲口告诉你的，还是你听说的？”之所以要问这件事，是因为刘大鸣始终不明白，如果杨浦真的需要钱，投奔自己这里来不就结了，何必要跟眼前这个心气不低、但城府不够的林义强去当什么“评审专家”——利用周末，差不多是偷偷摸摸地去那些小矿山挣那些见不得阳光的蝇头小利？林义强并不知道刘大鸣有如此疑惑在胸，便如实说了：“是杨浦亲口告诉我的，而且是你们去年初那次毕业十五周年同学联谊会上，你向他提出的。我说得没错吧？”

“他有没有告诉你，他为什么迟迟不到我这里来报到的原因？”刘大鸣太需要知道这个底细了。

林义强并不想替杨浦掩饰什么：“我想，他心里还是放不下马山矿的事业吧。我们在一起共事多年，我知道，他骨子里对于那座矿山是太有感情了，否则他也不会坚持那么久。”

“No，No！”刘大鸣摇晃起手指，表示不同意林义强说的。“我可不这么认为。”他把粗壮的身子滑进椅背里，腆起圆鼓的肚子。“我觉得，杨浦是从一开始就不太情愿屈尊于我的名下来干他的事业，这对他来说太有失自尊了——我们是大学同学，他曾经是如何风光的，只有我最清楚，这是其一；其二，可能因为我聘请他那么优秀的人开价低了，而他又是太需要钱的，只是因为自尊心和虚荣心作怪，他从来不都说出来罢了。否则，他怎么会去偷偷摸摸干所谓专家评审的勾当呢？”

林义强当即就脸红了，那“勾当”二字差不多点到了他的死穴，这也是他自责自己最对不起杨浦的地方。他警觉地追问道：“刘老板，你是怎么知道专家评审这件事的？”

“哈哈——”刘大鸣得意地笑出来，好像是因为林义强太低估了他的能力。“我不仅知道杨浦那个所谓专家评审的来龙去脉和他们的所作所为，而且——我现在甚至怀疑，可能就是因为南山矿重大人身伤亡事故的追究，才导致了杨浦最终选择辞职和离婚，然后才人间蒸发的。”

林义强忽然觉得自己这一刻几乎惊出了冷汗。太阳升起来了，绚烂的光芒越过山顶，充沛地照耀在这座宽大优雅的阳台上，也照在林义强的脸上、身上，他还是觉得浑身有阵阵寒意掠过；他知道，这阵阵寒意是来自身边这位居心叵测的刘大鸣。南山矿事故的处理决定已经下发了，其中涉及“专家评审组”的处理意见是，责令解散专家组，所有专家组成员均取消所聘专业高工资格和职称，不得再担任本专业领域的专家，并在所在单位进行通报批评。

“刘老板，你认为南山矿的事故正常吗？”林义强问，语调有些变了，他隐约意识到在事件的背后可能有一只看不见的黑手在操纵着。这些日子里，他一直对南山矿居然接连出现的人身伤亡事故百思不得其解。是人为的，还是天意？否则怎么解释得清呢？

刘大鸣似乎并没有觉察到林义强语调的变化和心理的强烈反应，他从圆桌上的中华烟盒里给自己抽出一支烟，衔上，点着，吸起来（他不再给林义强递烟过去）。“这个……怎么说呢？”他显得有些为难的样子，“你我都是搞矿山出身的人，而且都在管理着矿山，说句迷信的话，那就是天意吧。”他把嘴里的烟雾喷得很高。

“你真的这么认为?”林义强专注地看着刘大鸣,那目光变得怀疑而执着,“既然说到你我都是搞矿山出身的,那么你想想,像南山矿那样比较完整的基础设施和安全作业条件,怎么可能发生那样骇人听闻的伤亡事故,而且接二连三?”

刘大鸣感觉到了林义强直视着自己的眼光,更感觉到了他语调里已深藏别意。他本想继续打哈哈地说一句“我看,那就是天意吧”,可临到开口时,他说出的却是:“我看,该来的总是会来的吧——倒霉的就自认倒霉吧,如今谁还说得清呢!”

林义强觉得内心揪紧了:“刘老板,你可不可以告诉我,南山矿事故除了自认倒霉,怎么就说不清了呢?”

刘大鸣面呈窘色了。此刻他可能忘了,他面前的林义强不仅是南山矿专家组的参与者,而且是组织者,对于那个评审过程,没有人比他更清楚他们履职的真实情况。“这个……这个嘛,都结束了,有结论了,也就是盖棺定论了,你说,谁还说得清呢?”

林义强没再追问什么,然而,就是从这一刻起,他几乎跟自己断定,南山矿事故一定与刘大鸣存在瓜葛,他甚至不由自主地联想到,杨浦如今的结局可能早就在别人设计中了。这个设计者的阴险目的,就是要彻底打败那个人的自命不凡,粉碎那个人的骄傲自负,让那个人名誉扫地,最后不得不做出彻底妥协,否则就只能一走了之……

第十七章

在粤北小城C市，不知不觉中，杨浦已经度过了一周光阴，恍然一梦。空白的、茫然的，没有任何着落的一梦。自他记事起，或者说，从当年在那个小乡村怀揣着远大理想与抱负的那个时刻起——从乡小学到县中学到大学到马山矿——他的人生状态从来就没有经历过这样一个如同漂流于汪洋大海之上，且随波逐流、无能为力的状态。以往岁月里，他几乎都是自己真正的主人，掌控着自己，且功利地谋划着自己。

这一周光阴里，他坚持到南山寺去，与众多善男信女一起听经参拜，俨然一个皈依信徒。他觉得似乎只有在那一片祥瑞唱和的诵经梵音中，自己才能忘却一切，无思无虑，身心皆空。他先后几次去找那位慈眉善目的老方丈，想再次当面聆听教诲开导，但却一次也没有见到老方丈了，即便是清晨守在去山上的小道上。杨浦最后找到了最初见到的那个小和尚询问情况，才知道，方丈到外地讲经布施去了。

如此浑浑噩噩的一周之后，严峻的现实是，杨浦要为自己的一日三餐，为自己的温饱安身操心了。在毅然决然地决定抛弃一切出走时，他身上只有现金两千多元——那是他办理辞职手续后拿到的最后一笔夜班补贴（他的工资卡从一开始就归小兰掌管）——原以为有了这笔钱，就足够他行走天涯，勇闯四海了。现在，随着今后日子的迫近，旅馆住宿费、一日三餐，哪怕仅仅一碗牛肉面的价格都需要他开始计算着支出了。就是说，这个尘缘未了的男人，必须重新工作，最起码他要做到能够自己养活自己。

这一天，从南山寺徒步回到城里，他没有回旅馆去（事实上，最近那个小旅馆里的人，也在纷纷议论着这个终日闷闷不乐的神秘男人究竟是干什么的，是何身份，做哪行的……），而是在街头无目的地闲逛着。已是晌午了，杨浦在街边摊点上买了块五元钱的面卷肉饼吃着——这差不多是他眼下的奢侈消费了，当然也就是他的午饭。至于下午要去干什么，他并没有明确的意向。肉饼差不多三下五除二就下肚了，他也正走到了十字路口。红灯亮着，他停在那里。卷着肉饼的那张报纸本来是要扔掉的，可是旁边没有垃圾箱，他就随手抹了一下油乎乎的嘴唇。因为红灯还在亮着的缘故，他不经意地将报纸展开浏览着，这才看到了广告版面上刊登的关于职业技术学院招聘老师的醒目启事。

这座职业技术学院是C市的最高学府，坐落在青山绿水之间，绵延起伏的大庾山山脉横亘在学院的西南面，是一道壮观秀美的天然背景，映衬出这座掩映在白墙红瓦中的学院的幽静与雅致。

杨浦前来应聘的这一天，其实已是期限的最后一天了。在大楼前厅的招聘处，几位老师正准备将桌椅搬走，打扫干净，收工休息了。当杨浦问他们，自己是前来应聘的，可以找谁时，几位正忙着的老师顿时面面相觑。从外表上看，眼前的这个年轻人，实在不属于应聘的对象：人瘦毛长，胡子拉碴，面色泛黄，神情沮丧，浑身上下脏兮兮，甚至是臭烘烘的。

一位年纪较大的女老师说："我们学院不招农民工，我们是要招授课老师的。"

杨浦苦笑一下，不自觉地摸了一把自己的脸，这些天里，头发和胡子都没有任何修理，而且也没有想到要换套衣服（他离家时提走的包里，仅有几件可供换洗的内衣）。他面色羞赧。"对不起，我忘了整理一下自己。"他尴尬地搓着双手，生平第一次觉得自己形象可憎，颜容卑微，"我是来应聘采矿系的老师的。我是采矿本科毕业，也是采矿专业的高工。"

几个老师这回是掩嘴窃笑了，大家开始继续搬弄桌椅，并不打算停下来。还是先前那位女老师问他：“你带了毕业证书、学位证书，还有高工的资格证书了吗？”

“没有，我都忘在家里了。”杨浦感到希望已十分渺茫了。又是一阵稀稀落落的窃笑声。没有人再搭理他了。

“你叫什么名字啊？”这是个男人的声音，从杨浦的背后发出的，“哪个大学毕业的？”

杨浦随即转回身，是个中年男人，戴着黑框眼镜，气色红润，像个领导的样子。杨浦马上恭敬地回答：“我叫杨浦。是××大学毕业的。”

中年男人的眼睛里闪出异样的光泽：“你是杨浦？是××大学××届毕业的那个杨浦？”

杨浦也惊异了：“是的，是我啊。”中年男人一下子上前把杨浦抱住了，显得无比兴奋激动：“我的好学弟啊，你怎么可能突然降临到我们这座小庙里来了？！”

“林院长，这是怎么回事啊？”那个女老师问，搬着桌椅的老师们都愣在那里了。林院长松开杨浦，手臂架在杨浦的肩上，喜悦之情溢于言表：“诸位老师，让我来介绍一下这个年轻人。”

林院长名叫林豪生，是杨浦的学兄，高杨浦四届，他是恢复高考后的第一届毕业生。母校里出了个才华横溢、前途无量的杨浦，他早有耳闻，也是那一届校园里的风云人物。前年母校五十周年校庆时，他与杨浦有过一面之缘，彼此都是母校邀请的作为有成就、有影响力的嘉宾出席校庆典礼的。刚才他路过这里，就觉得眼前这个显得落魄潦倒的年轻人似曾相识，却万万没有想到他居然就是那个杨浦。

一通热情洋溢的、不乏溢美与夸大的介绍，当场就让杨浦羞红了脸。是的，他如今落魄如此，说起当年的风光与华彩，情何以堪？！

女老师调侃道：“林院长，这么说，我们学院这回可是捞来了一条大鱼啊!”

林院长马上纠正道:“怎么能说杨浦先生是条大鱼呢?是龙,一条大龙啊!”

“那么,林院长,你可要给我们发奖金啊!”老师们也兴奋地起哄起来。

这一周所招聘来的都是有待于实习期间“再考察、再观察”,然后视情况而定去留的,何曾看到林院长今天喜从天降一般。

林院长当即一拍胸脯:“发奖金,没有问题的。”他手拉着杨浦的手,那股子兴奋劲儿还未消退,“走,先到我办公室聊聊,今晚我们院领导请你吃饭,咱俩好好喝上几杯!”

“我还没办应聘手续呢!”杨浦生怕眼前这个学兄一兴奋就忘了他眼下最关心的事。

林豪生大笑起来。

“哈哈,学弟啊,在这里跟学兄我拉上了手,就等于办完手续了!”

第十八章

小兰的生活，不，是她的人生，几乎被颠覆了。

杨浦的离去，仿佛抽空了她原有生活里的一切，剩下的是无法填补的空洞与虚无。从最初日子里的悲愤、伤心，到渐渐平静下来后的尖锐的心疼，她不能不真实地面对自己的情感：那个叫杨浦的男人，仍是自己深爱着的。可是，这个男人现在在哪儿呢？是什么样的失败与绝望，让他消失得如此无影无踪?!

她依然无法独自面对空荡荡的屋子，这个屋子里因为曾经有那个阳光而俊朗的男人而显得温馨，尽管吵闹、争执、委屈，甚至悔恨，但这个屋子依然温存着能够感受的幸福和情爱。然而现在，这个叫家的地方，仿佛处处遗留着伤痛与伤害，且弥漫着令人窒息的寂寥。

最让小兰无法忍受的是，女儿明明几乎每天都要询问："爸爸出差什么时候回来呀?""爸爸怎么也不打个电话回来呀?""爸爸是不是不要明明了?"而小兰的回答却是一板一眼："你爸出差还需要一段时间才能回来呢。"这个谎是她对明明撒的，她就要为圆这个谎而接连不断地撒下去。她没有勇气对孩子说已经跟她爸离婚了，她相信在明明那天真无邪的心灵里一定无法接受这个现实。"你爸昨晚打电话回来了，问你学习情况呢，你刚睡下，我就没让你接听了。""你爸电话里说，他可想明明了，他回来的时候要给你买好多礼物呢。"嘴上在说着这些自编的谎言，小兰的内心却是苦涩难耐，每每说完这些她总要设法背过脸去，迅速揩去欲夺眶而下的眼泪。

随着时间的推移，孩子的疑问也在深入。“妈妈，爸爸出差的那个地方是个大城市吗？”“不是，是……个矿山吧。你爸是高级工程师，他们请他去是帮助搞工程设计的。”“他们那里也有学校吗？”“有，怎么会没有学校呢？”“妈，你带我去爸爸那里看看吧，我去那里的学校上学，好吗？”“等妈妈有假了，就带你去，不过去那里上学不行，姥姥、姥爷也不会同意的。”

其实，这种对话就像每天的功课，令小兰神经紧张，且心力交瘁，生怕说漏了嘴，暴露出谎言的破绽。这天，在放学的路上，小兰一手提着明明沉甸甸的书包，一手牵着明明，她要试着把一个萦绕在她心头许久的疑问跟明明说出来：“明明，你觉得是爸爸好呢，还是妈妈好呢？”明明侧过小脑袋，眨巴着天真的大眼睛，仰视着小兰：“你是说你们俩谁对我好，还是说你们俩谁好？”这个鬼精的小丫头，一语点中了要害。小兰眼光扫视着黄昏的街面，显得漫不经心的样子：“当然是说你爸和我呀。”明明垂下小脑袋，好像也在犹豫着，前脚和后脚一甩一甩地拖着走。“嗯，是爸爸好——妈，你不生气吧？”小兰牵着明明到了十字路口红灯斑马线外站定。“妈不生气的。你说你爸哪儿好啊？”绿灯亮了，小兰牵着明明小步匆匆穿过马路。“爸爸脾气好，说话讲道理，做事有耐心，不像妈妈那么凶——姥爷都跟我说过，说妈将来会像姥姥一样爱唠叨，爱说人长短。还有爸爸做什么事，再累再苦，也从不嚷嚷，不埋怨，还有，就是妈做的饭菜难吃，爸都吃，也不抱怨，连我都做不到。”此刻的小兰其实是听不下去了，她急切地把最想说的说了出来：“明明，假设你爸就一直待在他现在出差的那个地方，让你选择，你是愿意跟妈过呢，还是去跟你爸过？”明明停下脚步，仰望着小兰，一脸坚决地回答她：“跟爸过！”

明明的话，其实是面镜子，照出了生活中小兰的性格及其作为。她原来是那样一个缺乏反省，甚至是粗俗而恶劣的母亲和妻子！这似乎给小兰本已纠结的痛苦伤疤上又撒上了一把盐。

对于自己的孩子，小兰可以编织谎言，但对于自己的父母，她就必须如实相告了。

在得知女儿与杨浦居然离了婚，不仅如此，杨浦竟还辞了职，且黄鹤一去无音讯时，昔日的岳母大人顿时勃然大怒。

“混账！混账东西！”她挥手把桌子拍得直震。这是晚饭以后一家人可以说着闲话的时候，“这简直是完全不负责了嘛——他还像个男人吗?！怎么能说离就离，也不听听我们这些做长辈的意见？怎么能说走就走，而且走得不知去向?！——这还像话吗?！”她的愤怒似乎完全是自己的，坐在堂屋桌边的丈夫和她的女儿小兰，都噤若寒蝉，一言不发，脸上也是愁云密布。

“我就不明白了，小兰当初怎么就看上了这么个人，而且还非他不嫁?”她把眼光斜睨向小兰，如今的局面，仿佛恰恰证明她当初反对这门婚事的英明之见，她要让女儿知道，做妈的从来都不会看走眼的，“妈妈不是偏见，妈妈是太了解这些农村出来的孩子——心气高，甚至志向远大，但是一走上社会，一遇到具体棘手的问题，他们就会束手无策，不知所向，最终以不负责的行为和态度来摆脱困境——你们看看，杨浦如今的作为，是不是这样？他是不是给我们带来了这个尴尬的局面？什么青年才俊？什么前程远大？从一开始，我就怀疑呢！”

这后面的话，是说给小兰爸听的，正是小兰爸最后的同意和支持，才最终促成了小兰与杨浦走进了婚姻殿堂。什么叫秋后算账？小兰妈现在就是要拿小兰这桩不幸婚姻之事来与小兰爸做个清算呢。

母亲话落，屋子顿时寂静。这寂静里透着愤怒、委屈和深深的不解。现在能够说话的人，显然是小兰的父亲。作为昔日的岳父，他也不能不对小兰这桩婚事如今的局面承担责任。然而，谁也不会想到，这个昔日面对家庭矛盾和冲突一直甘当和事佬的岳父，今天说出的话却完全站在了昔日女婿杨浦的一边，而且说得条理分明，有理有节。

“杨浦是个好青年、好女婿——我今天仍然要这么说，也仍然是这么看的。”他坐在堂屋方桌左角的椅子上，挺直着腰板，神情庄重，态度严肃，眼光既不看坐在右边的老伴，也不看坐在对面的小兰，而是直视着前方的天花板，好像他要对话的人就端坐在天花板那儿，“为什么这么说，是因为这个孩子始终忠厚朴实，做人做事，踏踏实实——我至今都还记得，小兰跟他结婚最初那几年，杨浦是多么朝气健康的一个好青年啊！来咱们家里，就跟自己的孩子一样，懂事，有礼，做事也利索，上上下下忙个不停，我就觉得小兰找了这么一个好青年做老公真是福气！近些年里，杨浦变得烦躁了，也低沉了，那是他压力大了，责任也重了——咱们只知道给他压力，让他早日出人头地，升官发财——可是咱们有谁真的关心过他，理解过他？”他这才把不满的眼光从天花板上转移下来，转向右边桌角的老伴和坐在对面的小兰——昔日的老支部书记面对他的眼光，几乎是不屈不挠地仰着脸，当即就从鼻子发出哼哼声，表示不接受，而小兰却是马上垂下头——她深知父亲眼光里的责备。“杨浦如今跟小兰离了婚，也辞了职，甚至不知了去向，可你们想一想，杨浦离婚，他可是什么也没有争取啊——房子、女儿、家产，他是净身出户的啊！”

小兰终于忍不住哭出声来。她觉得父亲的话，此刻就像鞭子一样抽在她的身上，也抽在她的心里。话已至此，小兰以为母亲一定会跟父亲大动干戈——她现在更是不可能认可杨浦的人品与为人，而父亲却如此坚决地力挺这个不知动向的浑小子——奇怪的是，从来得理不饶人的母亲，却没有跟父亲宣战——看来她也觉得对于杨浦，她的“理”如今也未必站得住脚了——而是声色俱厉对小兰斥责道：“小兰，你给我听清楚了，你跟杨浦过去的事，我们一概不予追究，但是你现在必须找到他的下落——他到底人在什么地方？在干什么？你要告诉他，他可以把我们这些人统统忘掉，无牵无挂，但是他作为一个父亲，怎么可以对自己的女儿不管不问——他还是个有责任心和责任感的男人吗？”

小兰抽泣着点头，表示遵照执行，心里却感到母亲的语气和措辞，依然是对父亲坚持认为杨浦“是个好青年、好女婿”的愤愤不平。

对于小兰来说，她现在要打探有关杨浦的消息，只能去找林义强。她隔三岔五要给林义强打上一个电话，询问是否有了杨浦的下落，而林义强也总是在电话里安慰她：“会有消息的，你就放心吧。”而这一次，林义强在电话里对她说：“杨浦可能是被人陷害的，陷害他的这个人我怀疑就是刘大鸣。”小兰握着手机，震惊得半晌说不出话来。林义强说，南山矿事故，可能就是个策划好的阴谋，背后黑手可能就是刘大鸣，杨浦也许就是被这件事逼得走投无路，才决定辞职走人的。他对小兰说，他现在正私下秘密调查南山矿事故的来龙去脉，一旦查实是个阴谋，他就要揪出幕后黑手，替杨浦（当然也是替他自己）洗刷不白之冤。

小兰当然说不清杨浦与刘大鸣之间恩怨的由来，但林义强对她透露的这个消息，还是让她意识到了问题的严重性。她一夜未眠。翌日一早，她就匆匆赶往新世纪售楼部，把那套一百二十平方米的新房退了，退回的那首付款二十万现金装在她的挎包里，就像装了毒品和炸弹一样令她忐忑不安。她一刻也不想把它们留在身边，于是她打车去了公羊山矿业公司，刘大鸣不在，她还是强行交给了财务部一位负责人，并索要了收条。在回去的路上，小兰隐隐感觉到，杨浦当初为何不肯应聘到刘大鸣那里去，原因可能复杂得很；再说了，失去了相伴的那个人，那套曾令她魂牵梦萦的新世纪的大住房对她来说，还有意义吗？

第十九章

这是位于浦东陆家嘴一幢高楼里的一间临江的宽大优雅的办公室。阳光透过翠绿色玻璃落地窗照射进来，光线柔和而温暖。在洁净而简约的办公桌一角，一盆水仙绽放出淡黄的花朵。柳眉背对着办公桌，坐在皮转椅上，透过玻璃窗，俯视着那条显得并不宽阔的黄浦江，或者说，是两岸林立高楼和奢华设施的挤压和衬托，使这条著名的江如今看上去就像一弯窄窄的水溪。江面上波光粼粼，几条游船行驶着，拖曳着耀眼的涟漪，一片光芒。最近一段时间里，柳眉会常常就这样静静地，甚至是入迷似的俯视着黄浦江，直到电话铃声响起或有公司员工敲门进来。

她在想着什么呢？她在想杨浦。

在老同学的圈子里，柳眉差不多被认为是泡在蜜罐里的女人，她拥有美貌、财富、智慧、留美硕士学历，还有与美籍华人的婚姻，从事着中美文化商贸，又是艺术品鉴赏家。透过柳眉外表的娴静、端庄和持重，你很难想象这个女人内心拥有怎样的波澜壮阔与功利计谋。与丈夫黄达明，也就是那个第三代美籍华人结婚后回到国内开办了美国远东斯菲里商务有限公司和东方艺术文达有限公司后，她原先并不是公司的总裁，只是丈夫黄达明实在无法忍受和理解，在中国为什么每笔生意的成交和成败，都需要找有关方面的握有实权的人士，接着是请客送礼，打通层层关卡，而生意需要的持续，则意味着随后还有似乎是无以穷尽的应酬，甚至是贿赂——黄达明不干了，并且跑回了美国，柳眉这才接任了总裁。从那时起，柳眉实际上挑起了整个公司的全部业务。也是从那时起，她与黄达明的婚姻实际上也已经亮起了红灯。黄达明要求她注销在中国的公司，撤回资金，回到美国与他一起重新创业。但柳眉拒绝了，她觉得她太熟悉和适合中国的国情与市场了。果然到了今年年初，一纸离婚协议从美国加州法院寄了过来，柳眉也不再勉强什么了，根据协议，她注销了东方艺术文达有限公司，将资金作为离婚分割的财产汇到黄达明指定的美国银行账户上，保留下注册在上海浦东的这家美国远东斯菲里商务有限公司，这桩婚姻也就画上了句号。这件事除了柳眉的父母家人外，没有其他人知晓，而柳眉至今仍然把与前夫黄达明那张在白宫草坪上甜蜜的合影挂在公司醒目的地方，重要客人来了，问到她照片上的帅哥是谁时，她淡然一笑："当然是我老公啊。"而不做任何其他说明。她知道，在商场上，她的这门跨国婚姻背景太重要了；即便是从她个人私生活方面考虑，她也觉得需要"已婚"这种软实力的身世，这样可以帮助她更从容和方便地出入男性世界。

柳眉曾一度假想过跟杨浦成为夫妻，那会是怎样的生活体验与情趣境界？会有意思吗？幸福吗？浪漫吗？她都不敢给予任何肯定。她之所以乐此不疲要做这样的假想，是因为她的少女时代青春梦里的第一个"白马王子"就是杨浦。在去年老同学毕业十五周年聚会上见了面，她第一感觉就是，眼前的杨浦，早已不是当年大学校园里的那个风华正茂、意气风发的青年了；尽管他依然是那样仪表堂堂，身板健壮，但神情僵木，眼光黯淡，举止言语都变得保守、拘谨，甚至自卑，对外面的世界显得既陌生又抵触。他是怎么啦？他的精英光环都飘散到哪里去了？他好像从来就不应该属于那个平庸萎缩的层次。去年年底在上海的那次意外见面，柳眉对他劝解的那些话，显然引起了他内心的反感，甚至是不悦，临别之际，他甚至没有伸出手来跟柳眉握上一握。柳眉那次观察着他，吃惊地发现，他的自尊心和虚荣心都变得极其脆弱了。是不是只有这样的男人，从精英到平庸，再到忍无可忍，从而才能绝望地做出离婚、辞职、走人的选择，并且最终音讯全无地消失于茫茫人海之中？

她要找到杨浦，这个念头强烈而煎熬。她甚至想到即便杨浦隐身于天涯海角或者隐名埋姓，她也要把他找出来。在柳眉看来，杨浦对于自己人生截止到目前阶段的失败的认识，是彻底的，辞职意味着他已经给体制内的奋斗画上了句号，或者说，他已被体制逐出门外，而想重新回到体制内，重新赢得他曾经的辉煌与荣耀，几无可能。这个体制的残酷性，只有在离开它之后，方能慢慢体验得到。它有它的游戏规则。那么，在体制外呢？以杨浦现在的条件、资历、能力，或者说他全部的个人资源，他能在体制外重新打出一片天地？同样，几无可能，因为他最最缺乏的是资本，缺乏那种如今可以通吃所有领域的叫作货币的资本，而要赚出这所谓"第一桶金"，积累起那个资本，在短时间内，同样几无可能，何况是对于杨浦这样一个把尊严、人格，甚至包括脸面都看得过于高尚、严肃的人来说。这样分析下去，也就不难设想和判断杨浦今后命运的结局了。他一下子又回归到了原本就极其普通的平凡人的角色：一家私营公司的一个小职员，或是一家民企的一个普通技术员，一家民营矿山的工程师，或是一家有着许许多多现代化工业生产线上的一个打工仔，像所有那个阶层的人物一样过着简朴平淡的生活，终其一生，也就是庸庸碌碌，波澜不惊，甚至苟延残喘，了却一生。柳眉不能容忍她当年的偶像，会是那样一种命运结局！她觉得自己对此不能无动于衷。她从来就不相信什么"金子到哪里都能发光"这类自欺欺人的鬼话。金子被埋在粪便堆里，一样恶臭不堪；金子被丢弃在荒漠里，如果没有淘金人，便会永远葬送在荒漠里，直到地球毁灭。

柳眉是那种有了想法就要付诸行动的人。

很显然，以往的通讯联系方式都已被杨浦人为地切断了，杨浦显然不想被他熟悉和了解的人掌握他的行踪和下落。柳眉觉得可以试着通过互联网来查询。她上了母校的网站,在“寻找老同学”专栏里发了寻找杨浦的启事,希望杨浦本人或知道杨浦下落的同学尽快告知,她留下了自己的姓名、手机号和联系方式。

真是踏破铁鞋无觅处,得来全不费工夫。上午发的帖子,当晚就有了好消息:杨浦现在粤北的 C 城某职业技术学院当老师,来电告诉她的这个人自称名叫林豪生,不仅是该学院的院长,而且是校友,是柳眉的学兄。

在柳眉的想象中,她从来没有设想过有一天杨浦会走上三尺讲台当老师,而且是在粤北的那座小城里!她大喜过望,当晚就用手机跟林院长取得了联系,并且约定,她明天就从上海赶过来,但要求不要事先对杨浦透露任何消息。

第二十章

从最初走上讲台的心虚慌张、生涩窘迫，到渐渐放松自如、沉着稳健，杨浦在短短一个月时间里就基本完成了身份和角色的转变。为人师表的感觉很好，一张张青春洋溢的脸，像一朵朵色彩亮丽、形态各异的花朵朝向自己盛开着；他站在讲台上，为他们打开着一个知识的全新世界，从他们投向自己的目光里，他能够感受到他们的热情、敬仰和赞许。他觉得自己仿佛又回到了青春岁月，与他们在一起，思维是敏捷的，心跳的频率也是轻快的。偶尔，他会抬眼远眺一下窗外翠绿秀美的山峦，也会在课间休息时静静地听几声室外那硕大如盖的榕树冠间发出的清脆的鸟鸣，觉得自己仿佛置身于另外一个世界，干净、纯净，远离了那些世俗繁杂的沉重与无聊。这样的不被打扰、不被关注、不受纷争纠缠的环境，也使杨浦的心境在悄然发生着变化。人生原来是需要奋斗的吗？人生如果从一开始就随遇而安，岂不是更惬意、更和谐？人生的那些远大规划与宏伟理想，原本是一个脆弱无力的生命所需要的吗？再说了，人的命运是自己可以掌握的吗？在自己人生的三十多个春秋里，何曾假想过某一天竟然会茫然漂流而不知所终，最后会落魄到安身于粤北一座小城，为一个三尺讲台所收容，教书育人，这就是冥冥中自己人生的归宿？

在这段难得的惬意时光里，真正影响杨浦心境的，或者说，煎熬他情感的，是他对女儿明明的思念。每每想到明明那张天真活泼的小脸蛋，想到她对自己的种种亲昵，想象着她会无休无止地向小兰索问爸爸的去向并要求见到爸爸的种种情形时，杨浦就觉得内心酸楚一片且无以言表。他几次梦见女儿，其中有一次居然梦见小兰带着一个陌生男人回家，让明明叫那个陌生男人“爸爸”，明明大哭，夺门而逃，哭喊着“我要爸爸——我要爸爸——他不是我爸爸！”梦醒了，杨浦发现自己在哭，枕巾也是湿的。有几次在学院备课到深夜，他拿起了办公室电话，犹豫再三，还是放下了——明明就像那所谓的“最后一根稻草”，使杨浦不堪重负。

在这个过程里，杨浦想到了小兰，想到如今这个女人的生活和可能出现的状况。她会重新找伴侣吗？她与他过去岁月里发生的一切会就此结束，彼此完全形同路人？杨浦几乎可以肯定的是，小兰不仅是怨恨他的，而且会深深地悔恨自己当年错嫁了——谁又能预想得到，在短短的不足二十年的时间里，昔日那个英气逼人、才华出众的青年就原形毕露，竟然是个冒牌货，在如今这个丛林法则盛行、物欲横流、纸醉金迷的世界里如此不堪一击，丢盔卸甲，抛妻别子，跑得无影无踪了?！小兰曾经怒斥过他，你是个有责任心的男人吗（当时针对杨浦在那次井下透水事故中的表现）？现在看来，小兰并没有说错，杨浦就是一个没有责任心的男人——如果当初这样认定还有些勉强的话，那么如今他的所作所为，就是实至名归。杨浦不敢确定自己现在是否仍然像当初那样深爱着那个女人，但他可以确定的是，他对不起那个女人，他深深地伤害了那个女人——那个曾经美丽大方、端庄娴雅的女人。

下课铃声响过，学生们涌出教室，杨浦夹着课本最后一个走出教室，他看见在走廊口那里站着院长林豪生，不知何意，正冲自己傻笑，显然他是在那里等着自己。林豪生虽说五十开外的年纪了，但身体非常健壮，喜欢运动，乒乓球、羽毛球都打得比较专业，此外还隔三岔五地领着几个男老师打场篮球赛。他为人热情、爽快。自打杨浦被招进学院以来，他就格外地关照这位学弟，从单间住宿到生活起居所用，都一应俱全地安排妥当。通过一个多月的教学实践看，杨浦口才不错，理论功底扎实，且实践经验丰富，在师生当中很快就有了好口碑。他时常过来看望一下杨浦，也几次请他一块喝酒吃饭，但杨浦能够与他私谈的范围很有限——杨浦只是对他说，自己在原单位跟领导层的关系紧张，觉得没意思了，才决定辞职出来的，至于其他，杨浦都不愿谈及，不，是杨浦羞于谈及；他觉得自己还没有调整好心态，还没有勇气把所发生的一切说出来——因为他知道，对林院长全说出来，就相当于在这个学院里把自己的私密全部公开了。比如林院长问到他的婚姻情况时，杨浦就说，结过，又离了，而绝口不说他有女儿明明。或许正因为杨浦如此不愿透露自己的隐私，林豪生才觉得这个学弟本院未必留得住；他可不想失去这样一个好老师，甚至是自己将来的好助手，他想用替杨浦办实事、解决实际问题来拴住这个落魄的年轻人的心。最近一些日子里，他对杨浦透露，学院里未婚的女老师有谁谁谁，如果有杨浦看上的，他可以立马摇身一变做红娘；又告诉杨浦，替杨浦申报副教授的材料已经送去省教育厅了，明年初就有可能办下来。他所做的这一切，让杨浦既心存感激，又觉得多少有些左右为难，事实上杨浦对于自己人生的下一步，并没有一个清晰认识和规划，至少目前如此。

"林院长，找我？"杨浦走到跟前问。穿梭在身边的学生不断，有向林院长问好的，林豪生机械地点头应着，他脸上的傻笑也一直僵持着。"找你？——当然，不找你，我在这楼道里站着干吗？"

林院长昨晚打电话给柳眉，是按照母校网站上那个寻人启事帖子下方的联系号码拨过去的，一听是一个温柔甜美的女性声音，就预感到，这个柳眉与杨浦之间关系一定非同一般。柳眉的口风极严，在电话里她几乎没有询问杨浦在学院里的表现情况，而是首先感谢了林院长帮助她寻找到了杨浦，其次仅仅说她与杨浦是大学同学，是好朋友，她寻找他有些日子了，她明天就从上海赶过来，拜托林院长不要事先告诉杨浦她要来的消息。挂断电话前，她还说了一句"明天我们见面谈吧"。林豪生现在来找杨浦，其实是想把柳眉要来学院的消息婉转地通知他，但跟柳眉有约定，不能透露，这才让他在说与不说之间显得为难了。

林豪生说："你的副教授职称问题省厅那边上会了，我都问过了，应该问题不大的。"怎么说到这事上来了？前天他不是也这么说过吗？杨浦疑惑地看着他："林院长，前天你说过了的。"林豪生脸红了："是嘛，前天就说过了？"他摇晃着脑袋，自语道，"哦，我忘了，是这么回事，"他好像终于想好了该怎么说顺了，"你今天可不要外出了，就在学校待着。""为什么？"杨浦问，林豪生趁机叫住一位刚从身边走过的老师，装着煞有介事的样子追上去，根本就没有回答杨浦那个"为什么"。

直到下午四点以后，杨浦才终于明白林院长叫他待在学校里不要外出的原因：柳眉来了。这个衣着时尚、气质高雅的女人被林院长领进教师办公室时，引起一阵不小的骚动。杨浦当时正埋头研究自己的教案，听到其他老师纷纷起坐叫林院长好，才抬起头，这时林豪生和柳眉已到了自己的办公桌前。

"你怎么来了？"杨浦站起身，惊疑地看着柳眉，他其实想问的是，"你怎么会找到我？"

化了淡妆的柳眉漂亮的脸颊红润了，眼里有一丝泪光闪过。她抢在林豪生开口之前说了话："我怎么就不能来看看老同学呢？"她是不想让林豪生把柳眉通过母校网站找到杨浦的经过，当着其他老师的面说出来。林豪生好像也明白了柳眉的用意，说："老同学千里迢迢从大上海来看你，你还不欢迎啊！"

柳眉是一早从浦东机场飞到广州，然后马不停蹄从广州租车来到这个粤北小城的，在事先网上预定好的酒店办完入住手续，在房间里简单洗漱一下后，就匆匆打车赶到了这里。她太想到见杨浦了，她甚至不想在路上耽误一分钟。

"我原想让柳眉在我办公室跟你见面的，她非要来看看你的办公地点，你看看，这里连个坐的地方都没有，走，还是去接待室坐吧。"林豪生说着，拉住柳眉的胳膊，冲杨浦一招手，扭身往门外走。杨浦开始收拾桌上的教案和课本。柳眉这似从天而降般的出现，让他激动，也让他惶恐。激动的是，柳眉毕竟是他想见的人，太想见了，无论是他的情感还是心理似乎都需要这个女人的出现，尤其在眼下；而惶恐的是，柳眉好像跟林豪生早就熟悉了一般，难道说自己落脚在这个偏僻的地方，也是被人事先策划安排好的？

等林豪生和柳眉走出去后，几个女老师立即围过来，做着鬼脸，悄声问：

“杨老师，你可真是深藏不露啊，这么漂亮的女朋友，也不给我们介绍介绍！”

“是情人吧，杨老师？我看你见到她，脸还红了唉！不，是你们俩都红了脸呢！”

“给我们透露一下嘛，这女的干吗的？一定非常有钱吧？”

杨浦这下真的脸红了一片，想不到几位平日里跟自己接触显得有规有矩、甚至还有几分矜持的女老师，今天一睹柳眉的风采后居然连说话和态度都变了味儿。杨浦说：“你们就乱猜吧。”然后走了出去。

杨浦走进接待室时，夕阳正透过窗口，把屋里照射得灿烂耀眼，林院长似乎已经跟柳眉聊上了。毕竟不知道柳眉与杨浦之间确切的关系，或者说关系是何性质、达到何种程度，因此林院长夸了一通杨浦的才学和教学能力后，便把话题扯上了当年的母校如何，如今本院将发展如何。杨浦坐在对面的沙发上，被冷落着，也插不上话，林豪生说着说着，才意识到了问题，借口还有事要办，立即起身告辞。接待室里只剩下杨浦和柳眉两人，至此才算是属于两人的私密时间了。

“告诉我，柳眉，你是怎么找到我的？林豪生你们过去熟悉？”掩上接待室的门，杨浦就发问了。他回到沙发上坐下，看见柳眉的神情已不是林豪生在场时的从容微笑、端庄矜持了，明澈的眼睛里盈动泪水，眉宇间似有愤懑。从见上杨浦的第一面起，她其实比杨浦更惊疑——眼前这个瘦削、单薄、形容憔悴、神情潦倒、头发支棱、唇上留着尚未修剪的胡须、衣着随便、胸口处印有一大块粉笔白灰的杨浦——在柳眉的记忆和印象中，何曾见过这样一个杨浦？这还是当年那个意气风发、才思敏捷、阳光迷人的青年吗？是什么样的挫折遭遇，什么样的打击绝望，竟然能够置他于如今这般落魄潦倒、意志消沉的境地？

柳眉用纸巾擦拭了眼睛，看着杨浦，她觉得现在的杨浦可能无法体会她的心情与感受。她把自己如何通过母校网站贴上寻杨浦的启事，又如何与林豪生联系上，如何来到这里的经过说了一遍，算是回答了他“怎么找到我”的，接着她目光直视着杨浦，声音有点嘶哑起来：“杨浦，恕我直言，你让我们失望了，至少是让我很失望！我不明白你为什么要这么做？做这样的选择？为什么不能事先跟我们商议一下，征求一下我们的意见？也不知道这其中究竟发生了什么样的变故？更让我们不能理解的是，你居然要把自己弄得销声匿迹——我听刘大鸣说，连你自己的亲人、家人也不知道你的去向，至今也不知道你的下落。”

一听到刘大鸣，杨浦顿时就失态了，心头的新仇旧恨禁不住一起涌来。“好一个刘大鸣！他跟你是怎么说的，这个混蛋？”

柳眉听出了杨浦语气中透着的不满与鄙视。“刘大鸣说你辞职走人了，而且还离了婚，所有的人都不知道你的去向。他说，本来说好的跳槽去他那里当总经理的，可是你……”

“柳眉——！”杨浦几乎是喝道，他是真的动怒了，“不要再跟我提起刘大鸣，你如果坚持要提到他，那前提必须是我不在的场合——那是个无耻小人！”

满脸惊悚的柳眉，从来没有见过杨浦如此愤怒，他居然浑身颤抖着，咬紧的嘴唇几乎也是抖动着。她难以想象刘大鸣究竟给杨浦造成了多大的伤害，以致他连这个名字都无法忍受！

“好吧,不提他了,不提他了!”柳眉不得不做出妥协,“杨浦,实话告诉我,你为什么要这么做?我通过各种途径到处寻找你,现在终于在这个地方找到了你,就是想问个明白——你不会怀疑我的真诚和关心吧?”

柳眉望着杨浦,目光里满含情义,杨浦羞愧地避开了她的眼光。夕阳快要沉下去了,屋内阴影在渐渐弥散开来。杨浦犹豫着:他从来不会怀疑柳眉对于自己的真诚,甚至爱意,他其实难以启齿的是无法把自己要说的那些整理清晰,然后再条理分明地说出来。经历的那一切,现在看来,仿佛都已显得纷乱、复杂、无绪。

杨浦忽然觉得这间接待室里闷热不堪,让人有些透不过来气。

他对柳眉说:“我们出去走走吧。我现在脑子里很乱。”

两人刚一前一后走出门厅,就被林豪生院长叫住了。他对杨浦说,晚餐安排好了,就在学院招待所的餐厅,叫他俩现在就可以过去了。杨浦只得把林院长拉到旁边说话。他知道林院长的热情好客,一定还邀请了其他院领导和系主任,一大桌子人,那个场合,他跟柳眉都会不自在,这一男一女,尽是敏感话题,弄不好彼此都会很尴尬。他对林院长说,老同学远道而来,我请客吃饭,理所当然;再说了,我们俩还有些事情要谈。林院长听到“有事要谈”,似乎才恍然大悟,连声说“那是那是,也好也好”,最后他的结论耐人寻味:“还是你俩在一块儿方便!”走远了几步,又回身过来,小声对杨浦说:“你可要对你这个美女同学说,客原来是我要请的,可不能让她说,咱们学院不热情,我这个学长不厚道哦!”他向站在旁边的柳眉招招手,一边走着,一边一连“拜拜”了好几声。

第二十一章

两人走出校门,天色渐渐暗淡下来。杨浦提议吃饭去,他要带她去吃一家当地的特色餐馆。柳眉欣然同意。那家餐馆位于城郊,距离学院不远,本想走着去的,但看到路人不住地侧目而视,杨浦就发现了问题:是自己潦倒萎缩的形象,与身边这位衣饰华丽、气质不凡的美女反差太大,于是决定还是打车去。他招手叫停一辆破旧的出租车,司机蓬头垢面,嘴角叼着烟卷,面无表情。见柳眉紧锁着眉头,杨浦替她开了车门,悄声说:“到了这种小地方,你可要受点委屈了。”柳眉淡淡一笑:“悉听尊便。”两人坐进车里。

很快就到了杨浦要找的那家餐馆。这里其实是一条餐饮街,路边还有排档铺,天色尚未黑下来,但食客们已经围桌而饮,吃开了,空气里弥漫着浓郁的肉香酒气和各种煎炸烧烤交织的混合美味。进入餐馆,里面也是生意兴隆的景象,几乎张张餐桌边都坐上了客人,服务员托盘穿梭其间,吆喝声、说话声、吵闹声,几乎是乱成一团的热闹。一问才知道,人家今天办喜宴。大厅包满了,只有楼上雅间还有空的,杨浦领着柳眉就上了楼。杨浦上次来这里吃,是因为老师同事里有人过五十岁生日,大家都送了份子(红包),杨浦也随了,才知道这里的土菜做得口味地道,且价廉物美。雅间不大,十平方米左右,临街是一扇镂空的花木窗,两壁立着四扇木刻精美的屏风,上面雕刻着荷花和松鹤,漆成绛色的仿古的餐桌和椅子,看上去溜光锃亮。坐进雅间里的柳眉,觉得自己有些兴奋了。先前在楼下大厅里，这种热闹景象，这种纯粹来自民间的喜庆，她好多年都不曾目睹与体验了，她觉得自己今天是沾了喜气了；更重要的是，她居然能够与自己生平最为喜爱的男人，好像是被命运刻意安排似的，某一天聚首在粤北这个小城的一条民间餐饮街上，隐蔽在一间古色古香的雅间里共进晚餐——无论后面还将发生什么，她都觉得不虚此行，为获得眼下这种恬静美好时光，不枉为寻找这个男人所付出的辛苦。

柳眉还是那句“悉听尊便”，手持菜谱簿的杨浦几乎是轻车熟路地就点完了菜。在等待上菜的这段时间，杨浦继续回避与柳眉谈及需要他回答的问题，而是聊起当地的风土人情、风味小吃以及山水风光。柳眉安静地听着，觉得也很享受；尽管她并不知道自己下一步该说些什么或做些什么。

菜上来了，青花瓷的大盘，一盘一盘的，冬笋火腿、干菌腊肉、田鸡鱼汤、米虾烹蛋、酱烤香鸭、莲藕排骨。面对美食，柳眉一点也不矜持了，抄起筷子就吃，热乎乎地团在嘴里、嚼着，漂亮的脸蛋渐渐像花朵一样绽放开来。“好吃——真是好吃！”她本是想表扬一下杨浦的点菜水平了得，但她的肠胃太喜爱这些来自民间的美味了。差不多都尝了一遍，柳眉抬起头：“杨浦，咱俩喝点什么吧？”这话本来应该是杨浦问她的。在杨浦的记忆里，餐桌上的柳眉仿佛永远是安静的、矜持的，极少看到她喜形于色，或者像刚才那样顾自抄起筷子就吃，而喝酒，她也总是喝点干红葡萄酒之类。杨浦说：“这里可不比大上海，干红解白纳之类可能都没有，即便有，我看是真是假也说不准。”柳眉眨巴眼睛，反问道：“谁说要喝干红解白纳了？今天要喝白酒，烧酒，烈酒，高度的，最好是52度以上的。”杨浦瞪大眼睛：“柳眉，你不是在开玩笑吧？”柳眉一脸正经地看着他：“我什么时候跟你开过这种玩笑？我告诉你，杨浦，柳眉我能喝上一斤茅台，你信不信？”杨浦震惊得说不出话来。柳眉自己起身去叫服务员进来，问店里是否有茅台或五粮液高度的，回答没有，她说那就拿你们当地的高度白酒来,牌子无所谓,有高度的就行。回到桌边坐下,看着一脸茫然且惶惑的杨浦,柳眉说:"老同学,今晚我要好好痛饮一场!你不反对吧?"杨浦心虚地应着:"我不反对。"

一瓶葫芦状的蓝花瓷瓶递了上来,打开,柳眉把鼻子凑过去,眯上妩媚的双眼,有模有样地嗅品着,连声赞许道:"好酒!不错,好酒!"她摆手让服务员出去后,就把杨浦桌前的玻璃杯和自己的玻璃杯并在一块,咕噜咕噜倒上了满满的两杯酒,然后把杨浦的那杯,放到他面前。浓烈的酒气立即压住了桌上飘浮的菜香,显得干烈、刺激,像是快要燃烧起来。一直显得有点蒙了的杨浦,至此依然不能确定柳眉如此作为究竟是何心态;他不无担忧了:"柳眉,你真的喝得了这种烈酒?不能喝,就千万不要勉强。"仿佛是为了彻底打消他的顾虑,柳眉把酒杯举起,在杨浦眼前一晃,一口喝下了一半。"看见了吧,杨浦!不是我吓唬你,当年在上海滩创业时,我几乎整天泡在酒桌上应酬,多少业务,多少合同,差不多是凭酒量拿下的,是拼酒量才签下来的。后来,我到全国各地搞业务,各路酒坛高手见了不少,可我从来都没有败下阵来过。我这样说,你知道我的酒量是怎样练成的了吧?"柳眉的脸颊泛起红润来,眼睛显得更加亮澈。"你可能只记得大学时代的柳眉,还有同学聚会时的柳眉。前者,那还是个清纯少女呢,一点白酒就能晕头转向,天天想着给某个人写情书呢(杨浦的脸红了);后者,是觉得没意思,不想喝,也不愿喝,装淑女状呢——当然,如果某人在的话,那就是装给某人看的。"她话中所指,杨浦心知肚明,不觉心里顿时温暖得厉害。而柳眉此刻投向他的眼光充满柔情,甚至是一如当年的那种绵绵爱意。

是的,杨浦从来就没有想到过这个外表沉静端庄、不动声色的柳眉,也会有那样的人生历练,那样的江湖闯荡!在他的想象中,柳眉应该是成天泡在上海一间豪华房屋里,喝着香浓的咖啡,带着 VIP 卡去美容或健身,办公时就翻翻财务报表,看看股票和期货走势,估算一下自己财富的增减，无聊时就翻翻《读者》《时尚》《女性世界》那类杂志，或者跟老公飞到美国探亲或去欧洲旅游。其实这一刻，让杨浦感到惭愧和负疚的是，毕业十五年了，也就是在人生最为精华的青春十五年光阴逝去后，柳眉那颗曾经受伤的心，依然初衷般挂念着自己，关注关心着自己，并且不加掩饰，这让他这个如今如此落魄潦倒的人，情何以堪?!

杨浦主动把酒杯举过来："柳眉，咱俩今天就痛快地喝一场吧!"声音低沉，含着歉意。他觉得内心那冷漠而坚硬的部分在逐渐变得柔软……

两只酒杯碰在一起，发出清脆的响声。

谈话渐渐放松，酒也喝开了。彼此谁也不愿意破坏这愉快的氛围，尽量避开敏感的话题。柳眉好像是在帮助杨浦回忆大学时期发生的那些趣事，而有些是绕不过去的，譬如在得知杨浦跟小兰交上朋友，手牵手出现在校园时，柳眉一点也不隐瞒她当时的伤心和醋意——这让杨浦又一次羞红了脸，心里酸涩涩的。渐渐地，杨浦意识到，如果自己坚持不把如今处境的缘由说出来，柳眉就不会再追问他什么——她从来不会做出让他难堪的局面；她又像是在等待着他原原本本地把缘由说出来，说白了，她从上海赶来，意欲何为呢?

杨浦一仰脖子，将酒一饮而尽，像是下了某种决心，身体内一股股似排浪涌起的酒劲，由五脏六腑涌向大脑。"柳眉，离家出走至今，我今天是第一次说出我的心里话。"杨浦低垂着目光，看着握在手里转动的空酒杯，声音和呼吸都变得沉重了。

杨浦并没有从与刘大鸣的交往说起，而是先从家庭，从与妻子小兰的矛盾开始，庸常与琐碎，接着是金钱、地位、收入、物质享受的种种烦扰，到刘大鸣开价五十万招聘及相关待遇，到马山矿的权力角逐，还有自己仕途理想的挣扎，到专家评审的"东窗事发"，到刘大鸣的恶意戏弄……

"那个时刻，仿佛一切都变得令人无法忍受，结束那一切，或者说，了断那一切，就是我当时最坚定的想法，而且刻不容缓。"

柳眉一直默默听着，尽管杨浦叙说得并非完整全面，但她还是基本理解了这样一个事实：这个素来持重而自信的男人，其实是承受不起那样的挫折和打击的，他所能做的选择其实就是逃离，他觉得自己的人生已没有回旋余地，他必须找到台阶自己下，以保全他尚且残存的自尊心而已。柳眉并没有把她想到的这些说出来，她只是对杨浦提出一个问题："站在你的角度说，你的选择完全是你个人的事，甚至无所谓对与错，因为你选择的结果是由你个人承担责任的。但是，我觉得对于你的家庭来说，还是有问题的。首先你并没有明确自己是因为不爱小兰了，还是受不了家庭的庸常琐碎才选择离婚的；其次，其实是最重要的，你的女儿明明能够答应你这样的选择吗？你能说，你连女儿也不爱了？你能忍心让明明在一夜之间失去父亲，并且不知道父亲身处何处？"

杨浦突然垂下了脑袋："别说了，柳眉！"他觉得自己好像是被一记重棒打中了，"这一个多月来，思前想后最让我心痛的事，就是对不起女儿明明！"他声音嘶哑了，他双肘支在桌沿上，双手捧着脑袋，撕扯起头发，仿佛头痛欲裂。

此时，柳眉并没有把她要说的话说完："从另外一个方面看，也是重要的方面，你这样做是跟体制做了告别，就是说，你在体制内曾经的所有努力和希望，都将随之化为泡影。想过没有，你如果还想回到体制内奋斗，那么一切就必须从头再来，从零开始，你为此将付出成倍的代价！如果说，婚姻和家庭还可以补救、挽回的话，那么选择逃离体制，对你来说，损失是最严重的，也是我认为你最不明智的选择。恕我直言，杨浦，在我想象中你的人生规划和设计里，从来没有想过某一天你会成为一名教师，而且会终其一生献身于三尺讲台——我这里并没有任何贬低教师这个职业的崇高地位的意思，而是针对你的志向——你能告诉我，教师这个职业就是你未来人生的归宿吗？"

"不，绝不是！"杨浦叫道。"我是为了解决生存问题，才鬼使神差地选择了那个职业。你知道吗，那些日子里，我口袋里的钱，几乎不够我吃顿饱饭了！"这最后一句话，一下子就把柳眉眼眶里的泪水拉扯下来了，她能想象得到，眼前这个男人当时落魄到何种不堪的境地。

"柳眉，我从来没有想到我的人生会如此失败！真的，从来也没有想过！我一直认为只要我去努力，那么所有的成功对我来说都是唾手可得的，也是我的能力能够达到并实现的。可是，可是……"

杨浦说不下去了，把头埋在臂弯里，伏在桌上抽泣了，身子也随之剧烈地颤动着。

第二十二章

杨浦面色苍白，眼光迷茫，说话口齿不清了。柳眉意识到他醉了。她叫来服务员埋单，同时要求马上替她去外面招呼一辆的士。柳眉搀扶着浑身瘫软无力的杨浦下楼，走出餐馆；这一男一女，勾肩搭背，一颠一拐的，样子挺狼狈。柳眉很快就气喘吁吁，觉得身边这个压在自己身上的沉重身体几乎没有任何支撑力了。她不可能把这个状态的杨浦送回学院宿舍去。好在门口停下的出租车司机见状下车来帮忙搀扶了一把，这才把杨浦放进后座安顿好。柳眉坐上车，对司机说了要去的宾馆。车开动了，路灯下，道路两旁的排档铺子蒸气缭绕，有人在划拳行令，有人举着啤酒瓶在吆喝什么。柳眉扭头看了看驾车的中年司机，说希望到了宾馆，他还能帮帮忙把人送到房间，她可以给些酬劳。其实，她喝得也不少；两人共喝了两瓶酒，差不多一人一斤的量。司机爽快地说没问题，侧目扫了柳眉一眼，说:“你老公酒量如何，你应该清楚啊！他喝不了的酒，你就应该劝劝他别喝了——瞧，醉成这样，跟大病一场差不多呢！”柳眉撇撇嘴，懒得接他的话，心想，谁的老公呢？再说了，他由着性子，一边顾自陈述苦痛，一边自斟自饮，那时节谁劝得了？不是说要痛快地喝一场吗？所谓痛快，不就是这样的结果吗?!

到了宾馆，司机没有食言，一口气把杨浦背进了房间。柳眉连声谢着，给了一百元作为酬劳。司机接过钞票向柳眉鞠了一躬。关上房门的那一刻，柳眉就清醒地意识到，现在是真正的两人世界了。她原先也是酒意朦胧的大脑,似被一盆凉水浇上,那个曾经一直被自己苦苦暗恋、苦苦找寻的男人,此刻就躺在沙发上,昏迷了一般,她为自己接下来要做什么而感到有些不知所措。

柳眉看见杨浦突然在沙发上勾起身子,一阵阵地抽搐着;她知道他要呕吐了。她赶忙过去艰难地扶起他,接着几乎是拖着这个沉重的身躯进了卫生间,刚刚在坐便器前站定,杨浦就张开大口,勾下腰身,开始翻江倒海地吐了;那些从他喉管里飞溅出来的酒水菜屑喷得到处都是,柳眉的短裙上也散了一片。这要在平时,柳眉会恶心死了。这个过程当中,柳眉一直紧紧地抱着杨浦剧烈颤动的身子,她知道此刻若一松手,这个男人当即便会一头栽进坐便器里。

呕吐完了的杨浦,整个身子柔软得像张纸片一样,无力而虚幻,他几乎当场就要瘫倒在地。柳眉死死地抱着他,然后拉紧他的手臂,让他的身体完全依伏到自己的身上,拼尽余力将他拖扯到卧室宽大的床上。此刻的杨浦几乎死了一般,苍白的脸上无一丝表情,唯有僵硬的嘴唇不时动弹一下,却听不出任何声息。他像是被抽空了一般。

柳眉将杨浦身上的衣物一件件脱去,完成这个过程,她累得满头大汗,然后她一次次地从卫生间到卧室往复着,用热手巾将杨浦浑身上下擦洗了一遍。做完这一切,回到床边,她关了卧室明亮的顶灯,只留下一束壁灯照着(事实上她原是准备替杨浦盖上被子让他睡的),似乎这才猛然意识到,直挺挺躺在眼前的这个一丝不挂的男人,不是自己的丈夫,而是杨浦,是那个曾经让自己神魂颠倒而今依然牵挂不舍的男人;这个身体曾一度是自己渴望得到的,现在他就如此无遮无拦地呈现在自己面前,像个熟睡的孩子般安详宁静。脸盘明显消瘦了,颧骨和牙床似乎都是咬紧的,眉毛依然乌黑浓密,但是眼圈是泛黑的,眼眶也深陷了些;喉结比过去突出多了,锁骨暴露得又大又深;再看胸部,当年强健诱人的胸大肌不见了,黑黑的乳头四周已被一层海绵般的脂肪所取代,这层脂肪绵延着直到腹部以下；阴茎像个顽皮的孩子累了似的斜卧而眠，浓密一片的阴毛像野草一样扩散地支棱着——她用手抚摸上去，像是要验证一下真实与否，从他的脸庞到胸腹，到他的下体……

不知为什么，柳眉的眼泪止不住一串串流下来。

接近清晨时分，杨浦从黑沉沉的酒乡里苏醒过来，昏暗的壁灯照着，他首先看到床头柜上放着一瓶矿泉水。他太需要这个了，拿起就咕噜喝了，扭回头来，吃惊地发现熟睡在自己身边的女人是柳眉，他掀开被子，这才发现自己是裸体的，而旁边的那个丰满光滑的身体竟然跟自己一样也是赤裸的、光溜溜的。当他的手指触摸到这个身体时，她马上就醒觉了，仿佛是两个压抑已久的身体需要"对话"了。

动作是急切而紧张的。在宽大而柔软的床铺上，这对完全裸露的男女像是纵身跳入了波涛汹涌的大海，身体很快就交织一体了，接着是剧烈地起伏跌宕，而急促的呼吸随之湮没在惊涛骇浪之中。柳眉娇小的躯体洁白无瑕，散发着淡淡的乳汁般的体香；一对不大的乳房保持着弹性的坚挺，细巧的腰肢扭动着，光滑圆润的双腿伸展开来——杨浦透不过气般地喘息着；他一次次地深入这个娇美的躯体里，恨不得把自己整个儿都融化进这个躯体里，不，是躲进这个娇美的躯体里，从而把他人生的所有失意统统抛弃掉。柳眉用手臂和屈起的双腿紧紧地勾缠着杨浦疯狂扭动的身体，生怕不这样，这个身体就会突然消失掉；她配合着他一次次的暴风骤雨——这个从青春岁月就让自己倾慕的男人，终于与自己有这样一场疯狂地欢爱了，这令她慰藉而满足，仿佛是成全了她最初的春梦，了断了这段没有结果的前缘。

阳光透过粉色的窗帘照射进来。原来这是一间宽大明亮的套房，卧室的外面是客厅，中间是一道镂空的花墙，上面摆着瓷花瓶和仿真的古玩。杨浦和柳眉前后洗漱好，各自穿着宾馆的睡衣，走到客厅沙发上坐下来。杨浦在看电视新闻。柳眉用电壶烧了热水，冲了两杯速溶咖啡，递给杨浦一杯，自己捧着一杯，盘腿在沙发上，呷着；除了电视新闻的声音外，这一男一女静静的，无话可说，就像新婚夫妻洞房花烛过后，有那么点别扭，也有那么点羞怯。

“柳眉，你会不会觉得，我这样做，有些不道德?”杨浦眼睛看着电视画面，喃喃地说。他脸色依旧苍白，神情凝重。柳眉马上明白了他所谓“不道德”所指，她那保养得丰腴纤巧的手指呈兰花指状地捏着小匙子，优雅地搅拌杯里的咖啡，嘴角含着讥讽地微微扯动了几下。“杨浦，你顾虑多了！我早就是自由身了。一年前我就跟黄达明离了婚，这个秘密今天我是第一次对你公开。”她的眼睛也是一直凝视着电视画面。杨浦瞪大了眼睛，似乎不相信柳眉能够如此平静随便地说出自己的人生变故而又不予任何解释；其实，柳眉外表的不动声色，掩饰着她对杨浦内心的洞若观火，仿佛在她看来，人生没有什么是拿不起且放不下的。杨浦扭头望着她——洗浴后的柳眉，面色红润，肌肤如脂，浑身散发着湿润的清香。她的状态好像是被电视画面所吸引，全然不在意眼下的话题。不知为什么，这一刻杨浦忽然想到的却是自己的前妻小兰，想着小兰她会在干什么?她的身边是否也有了一个男人？她也会有如同现在的自己与柳眉的这样的一个上午?

第二十三章

这一天，刘大鸣突然接到一个来自公检法系统的哥们的来电，让他险些惊出冷汗来——有人居然在背地里告发他了！告发他的材料证据确凿，条理分明，时间、地点、事由和相关人物，一应俱全，甚至对犯罪性质都附有相关法律条款。明眼人一看就知道，这个告发他的人绝非等闲之辈，而且学识文化水平非同一般。让刘大鸣稍感欣慰的是，告发者是匿名的，看来，对方也是有所顾虑的。刘大鸣当即就向对方索要这份材料，复印件也行。对方在电话里显得很为难："这个——不太好办啊！材料都打上了案卷编号，一旦泄露出去，后果会很严重的。"算是婉言拒绝了，但是他提醒刘大鸣，"告发你的人在材料的最后部分明确提示道，如果在一个月的时间内不去侦办查实，那么将会有更多的有关刘大鸣犯罪事实的材料公布出来。"刘大鸣肥大的脑袋上浸出冷汗来，他把右手握着的手机从右耳边挪开，转为左手握着，贴在左耳上："兄弟，别忙着挂断，我这里没有其他人。告诉我，材料里告发我的究竟是哪些事？"对方说："是关于南山矿重大人身伤亡事故的问题。"刘大鸣倏地从硕大的皮椅上坐起，像是被电击了似的，接着机械地用右手支撑在桌上；他觉得自己内心有些乱了。"兄弟，那个材料上是怎么说的？""说那次事故是你一手策划安排的。"对方说完这句就挂了。

刘大鸣重新在皮椅里躺下，瞪大眼睛看着天花板，这会儿大脑里几乎空白一片。

“他妈的，这会是谁干的？”刘大鸣咬牙切齿地怒吼道。

他首先想到了那个被判了有期徒刑十年的浙江商人，从他人在牢狱但仍旧不肯转让矿权的态度看，他是绝对不会跟刘大鸣合作的，他要告发刘大鸣有最大的可能。听说他正在找“有背景的人”积极活动，据说已经减刑为五年了。这个时候，他还有能力翻案？其次还会有谁呢？刘大鸣把头靠在椅背上，闭着眼睛在脑袋里一遍遍地搜索着。这一搜索让他真有点心惊胆战起来。这些年，他生意上风调雨顺，左右逢源，财源滚滚，但确实结怨不少，冤家成堆，张三、李四、王五的，不下十多个人，这些人或被他侵占，或被他挤垮，或被他兼并收购，或被他使手腕、耍伎俩而变成穷光蛋，总之，这些人都是有可能告发他的。有那么一瞬间，他脑际还闪过杨浦、林义强这些人，他们也是有可能告发他的人。但转念一想，杨浦至今无影无踪，那个林义强一看也还是个文弱书生，他们都不可能有那个精力和耐心，当然更不会有那个功利目的来调查取证，搞告发他的材料。告倒他刘大鸣，对谁最有好处？对谁最有好处，谁就是那个匿名的告发者。可他到底是谁呢？

一连几天，刘大鸣都坐如针毡，甚至寝食不安。他不能坐以待毙，他要有所行动，防患未然。假如一个月后那个匿名的告发者真的捅出个大窟窿来，自己补都来不及了。他命令手下几个心腹，去南山矿区，去那次事故死亡者的家属家里，去那个浙江商人的老家，凡涉及南山矿事故的相关人员都必须找到，必须查出那个要告发刘大鸣的人是谁，只要保证不暴露是刘大鸣在做反调查这一条，其他的，至于花多少钱和采取什么样的手段那都无所谓。同时，他带上漂亮的公关女秘书，主动宴请了公检法系统和安检部门的头头脑脑，以及能够具体办事的那些新朋故旧，一连几个晚上在D城最高档的几家酒店里，从鱼翅、鲍鱼到野味山珍，从各个年代版的茅台、五粮液到原装进口的马爹尼XO，再到洗浴桑拿、卡拉OK，“一条龙”服务，其中几个关键人物还有不菲的红包“意思意思”。谁都不是糊涂人，被刘大鸣“打点”和“意思”过了的这些人，不失时机地把刘大鸣叫到屏风后面说话；这相当于事先打了招呼，明确了利害，甚至也算是划清了界线。而刘大鸣要算的账，就是他这样做是否“物有所值”了。

“刘老板，我明确告诉你，这事要是就在我们市一级来办，可能回旋余地还比较大，如果捅到上面去了，那就不好办了！”

“刘兄，这事如果真的跟你没有关系，那就一定不会有关系了。如果有，你自己掂量掂量，事关人命啊！你可要想清楚了！”

“刘董事长，我只是听说，但还没有看到所谓告发的材料。不过，就是接到材料，如果没有上面领导的指示意见，这类结了案的安全事故，我们一般也不再组织调查组重新调查取证。再说了，你的公羊山矿那是多大的矿山，小小的南山矿发生了事故怎么可能跟你扯上关系呢？我看是八竿子也打不着的吧！”

“刘老板，我可要提醒你，可不要在生意场上结冤家，结了冤家事情就复杂了，你会搞不清楚到底是谁在整你，谁要整垮你，我的意思是说，到那个时候想帮你的人也帮不了你的！”

这些话对于一向行事高调、财大气粗，显得无所不能的刘大鸣来说，犹如扣头的一盆凉水；他忽然意识到，问题严重了，问题看来非常严重了！他当然清晰地记得南山矿事故的策划过程，只是根本没有想到会出现人身伤亡。他原本只想造成事故不断的局面，从而引起有关方面重视，继而给予关闭、甚至破产，达到他去收购兼并的目的。当时他叫他的心腹去干这件事时也曾交代，千万不要弄出人命来。这个心腹去南山矿物色了一个游手好闲的员工，答应事成给五万，结果这家伙一连弄出两场事故，死了两个人。这下事情闹大了，刘大鸣把那个心腹狠狠臭骂了一顿，让他连夜找到那个家伙，必须从南山矿消失掉，条件是二十万，据说，那家伙揣上二十万头也没回就跑了。那么，现在这个人在哪儿？这个人太关键了！如果南山矿的案子真的深挖下去，那就极有可能把他刘大鸣过去的那些见不得阳光的陈芝麻烂谷子的老账都翻出来，天呐，他刘大鸣有几个脑袋架得住砍?！现在当务之急就是找到那个制造事端的家伙，让他最好从人间蒸发掉。

第二十四章

林义强周末会经常开着车来D市看望一下小兰，有时是带着妻子小秦一块来，同时也是想了解是否有了杨浦的下落。他现在越来越觉得杨浦弄出如今这样的结局，自己是有责任的；如果当初不那么炫耀财富，不那么把国企说得一无是处，把私营矿山说得天花乱坠，又鬼使神差地诱导他搞什么专家评审，杨浦的心思能乱吗？局面会变得这样糟糕吗？那个时候只知道一味地刺激他，逼他穷则思变，逼成了如今的妻离子散，这日子还怎么过呢？

每次来他都要买上许多好吃的送给明明，小兰开始拒绝接收，渐渐也就习惯了，不再推辞。在客厅里坐下来，小兰给林义强沏了茶，他开口还是问有没有杨浦的消息，小兰就摇头叹息。这个女人越发憔悴，面容蜡黄，衣着随便，整个人像是正在衰老下去。

林义强吸着烟，心情沮丧得很，似乎有些忍不住了："杨浦这个人真是挺混蛋的！他怎么能这么长时间也不给个消息呢？他怎么能这么干呢？！"

小兰坐在椅子上，双手在膝盖上搓着，林义强这么一说，她的眼泪就流下来了。"他可能就是从心里还恨着我呢！他这样做，就是为了彻底地忘掉我们，再也不会跟我们有任何联系。"

林义强这才意识到刚才自己的话说过了火，他换了语气："嫂子，我看也不能这么说，杨浦从来都是一个有情有义的人，这一点我相信还会有时间证明的。他现在可能是没有把自己安顿好，他是一个要尊严又要面子的人，我甚至相信，他有一天还会回来的，你们一家人又会团聚在一起。”

小兰扭头望着窗外的蓝天，似乎在想象着那一天的到来，眼角下挂着两串泪痕。

林义强今天来是要告诉小兰，他已经决定正式状告刘大鸣了。南山矿事故就是刘大鸣一手策划安排的，他们当初给南山矿所做的安全系统评审是完全正确的。他已经做了调查核实，现在在搜集证据，核实细节。

一听是状告刘大鸣，小兰惊怔了，她也知道那是个财大气粗、手眼通天的人物，说白了，那只大老虎的屁股是想摸就能摸的吗？“你可要小心点儿啊，我听说那个姓刘的，心狠手辣，做事很绝的。”

林义强吐着烟，摆着手：“嫂子，我都想好了，这回为了洗刷杨浦的污点，还他一个清白，姓刘的敢跟我黑什么，我都不在乎。我已经向我的老板请了三个月的假，我说得很明确，如果同意，三个月后我回来继续干我的总经理，不同意，我就辞职走人。”

听到“辞职”这个字眼，小兰的脸色就白了。“义强，这事值得这么做吗？”

“这不是值得不值得的事，是黑与白，是正义与邪恶！我要让杨浦知道，在南山矿我们所做的一切都是光明磊落的，客观公正的。我这个兄弟没有愧对他！否则，我这辈子心里都会觉得不踏实。”

林义强对小兰说，下一步如果检察机关立案侦查，他就静观事态结果，如果检察机关按兵不动，他就要实名举报，甚至不惜与刘大鸣对簿公堂。看得出，林义强是下定了决心，要跟刘大鸣来个不屈不挠，鱼死网破。

小兰这时突然想起了什么。“义强，我想请你帮我打听一个人。”

“谁？你说。”

小兰苍白的脸上微微泛了红。“她叫柳眉，是杨浦大学同学，据说他俩也曾是恋人。我想，眼下找到这个女人，或许就能找到杨浦在哪儿。”

这段日子里，小兰的母亲仿佛已不能容忍女儿带着明明独守空房，看不下去这对孤儿寡母相依为命，她要小兰抓紧重新择偶，不能耽误，如果小兰羞于行动，她这个当妈的就亲自张罗择婿。“傻女儿，女人年龄是个宝啊！过了这个村就没了这个店，以你现在的条件，比上不足，比中间那一档男人，也还是绰绰有余的嘛！”母亲所谓“中间那一档男人”是指年龄在四十至五十之间的，受过良好教育，家境富绰，事业有成，离异的，没有孩子的，当然最好是单身的。母亲这些话，并不为小兰所心动；其实母亲也看出来了，女儿还在痴心等待杨浦，或者说，现在她的心里还容不下别的男人，可是那个叫杨浦的男人，如果在外面本来就有相好的，这会儿人家都过在一起了，女儿还执迷不悟，这个账，到时候跟谁算去呢？“小兰啊，不是当妈的说你，这么大人了还不开窍，你想没想过，杨浦这些年里有没有曾经相好过的女同学、女朋友之类，当年他那么风光，就没有人曾经跟他好过？他如今这么无情无义地跟你离婚，跑得无影无踪，说不定早跟人家过在一起了，你就不会想办法打听打听？”母亲后面说的这些，倒真是让小兰警觉了起来。是啊，谁能保证杨浦在心里就没有藏着另外一个女人？谁能保证如今的杨浦不会跟另外一个女人在一起？母亲的提醒，使小兰一下子就想到了柳眉——是的，杨浦就曾经在小兰面前吹嘘过，说这个柳眉就是当年的校花级美女，而且追求过他，去年初他们毕业十五年老同学联谊会上还见过。

“叫柳眉？”林义强默念着，眼睛亮光一闪，“我还真想起来了，杨浦是跟我说过，他们班上有这么一个美女，还说到当年这个美女追他的事，说是这个女人如今也做大了，在上海。”他警觉地扫了小兰一眼，立即切断话头，显得信心满满的样子：“小兰，你放心，要打听到这个叫柳眉的下落可能不难，杨浦那一届的，我可认识不少人呢。”

其实，林义强回去后就在网上搜索“柳眉”，很快就找到了她在上海的公司地址，他打了公司咨询电话，对方告诉他，柳总目前不在公司，有事外出了，至于什么时候回来，现在不能确定。林义强提出需要柳总的手机号码，对方明确告诉他，柳总的手机号码是保密的，对外不公开。林义强请对方转告柳总，说有一个叫林义强的需要与她见面或通话，有要事商议，对方依旧是不紧不慢地对他说，等柳总回到公司再联系吧，就挂线了。

在以后的几天里，林义强几乎每天都要往柳眉的公司打电话，直到有一天，电话那头告诉他，柳总回来了。

林义强当即决定驾车前往上海。

第二十五章

柳眉在粤北的C城待了两天。

两天里，她与杨浦形影不离。

像是回到了青春时光，她大方地挽着杨浦的手臂走在小城的大街小巷，时不时地把头依偎在杨浦的肩膀，作小鸟依人状；她觉得大学时光里的那些向往与期待，竟然奇迹般地在十五年后梦圆在粤北的这座名不见经传的小城里，真是有些不可思议。

杨浦的喜悦高兴也是由里而外的：他阴沉沉的脸上终于有了灿烂的笑意，说话和举止也显现出了自然流露的放松状态；而柳眉不再仅仅是他的大学同学，那个昔日不被认可的恋人，而是他情义倾注的情人——是的，柳眉给杨浦带来的不仅仅是快乐，而是一种信心和重视。他太需要这些了！想想看，孤零零流落至此的一个多月里，杨浦何曾如此喜笑颜开，如此展眉舒怀？他打电话给林豪生院长请假，林院长像是意料之中似的：“你放心跟柳小姐玩吧，我让系主任给你调课，不行的话，我亲自上。”

杨浦带着柳眉将小城周边的名胜古迹都游玩了一遍。巧的是，在南山寺，居然见到了杨浦熟悉的那个方丈。在大雄宝殿里，当时柳眉刚刚向佛祖磕完头，接着就去捐钱，看得出，柳眉对佛是恭敬和虔诚的。可能是捐钱的数额大，和尚诵经声和敲的木鱼声高了，方丈就是这个时候从殿后出来的。一见杨浦跟这个漂亮的女士在一起，方丈慈眉善目地笑了：“阿弥陀佛！施主还记得我曾说过的佛缘吗？”柳眉见状，马上抢白道：“请师傅明示啊?”方丈道:“尘世一遭,尘缘未尽,烦忧如云,但只要心中有佛,则佛法无边,佛光普照。”杨浦双手合十,连忙说:“谢谢师傅教诲!”说罢就拉着柳眉就走开了。柳眉当然不知道这其中的原委,来到寺庙外,杨浦对她一一说了,柳眉听后就哈哈大笑起来。

“杨浦啊杨浦,你要是真的做了和尚,我一定把全校的师生都领来,见识见识你这位高僧的讲经布道,那一定是一道好景观啊!”

累了,两人就在野外的草坪上躺下,小憩一会。阳光温暖,草地里散发着青涩柔和的泥土与草根交织的气息。饿了,就在附近的一派乡土情调的“农家乐”小酒馆里吃,便宜、实惠,又不乏村野的情调。吃饭的时候,小包厢里突然闯进来一位穿着青色长布衫、瘦长的下颌拖着长长的白胡须的老者,说什么也要给柳眉和杨浦看看相、算算命,说是在去寺庙路上就盯上了他俩,一路跟着寻来的。杨浦一向厌烦这种看相、卜卦、算命的,他的理念是,前半生不说也罢,后半生若被编排出忌讳若干,吉凶几许,还活个啥滋味呢?况且,这种看相卜卦算命的,大多穷困潦倒,形同乞丐,怎么就能算准自己的命呢?他掏出二十元钱就想打发他走人,柳眉赶忙按下他的手,让了座,对老者说:“老先生对我们这么有兴趣,那就看看相吧。”老者手拈下颌那缕白胡须,凝神镇定地端详了柳眉与杨浦两人的面相,眨巴着眼,似乎不知从谁说起。柳眉嬉皮笑脸地鼓励老者:“放开来说,说谁都行,别顾忌哦。”老者瘦黄的脸上掠过一丝诡异的笑,开口就直言柳眉跟杨浦不是一对夫妻,是情人,老情人了,说得杨浦当场面呈羞赧,柳眉倒是十分受用,双颊飞红,兴奋得赞了声“没错儿”。至于能否成为夫妻,现在还看不准确,那要看后面的缘分。“情缘不到,则不能修成正果。”这话让两人不禁对视了一眼,彼此都有点惶惑不安的感觉。

真正让杨浦惊诧不已的是,这个看相算命的老者接下来说出的一通话:

“这位年轻人(他看着杨浦)才高八斗,心气凌云,但命运不济,遭人嫉怨，挫折不断，正在走霉运。他把目光转向柳眉，这位女士，气色富丽，心计过人，富贵有余，只是婚姻不吉。你是你面前的这位年轻人的贵人，他今后还要仰仗你的庇护支持，才能走出他的困境……”

柳眉从桌角抓起她的坤包，从里面抽出三百元塞进老者手里，说：“谢谢了，老先生！相看得不错，就看到这里吧！”老者意犹未尽，还想说点什么，但柳眉搀扶起他，把他送出了包厢。

经老者这么一算，两人吃饭的兴致没了，柳眉看着一脸茫然的杨浦问：“你觉得老先生算得如何？”杨浦摇头道：“说我的部分，还真的挺像，说你的部分，你心里有数，我觉得挺玄的。”

柳眉一脸的喜悦，好像老者所预言的正是她所期待的。“我觉得老先生看得挺准的，特别是后面说的，正是我在盘算着想做的。”

“你是说‘要仰仗你的庇护支持，才能走出困境’那句？”杨浦其实就惊诧在这句话里。

柳眉肯定地点着头：“是的，我不会让你在这么个小城里沉沦下去。”这话虽说得轻声慢气，但透着一个不动声色的女人的坚定和豪气。

事实上，从昨天见到杨浦那一刻起，柳眉就一直在思考着怎样将这个落魄的男人带走，怎样让他重新在事业的舞台上站立起来。

“说说看，你打算怎么庇护支持我呢？”杨浦望着窗外的田野，神情落寞。

柳眉看着他面庞的侧影，依旧是轻声慢气的语调：“杨浦，我还没有认真地想好该怎么去做，只是觉得这个小城不适合你，也就是说那个学院，在那里当老师，不适合你，你的事业不在这里。”她停顿了下来，语气忽然变得俏皮起来，“我推荐你去合资公司吧，做行政高管，先练练手，如何？”

“开什么玩笑啊，柳眉！”杨浦回过头看着她，情绪显得有些激动，“我是哪块料，我自己心里清楚。我干不了，也干不好的。我甚至觉得我已经远离了这个现代社会。”

“没自信了吧?”柳眉斜睨了一眼,“那么这样吧,跟我去上海,到我的公司去,我把总经理位置让给你,我帮着你干,如何?”

杨浦和柳眉的目光对视着,杨浦知道她俏皮随性的话语其实透着完全真实的信息,就是说,她真的会那么做的——她的真诚像她的目光一样清澈而干净。

“不,柳眉!谢谢你的抬举和厚爱,我不是那块料儿。我也并不是不自信,学着干,我会上手的,问题是那种职业不是我的长项和优势,我会干得很别扭,甚至很丢人。我到今天仍然认为自己是块做矿山的材料,搞矿山是我的优势,包括对矿山的规划、开采,做大做强,这十多年里的摸爬滚打,我有的是矿山方面的经验和才干。实话实说吧,真要让我选择,我还是会选择去矿山的。”

“你这么说,我能不能这样理解,你还是想回到马山矿去,那里才是你真正的人生舞台,你是在那里跌倒的,就要从那里重新站起来?”

杨浦的脸上泛起惨淡的苦笑:“我是从那里辞职走的,怎么回去?人家还接受吗?我还要不要一点做人的尊严了?”

柳眉微微笑了:“杨浦,我们能不能改变一下思路,现在就往你回到马山矿去的方向考虑,看看我们会有哪些途经、策略。我想,我们总应该有办法的。”

“那你说说看吧,会有哪些途经和策略?”杨浦显然对此一筹莫展。

“杨浦,其实我知道你内心还是放不下那个矿山,因为那里寄托了你太多的感情和梦想!要让你有尊严、有面子、也有身份地回到那里去,这当中是有一段艰难的路要走的。我也还没有认真地想好该怎么走,但有一条途径是可以尝试的。”

“什么途径?”杨浦不以为然。

“用资本的途径。”

“你什么意思?什么叫资本的途径?”

“杨浦，说白了，就是我们买下马山矿，怎么样？这就是资本的途径！”

杨浦突然笑起来了，这笑声显得突兀而怪异，这笑声其实显现出他认为柳眉的想法多么天真幼稚且不切实际；马山矿那是多大的资产，又是国字号的，你买下来，好大口气！可他嘴上说的却是：“先谢谢你了，柳总，柳大董事长！我从今天起，就期待你让我‘有尊严、有面子、也有身份地’回到马山矿去——用你的资本途径！”他语气里不无揶揄和自嘲。他手持茶水杯，举到柳眉面前，“今天咱俩不喝酒，我就以茶代酒，先敬一杯了！”

看得出，杨浦当时根本就没有当真；但在柳眉这里，一切都是真的，或者说，她是要付诸实施的。她是一个说到做到的人。尽管存在着巨大的风险和现在尚难预料的困难，她还是决定要去试一试。她要通过资本收购、股权扩张来给杨浦上一堂现代企业机制与体制的运行课，她要用行动和事实来教训此刻的杨浦从心理到神情所表现出的不屑与不信，让事实告诉杨浦：你落伍了，你有差距了，你其实并不具备一个现代企业家的知识储备和战略眼光。

当然，碍于情面，柳眉不会把她的所思所想都说出来的，让时间和事实来改变他吧。

“好啊，那我就先受敬了！”柳眉也举起茶水杯，碰着，喝着……

在接下来的时光里，这对情人继续着在小城的游玩，在山水之间尽情嬉戏。两个人都心知肚明，彼此的爱意在与日俱增，彼此亲吻和拥抱的时间都越来越长，且缠绵缱绻——然而，谁也没有首先提出“你嫁给我吧”或者“你娶我吧”——好像彼此都还有最后的防线不容攻破！也好像是因为存在着这样一道防线，彼此似乎都不急于表达自己的真实想法——如此深厚的情义，走进婚姻，应该是水到渠成的事吧。或者像那位看相算命老先生说的“要看后面的缘分”。

在这样忘情快乐的时光里，杨浦和柳眉，谁都没有再谈及那个敏感话题——资本收购，股权扩张，回到马山矿去（有尊严、有面子、也有身份地回去）——而那个敏感话题，其实是由于那个看相算命老先生的话头引起的。而在柳眉看来，正是那个算命老先生把她的天机意外地提前泄露了出来——那正是她所想的，也是她下一步要做的。

第二十六章

柳眉回到上海，便听秘书说有个叫林义强的要见自己，而且这几天里电话不断。在与杨浦相处的几天里，柳眉不止一次从杨浦的嘴里听到林义强这个名字，知道他是杨浦的一个好朋友。她对秘书说，你可以告诉他我回来了。秘书出去后，她就给杨浦打了电话，杨浦一听是林义强要见柳眉，心里顿时就酸甜苦辣了——林义强一定是四处打探自己的消息，竟然找到了柳眉这里。杨浦在电话里对柳眉说，你可以把我现在的情况都告诉他，甚至包括我现在的联系电话。

林义强当天下午就赶到了柳眉的公司里。柳眉原以为跟林义强的见面，只是谈及杨浦的出走和而今的现状，却万万没有料想到，林义强有一腔愤怒。

“柳董事长，我觉得你们同学当中，最不地道，最小人的就是那个刘大鸣!”这是他在柳眉的办公室里一坐下就抛出的第一句话。漂亮的女秘书把沏好的茶递上他的手，他随手放到茶几上，似乎喝不喝茶根本不重要——这个过程里他没有观察到坐在老板桌后面的柳眉的紧张不安——他这句直奔主题的责问，相当于把柳眉直接划归于刘大鸣一类。柳眉原以为他会彬彬有礼地首先自我介绍，然后说到与杨浦的关系，以及如今对杨浦下落的种种忧虑担心（杨浦对她所描述的林义强，应该就是那样一个知识分子）。不曾想，这个理着平头、穿着 BOSS 衬衣、显得冲劲十足的家伙，一上来就摆开与自己论理较真的架势。“刘大鸣这样的人，作为杨浦的同学，还有你们——的同学，我看，——简直就是一种耻辱!”

柳眉有些忍无可忍了。“林总，你这样说，何以见得？——你有证据吗?”柳眉冷冷地打断道，目光直视着他。

林义强这才意识到自己的失态与言辞的过分，他换了口吻：“对不起，柳董事长！我知道，你跟杨浦是同学，也是好朋友，是那种——不一般的好朋友！（林义强为这句话把自己的脸都憋红了）我们今天要说的人是杨浦，可是你知道，杨浦如今的背井离乡，下落不明，其实是跟刘大鸣有关系的!”

林义强今天一见面才知道，原来柳眉是这样一个漂亮优雅、气质高贵的女人，便突然觉得要说出杨浦的变故来，就不能不从刘大鸣这个混蛋的劣迹说起。接下来，他把自己所掌握的有关刘大鸣在南山矿事故里的所作所为，一股脑地说了出来。在柳眉还没有做定性判断之前，他给的结论就是：“这种人，是不是无耻小人？这种人，是不是作为你们同窗学友的耻辱?!”

柳眉一直在认真听着，始终没有插一句话，直到林义强把一切都说完了，她才问一句：“那你打算怎么办呢?”

林义强一点也不想掩饰自己的打算：“我要告发刘大鸣，让检察机关公诉他，把他关进大牢!”

“你真的打算这么做?”

“我已经这么做了。”

“就是因为杨浦?”

“是的，就是因为杨浦。尽管我也在其中，但比起杨浦来，我并不重要。”

“为什么?”

“因为杨浦比我优秀！他付出的代价，跟我付出的，不能同日而语，不能等量齐观!”

“你这么看重他?”

“我一直这么看重他!”

“你来上海找我,就是为了跟我说这些?”

“这些也是要说的,不过,主要还是想打听一下有关杨浦的消息。”林义强这才喝了口茶水,神情显得忧郁而内疚,“你不知道,这些日子里,杨浦的妻子,不,是前妻小兰,还有他的女儿明明,包括我们这些关心他的人,为查到他的下落,都急成什么样子了！我们是担心他万一有什么不测……”

柳眉脸上露出释然的笑容,她放松地靠上皮椅背,一五一十地把自己如何找到杨浦的和他目前的近况说了出来。当听到柳眉就那样轻而易举地从互联网上搜寻到杨浦下落的方法时,林义强重重地拍了一下自己的脑袋,他怎么就没有想到互联网呢?

得知了杨浦的下落,林义强就显得有些迫不及待了,当即从柳眉那里要了杨浦现在的联系电话,拿出手机就拨了过去。他边起身拨着号边往窗前走去,背对着柳眉,俯视着波光潋涟的黄浦江,他把手机紧贴在耳朵上,静候通话,也并不回避柳眉的在场。

“喂,是杨浦吗？我是义强啊,——林义强!”这种柔和似乎只是对话的一个过渡性开场,接着林义强的情绪变化和语气的粗鲁,着实令柳眉大吃一惊。“你混蛋,杨浦！你是个大混蛋,你知道吗？有你这样做朋友、做兄弟的吗？有你这样不管不问,一走了之的吗？为找到你这个混蛋,我他妈都要急疯了——你知道吗？啊——呜——呜呜——”这个大男人握着手机,激动得浑身颤动,突然勾下腰身,哭了。

这呜呜哭声,对于林义强内心压抑已久的负疚感,是一种解脱。

手机挂了,蹲在窗前的林义强情绪并没有恢复过来,嘴里仍在絮叨着:“太不像话了！他怎么能这样做？他这样做是不对的……”

这一幕让柳眉眼圈泛红了。这对好朋友的情义让她很受感动。她从桌面的纸巾盒里抽出纸巾，走过去递给林义强。

“其实，我看杨浦也不容易啊！”她轻声说，“他那样的性格，可能就决定了他会那么做。”

林义强接过纸巾将脸上的眼泪和鼻涕擦拭干净，站起身来。

“对不起，柳总！我有点情绪失控了。”他面带愧色地说，“谢谢你把杨浦的情况告诉我，我这就回去了。”

柳眉没有想到林义强是这样一个性格果敢、态度鲜明的男人；她突然觉得落魄后的杨浦还有这样一个不离不弃、肝胆相照的好朋友，真是令人欣慰的事。她没有挽留他，但在林义强临走前，她提出希望他能替自己做些事情。这些事情的具体内容是：D 市当前的投资环境及相关政策，特别是矿产资源分布及储量，包括那个马山矿当前的生产经营情况，把这些资料整理好，寄给她。林义强一听，就预感到了什么，但又说不清是为什么。他搓着双手，瞪大眼睛看着一脸平静的柳眉。

“能不能问一下，柳董事长，这是为什么？”

“你不要问为什么，”柳眉微笑着摆摆手，“这事能做到什么阶段，能有多大胜算，我现在心里都没有底儿。不过我可以告诉你的是，这事既是在帮我，更重要的还是在帮杨浦。有一天你会明白，我为什么要这么做。”

在柳眉看来，杨浦个人的政治生命几乎终结，他以那样的方式从体制内出来，而且还背着一个通报处分的污点，几乎就是告别了仕途。对于他那样一个曾经满怀政治理想和事业野心的人来说，体制已无可能再向他伸出橄榄枝，除非是奇迹再现，或许才能实现所谓的咸鱼翻身。而从一个教师的岗位重新出发，年龄、业绩、成就，一切都是从零出发，且本就不是杨浦所愿，他能做到什么分上？其终老也不过是一个教授而已。事实上，对于如今的杨浦来说，时间和空间都已不再可能偏爱他了。经历了这次人生的重大挫折，昔日笼罩在杨浦头顶上的那些耀眼诱人的光环都一一散去，暴露出他不曾为人所知的单纯、脆弱，甚至是不堪一击。冷酷的现实，不仅毁坏了这个曾经优秀的男人的外在体貌，更严重的是，重创了他的意志、信心和勇气。现在，柳眉之所以要向他伸出援手，她是要把这个男人尚存的潜质开发出来，让他重新绽放光彩与荣耀；她要用她的实力和资本，就是说，体制不能再提供给他的舞台，柳眉要通过自己积累的资本——哪怕是倾其所有——来搭建它，并提供给他重新施展才能。说白了，就是她这个性格倔强的女人，一点也不能容忍那个曾经优秀的男人如此随波逐流，平庸一世！

送走了林义强，柳眉在办公室踱了起来。她觉得自己有些烦躁不安。她觉得眼下要做的事很多很多。譬如，从即日起，她要重拾专业，潜心研究一下当下国家有关矿产资源政策、合资合作领域和空间及其市场行情、未来发展趋势前景等；譬如，她要与 D 市驻沪办取得联系，尽快落实前往 D 市进行商务考察事宜，她要投石问路、试测底线等；譬如，她还要组建专门班子来研究资源性投资和立项、预算等事宜……还有，她要马上给杨浦打个电话，说明一下林义强所说的一些情况，特别是关于刘大鸣与南山矿事故的那一节——

哦，对了，她还要给刘大鸣打个电话，狠狠地臭骂一顿他的恶劣。

第二十七章

刘大鸣原以为柳眉的来电是个意外惊喜，然而他万万没有想到，柳眉是如此愤怒、辛辣，甚至是刻薄的一通劈头盖脸的谴责——尽管是通过手机传递的语气和言辞，但刘大鸣还是震惊了——那个一向外表娴静、不动声色的柳眉，竟会有如此猛烈的怒火与不满！

“刘大鸣，你还算是老同学吗？你还算是一个有头有脸的成功人士吗？你那样对待杨浦，那叫道德吗？你开价五十万年薪，给人家总经理的位置，可是人家辞了职，投奔你，你又玩阴的了，戏弄、甚至羞辱人家，这就是你对待你口口声声‘极为欣赏的人’的态度和为人吗？这些我都不想跟你说了，最让人不可原谅的是，杨浦是去做了评审专家，是去‘偷偷摸摸’挣了那个小钱，可是人家也是名正言顺，资质齐全，合规合法，人家伤害你什么利益了？即便就是影响了你的势力范围，你也不能用南山矿的一场重大事故来毁掉人家的声誉和前程啊！你这样做，不觉得自己很卑鄙、很无耻吗？不觉得自己做人很缺德吗？你的良心从此能够安宁吗？我告诉你，我为有你这样的同学而感到耻辱！从今以后，我没有你这样的同学！我奉劝你要好自为之，不要玩火自焚！”

很显然，刘大鸣对杨浦所做出的那些恶迹，深深地伤害了她，也几乎同时彻底毁灭了彼此的同学情。

刘大鸣的震惊不仅仅是柳眉的异常愤怒，更震惊于她竟然了解他策划的南山矿事故。谁告诉她的？这个人会是谁？他原想在电话里问一问柳眉,或者哪怕允许他解释一下,但柳眉的一腔怒火似乎不容他插进话来,而且她说完就挂断了电话。他打过去,一次又一次,对方电话永远是处在占线中,他知道他的手机号被锁定在拒接的黑名单里了。

是杨浦告诉她的?如果是,那么又是谁告诉杨浦的呢?难道说,那个至今还躲藏在隐蔽处告发自己的人,就是杨浦?刘大鸣思前想后,还是不相信那个人会是杨浦;而柳眉一定是出于爱与同情杨浦的遭遇,在得知了自己背地里那些行径后,才会如此动怒并与自己绝交的。

刘大鸣这会儿想到了他派出去打探消息的那些人回来告诉他的情况。前些日子里,是有一个年轻人频繁出现在南山矿的各个角落,目的就是了解去年那次重大事故前后的人和事,那个人甚至化了妆,一身矿工装束,混迹在矿工人群里溜进了井下中段。据口头描述,这个年轻人中等身材,偏瘦,理着平头——这些特征,此刻就像动漫合成一般,立即把一个人的形象推到了刘大鸣的眼前——林义强。对啊,一定是这小子!刘大鸣清晰地回忆起,上次与林义强见面时,一时兴起说漏了嘴,把杨浦他们当专家评审的丑闻与南山矿事故一同说了出来。现在看来,也只有这个林义强才可能把这些实情告知了柳眉。

刘大鸣把自己关在办公室里,靠在沙发椅背上,吸着烟,闭着眼睛。他觉得脑子里很乱,是那种乱成一团麻似的乱。林义强看来是要跟自己摊牌了,那么自己是不是也要与他摊牌呢?双方摊牌,那就是针尖对麦芒了。刘大鸣派出去的人已经打探到,那个一手造成南山矿事故的小子,也就是那个贵州农民工早已跑得无影无踪了,即便是到了贵州乡下,村子里的人都说好几年没有见他回来了,也不知是死是活——最好是死了,或者跑到东南业的某个丛林里去了。只要这个人永远不出现,那么南山矿的案子就永远没有可靠的证人,他刘大鸣有的是金钱,他们能把他怎样呢?不过,现在的问题是,林义强究竟掌握了多少案底呢?他会知道有那么一个贵州农民工吗?他究竟想把他刘大鸣弄到一个什么样的境地?这样想着，刘大鸣还是觉得要与林义强单独见面，公开摊牌，到那时鹿死谁手才会一见分晓。

他用手机拨通了林义强的电话。

“刘大老板，有何见教?”林义强先开的口，显然这个手机号码已保存在他的手机里。

“别来无恙吧？想见面聊聊啊，有时间吗?”

“最近不行，下周再约吧。”林义强开着车，正由高速公路从上海往回赶。他要告诉小兰，他查到杨浦的下落了。他要带着她们一家去粤北那个小城去见杨浦。不过，刘大鸣这个来电还是让他警觉起来。

“找到杨浦的下落了吗?”

“还没有呢。谁知道他究竟躲藏到哪里去了。”林义强跟他打哈哈。

“最近都忙些什么呢？会不会是在忙着整材料、理案情啊?”刘大鸣的声音显得阴阳怪气。

林义强右眼顿时激烈地跳动了几下，他有一种不祥之感。

“哦，哦，没有什么材料要整，也没有什么案情要理，只是有些私事要处理。”

“听说，要去一趟贵州，是吗?”刘大鸣一边试探地问，一边听着自己胸腔里发出的砰砰的声响。

林义强握着手机，减慢了车速。他觉得自己应该将计就计了。“贵州啊，早去过了。”

“找矿去的?”

“不，找人去的。”

“找到了吗?”问这一句时，刘大鸣再次听到了自己的心脏发出了那样骇人的声响。

“找到了——事情办得还不错呢。”林义强故意用这种轻松戏谑的口吻。

“那好，恭喜你啊。”刘大鸣意识到通话该结束了，“我们下周再约见吧。”他挂断了手机。

那一刻刘大鸣只觉得眼前一片黑暗，天旋地转一般。看来，他的行动还是晚了。林义强如果真的去过了贵州，而且找到了那个民工，这就相当于提前抄了他的罪恶秘密的“老窝”，或者说，从现在起，刘大鸣就真的是在劫难逃了。

是的，林义强早在刘大鸣的反调查开始的一周前就到了贵州，是通过原在南山矿一起工作过的贵州老乡的关系才找到了制造南山矿事故的那个民工的乡下村子。林义强在村子里转悠了一个多星期，最终搞清楚了那个民工一直躲藏在邻县一个远房亲戚的家里。林义强是以遇难者家属的身份找上门来的，那个民工开始死活不承认南山矿事故跟他有关系，直到林义强把案发的时间、地点、细节一一说出，并谎称刘大老板已经被抓了，事故就要开庭审判了，这才把那个民工吓得扑通一下跪倒在地，当即哭喊出他是被人收买的，也是被人逼迫的，他家里上有老下有小，他不能被关进大牢去，那样他一大家子人就没法活了。林义强希望他到时候在法庭上作证，他马上把头在地上叩得咚咚响，他请求林义强饶了他，他死也不敢上法庭去的，他说，他那是去送死。林义强最后的条件是，他必须写下整个过程的证明材料，并按上他的手印，否则林义强现在就请求公安当场抓了他。他这才答应了。林义强最后拿到了这份证明材料。林义强前脚一走，那个贵州民工后脚就消失了。

与刘大鸣通完话后，林义强就意识到，跟刘大鸣彻底摊牌的日子不远了。

“来吧，刘大鸣，你这个混蛋！”林义强对自己说，“你也该遭遭报应了！”

不过眼下对林义强来说，更重要的事，是去粤北那个小城见杨浦，他还要带上小兰和明明一道去。

第二十八章

周末，本来说好是小兰、明明一起去的，但临上车时，小兰突然变卦了。她把整理好的杨浦的衣物的旅行箱放进车后备厢后，对林义强说，她不想去了，她还有其他事要忙。林义强看到她脸色苍白，眼圈潮红，欲言又止。可以想见，见到杨浦她能说些什么呢？她已不是他的妻子，万一杨浦的身边有了新人，她这一出现岂不是给自己找难堪吗？再说，万一杨浦仍旧对她心中有恨，一见面就怒目而视，言语刻薄，她岂不是自取其辱吗？

林义强理解她的心思，问她有什么话要转告的，她摇摇头，转身就走了。坐在车里的明明一点也不关心妈妈的离去，嚷着问林义强叔叔为什么还不开车走啊。

林义强开动了车，明明欢喜地拍起手掌来，小嘴里叫唤着："就要见到爸爸了！见到爸爸了！"林义强侧目看了看明明，心里一酸，为杨浦这个原本幸福的家庭如今弄成这番妻离子散的情形而唏嘘不已。

一路上，明明的小嘴难得消停，一会儿说东一会儿扯西，从妈妈说到姥姥、姥爷，说到学校、同学、老师和小伙伴，只有说到爸爸杨浦时，情绪才突然大变，眼泪哗哗流下来；她埋怨爸爸到现在都不给自己打个电话，老是听妈妈说是下半夜了，爸爸要她好好睡觉，还说她做梦都梦见过爸爸不要明明了，怀里抱着别人家的孩子……

林义强从驾驶座下抽出纸巾，伸过去给坐在副驾驶位上的明明擦了擦小脸上的泪水。"明明啊，梦都是反的，你妈没有告诉你呀？你梦里爸爸抱的那个漂亮的小姑娘就是你啊！你都不知道你爸有多么爱你，总在林叔面前夸明明懂事、学习好、是爸爸最贴心的小棉袄呢！”这番话说完，林义强差点哽咽，眼眶湿润，他赶紧抽了纸巾擦拭了一下自己的眼睛。他知道，这个孩子至今不知道父母离婚，小兰在日常生活里仍旧尽一切努力在孩子面前掩饰着——未来会怎么样呢？此刻，林义强一点都不愿去做这个想象。

在粤北那座小城，接到林义强要来的电话，杨浦百感交集，且坐立不安。他首先想到的是女儿明明，那是他内心最为牵肠挂肚的心肝宝贝，也只有想到她，他才会觉得自己当初的决定是过于鲁莽草率了，情绪过于偏激了。明明失去了他这个当爸爸的会怎样？她的未来会怎样？她那幼小纯真的心灵如何去接受这个家庭分裂后的局面？其次他想到了小兰，毕竟不再是自己的妻子了，这个面怎么见？见面后能说些什么？她会破口大骂，抑或冷若冰霜，视同路人？好像无论怎样假设和推想，跟小兰的见面，都会令人尴尬无比，窘迫不堪，都会是令一个失败的男人无地自容的境地——这一夜，杨浦辗转难眠。

翌日一早，杨浦就起了床，独自在蒙蒙晨雾中的校园操场上转悠着，他在焦急地等待着林义强发来的信息。终于，林义强的手机短信来了：“小兰不来了，说是有其他事要忙，我跟明明已经在路上。”杨浦对于小兰要来的那颗忐忑的心这才放松下来。现在，对杨浦来说，他急切要见的就是女儿明明了。

他吃罢早饭，就进了城，在宾馆开了两个标间；他不想让明明看到自己那间简陋破旧的公寓宿舍，那里的脏乱——孩子看到那些情况，就相当于她妈小兰、姥姥、姥爷都看到了，那几乎等于把杨浦如今落魄的境况做了“新闻发布”。他在宾馆房间里看了一会电视，觉得坐不住了，决定出门接去。他叫了一辆的士，说好价钱后，将车一直开到省界的一个乡镇，那是林义强的车必经之站。杨浦计算好了时间，就在路边一个候车厅坐着吸着烟，等着。

这是一种特别漫长的等待。直到看见林义强载着明明的那辆奥迪车驶了过来，这种难熬的漫长才算结束。

这场见面让杨浦泪水涟涟。他上前跟刚下车的林义强只握了一下手，未来得及说上一句话，就直奔副驾驶座那边，拉开车门，早已兴奋起来的明明像只憋坏了的兔子，跳下车，纵身一跳蹦进杨浦的怀里，伏在杨浦的耳畔就哭诉起来："爸爸，爸爸！你为什么不给我写信啊？你每次给妈妈打电话为什么不叫我接一次呢？你不想我了吧？"

杨浦开始还试图敷衍着对付几句，渐渐地就觉得说不上话来，嗓子眼干涩了，鼻子发酸了；孩子的话，其实像钢针一样字字都扎在他的心上。他抱紧了明明，感觉就像抱紧了他人生最后的寄托与希望。他的眼泪簌簌而下，他觉得自己深深地愧疚于孩子！

奥迪车继续往粤北小城进发。林义强开着车，后座上坐着杨浦和明明，父女俩搂抱在一起。杨浦觉得明明长高了，变得更加漂亮清秀了，小嘴里好像有说不完的事情，其实孩子是在用心拣杨浦感兴趣的说。她说她妈小兰一直对她说，爸爸杨浦是被调到一个很远的矿山帮助搞工程设计去了，需要很长时间，忙得很，爸爸打来的电话一般都是在深夜，在明明睡下之后。明明追问杨浦，是不是这样的？杨浦不假思索地应着，是这样的，是这样的。杨浦明白了，他与小兰的离婚，至今也没有对明明公开实情。难道小兰是要他来向明明公布这个实情？——不，他当然也不会那么做的！"就让这个孩子继续蒙在鼓里吧！"这是杨浦当时心里最真实的想法。至于未来会怎样，杨浦一点的底气都没有。

明明告诉杨浦的另一个情况倒是让杨浦感慨系之。明明说，现在在外婆家里，一提到杨浦，外婆跟外公就要发生争执，而且每次都是外公把外婆气得摔门而去。明明尽管不完全明白外婆与外公到底争执的是什么，但是她分明觉察到外公是向着杨浦的。明明把小脑袋凑到杨浦的耳朵边，生怕被前座上开着车的林义强叔叔听见似的，悄声说：“老爸，外公现在可厉害了，外婆都怕他了，老妈见到他也怕了呢！”在杨浦的记忆中，这可是过去不敢想象的事情：在小兰那个家庭里，似乎从一开始就是小兰妈说了算，岳父大人永远是听差受命的。看来，岳父大人一直是揣着明白装糊涂，只是现在女儿的婚姻失败，才露出了庐山真面目。

晌午过后，奥迪车开进了城里。根据杨浦事先的安排，三个人在酒店吃了午饭，然后回到宾馆房间里休息。碍着明明当面，杨浦几乎无法与林义强说上话儿，交流真实的情况；两个大人都知道，这个孩子其实对一切真相都还一无所知，所以他们倍加小心，生怕说漏了嘴，露出破绽来。刚进房间，明明就问杨浦，怎么不到你们那个矿山上住呢？杨浦现在只得按照小兰设定的谎言继续撒谎，他对明明说，那个矿山很远，很偏僻，在大山里面，还要走上一天的路呢，下次爸爸带你去，等等。

下午，杨浦让林义强在房间里休息，他拿了林义强的车钥匙，开车带着明明去了公园，还有儿童游乐园。明明把喜爱的项目都玩了个遍儿；在碰碰车上，在泡泡球房里，在人力游船上，在动物园狮子、老虎笼子前，在草墙筑成的迷宫里，在卡丁车回字形的赛场上，这对父女尽情地玩耍、嬉戏，甚至没大没小——此情此景中的杨浦，其实是要把他欠缺女儿的，作为一个父亲可以做到的，通过这种游戏方式弥补在她的记忆里，他甚至要让女儿将来懂得，他尽管是一个失败的父亲，但他依然是她最好的父亲。公园和游乐园的项目结束后，杨浦又带着明明去了商场，买了明明穿的、吃的，大包小裹的，几乎塞满了车的后备厢。直到天色黯淡，才开车回到宾馆里。

在宾馆的林义强，已经张罗好了包厢和饭菜。明明坐上饭桌，看到满桌的美味佳肴，红扑扑的小脸蛋儿乐得像花朵一样，她抄起筷子就吃起来。在明明的记忆里，只要是林义强叔叔请客，那一定是又好吃又稀罕的东西，因此小家伙吃起来一点也不忌讳什么。

林义强把自己随车带来的茅台酒打开,往桌上两个杯子里斟着,杨浦一动不动地看着,并不阻拦;茅台酒那种特有的浓郁烈香,他可是很久不曾闻过了。接着两个人默默举杯饮起来。两个大男人一会儿天气,一会儿地理,一会儿南方,一会儿北方地闲扯着,说着像谜语似的兜圈子的话,其实还是生怕被身边这个鬼精的孩子听出风声来。可能是觉得这样别扭着也不是个事,杨浦索性对明明说,早点吃完饭就回房间看电视,看完就睡觉,爸爸跟林义强叔叔要谈重要的事。明明摇动着小脑袋,挥了挥手中的筷子,说:“我早就猜到你们俩神秘兮兮的,说什么呢?我现在宣布我吃饱了,我要回房间看电视喽!今天真痛快,跟老爸在一块儿就是爽呢!”

杨浦把明明送回房间,安顿好,反锁了房门,下了楼,重新回到包厢。落座之前,他冲林义强使了个眼色,像是把一切都搞定了。林义强摇了摇头,他也知道,有明明在,杨浦也只能这样。坐定之后,杨浦和林义强都意识到,现在才是彼此可以从容谈话的时候。

林义强把自己去上海见到柳眉的情况说了,随后就直接问杨浦,是不是跟柳眉已经走到了一块?下一步是否打算娶她?如此突兀的问话,让杨浦当即就拉下了脸:“你胡说什么,义强!什么叫走到一块了?我现在这个境况想娶人家,做白日梦吧?人家是什么身家你知道吗?”

林义强吐着烟雾摆着手,在态度上类似于“少跟我来这一套”的模样:“我可不这么看!我觉得人家对你的意思再明显不过了!”从他在上海第一眼见到柳眉时他就隐隐感觉到这个漂亮女人与杨浦的关系绝非一般,否则,在她面前,林义强所说的每句话,都不至于引起她那样的关注和情绪反应,“你敢跟我说,杨浦,你跟她没有上过床?”

林义强这句直奔主题的话,一下子就把杨浦逼进了死角。气氛骤然静默下来。林义强直视着杨浦,在这种江湖练就的冷冷的目光下,杨浦败下阵来。“是的,上过床,就在她来我这里的那次。”杨浦是不甘心在道德上留下污点的,即便是面对林义强,他辩解道:“那又怎么样?我现在是孤家寡人，也没有婚姻道德上的负疚，我跟我过去的情人上了床，这是罪过吗？”

林义强把酒杯举过来，脸上几乎没有表情：“别说得那么严重，杨浦！我并没有责备你的意思，我要说的是，你这样做，是否想过小兰了？（看到杨浦拿眼瞪着自己，他又一摆手）知道你会说，你们离过婚了，谁也不约束谁了，可事情会那么简单吗？我觉得小兰心里依然装着你，我从来也看不出小兰要离你而去的意思，即使现在，她除了思念你，后悔当初对你的关心理解不够之外，就没有跟我说过任何其他的事情。这样的女人，你能忍心放弃吗？人家从大学就跟着你，你一怒之下，就把人家抛弃了，这样做合适吗？道德吗？”

杨浦把满杯的茅台喝下去，紧锁着眉头，嘴里吱吱发声，像是被酒力烧着了。“义强，跟我说实话，你是不是想劝我回去跟小兰复婚，破镜重圆？”他低着头说，觉得内心在隐隐作痛。

“是的，杨浦，我就是这个意思！”林义强给杨浦斟着酒，“你今天也看到了，明明能少了你这个爸吗？你跟小兰至今都在瞒着孩子实情，这个局面你们能撑多久？一旦败露后，你们跟孩子怎么解释？”

杨浦突然重重地拍了一下桌面，仿佛已无可忍受了。“义强，你不要再跟我说这些了！我现在完全没有跟小兰复婚的勇气和心理准备，一切都失败透了，我早已不是当初那个杨浦了！今天见到明明，我就觉得我在孩子面前，快要失去一个做父亲的资格了！看到明明，我甚至觉得自己很可耻……”

看到杨浦眼圈红了，林义强赶忙把这个话题收住了。看得出，眼前这个精神萎靡、情绪低落的杨浦，确已不是“当初那个杨浦了”！

林义强接下来就把调查和举报刘大鸣的事说了出来。这个消息让杨浦万分震惊。

“这个混蛋，刘大鸣！”杨浦愤愤地骂道。“从一开始我就不看好他，总觉得他的葫芦里卖的药可疑，可我还是没有想到，咱们在南山矿当专家评审这事的背后居然是他做了局子，把我们都圈了进去！这也太歹毒了吧！我跟他之间的关系，应该还算说得过去，并不曾结过怨，红过脸，他犯得着要那么做吗？”

林义强摇晃着脑袋，显然对杨浦的一无所知感到失望。“杨浦啊，现在看来，咱们都还是读书人，单纯得很啊！当初我也是为了要查找你的下落才找到刘大鸣，他跟我谈话末了，突然提到了南山矿的事，当时让我吃惊不小，特别是他把事故性质说得那么清楚，而且还跟你的出走联系在了一起，我就怀疑了。我回去后就在想，南山矿跟他刘大鸣有屁关系啊，他财大气粗，小小的南山矿未必放在眼里。可是这回我在调查过程中才发现，南山矿一直是刘大鸣梦想低价收购的，弄出那样大的事故就是想整垮它，然后由他来收拾局面，不幸的是，咱们那次评审合格的资证正好给他的收购设置了障碍。”

“那他也应该念及我们是老同学啊，况且他那时还正在要我去他那里‘高就’呢？”杨浦仍旧心存疑惑。

林义强一听杨浦这样说，瞪了他一眼，举过杯子，说：“喝酒吧。”他一仰脖子喝干了，“刘大鸣那种人为了利益是什么事都干得出来的！”

这话似乎猛然提醒了杨浦什么，他放下酒杯：“义强，你调查举报刘大鸣的事，他知道了吗？”林义强眯着眼，看着杨浦说，“我想他已经知道了，上周他已经打我手机约我见面，我说这周我们见面。”看到杨浦脸色抑郁的样子，林义强淡淡一笑，“我知道你想说什么，杨浦。是的，刘大鸣可能会干出极端的事情来，不过我想好了，这回我倒要看看他刘大鸣如何逃脱司法追究；他要是跟我下黑手的话，我已经备好了若干材料，到时候，我看他能够摆平多少部门才能救得了自己。”

林义强确实是掂量过搬倒刘大鸣所要承担的风险。刘大鸣的杀伤力和破坏力都是不容低估的。他通过金钱和各种贿赂一次次地逢凶化吉，左右逢源，从胜利走向更大的胜利。区区一个林义强能够成为他的对手？然而，这一次，为了杨浦，也为了洗刷自己的清白，更为了今后刘大鸣不再祸害其他无辜，林义强是真的跟他较上劲儿了！林义强所调查掌握的材料，包括那个参与作案的犯罪嫌疑人——贵州那个民工的证明材料，事故发生的过程和人为制造的事故现场情况，他都白纸黑字地写在了投递给检察机关的材料中了。他甚至给自己留下了秘密的遗言，一旦自己身家性命不测，唯一的犯罪嫌疑人就是刘大鸣。当然，他不会把这个情况告诉杨浦的。

一瓶茅台喝干了，桌上的盘盘碟碟也只剩下汤汤水水了。杨浦早就有点酒意飘然的感觉了，脑子里也乱糟糟的；他本想灌醉自己的，但一想到明明还睡在房间里，明天就得回去，便提议不再喝了。林义强似乎明白他的心思，但他还有话要对杨浦说："告诉我，杨浦，真的打算在这里教一辈子书？"这句话才是他此行必须要问的。

杨浦夸张地干笑了两声，泛白的脸色显得疲倦而困乏。"义强啊，我现在除了在这里教书，还能干什么呢？我都想不起来我还能干什么了！"说着他用手掌支撑了一下垂下的脑袋，好像不那样，那颗无力的脑袋就会坠落到桌沿的空碟里去。

"你是不是跟柳眉有什么约定和策划，我在上海时，柳眉亲口要求我帮助她搞一些有关 D 市的矿山资料，你们打算干什么？"林义强问，他觉得杨浦与柳眉之间可能有着某种秘密。

杨浦在桌沿上趴下了，看来是酒精作用，身子显得极其困倦无力；他就那样闷着头，吐着粗气说："那是柳眉的事，跟我没有关系——还约定，还策划呢？我是孤家寡人了，你知道吗，义强？我是一个废人了，你知道吗？我告诉你，义强，过去的那个杨浦，已经死了！"

他的身子剧烈地抽搐起来，一阵一阵的；他在哭泣了。在杨浦的内心，他实在羞于说出柳眉要用"资本的途径"来重新成就他的人生——那将如何计划,怎样操作,步骤过程等,他并不清楚——本来,他是不信的,后来,他又是想拒绝的,而现在,他像个死人一样在等待着别人来拯救自己,这是多么不堪的人生啊……

林义强意识到谈话进行不下去了,他起身过来搀扶着杨浦,回房间去。到了房间门前分手时,杨浦突然紧紧地抱住了林义强,哽咽着说:“好兄弟,谢谢你!”

翌日,与明明分手的场面,让杨浦撕心裂肺,肝肠寸断。孩子死活不愿松开紧紧缠在杨浦怀里的那双小手,哭闹着要永远跟爸爸在一起,杨浦对明明说,等学校放暑假了爸爸就回去看明明,到那时爸爸一定天天跟明明在一起。但明明一点不理会,抓紧着小手,根本不松开杨浦。最后还是林义强强行把她拉开,塞进副驾驶座上用保险带绑住了,才关上了车门;然而孩子一直在声嘶力竭地哭喊着,那一声胜似一声凄婉的“爸爸——爸爸——”使杨浦扭回身就跑开了——

他完全受不了这个场面,他早已泪流满面,他要崩溃了,他要疯了!

第二十九章

两辆黑色锃亮的奔驰轿车，在初夏的一天下午，悄然驶入 D 市唯一的五星级国际大酒店，随后一群身着标准职业深色装束的男女簇拥着一位衣着华贵、气质高雅、步态轻盈的年轻女士，走进酒店接待大厅。D 市市长、分管招商引资的副市长、秘书长，招商局、开发区、经信委、发改委、国资委等部门的负责人，包括各路记者，黑压压一群人早已等候在那里。在 D 市驻沪办主任的介绍下，宾主一一握手，问好；步入贵宾接待室后，宾主开始互赠名片。

年轻的 D 市市长，西装革履，风度翩翩。他接过女士的名片后，嘴里“哦”了声，接着就女士的名字恭维地打趣道：“柳董事长，我看，你可不仅仅是柳叶弯眉啊！”

“那应该怎么讲?”柳眉收紧裙裾，微微屈身在沙发上坐下。

“我看是美若天仙啊！应该叫柳美仙嘛！哈哈。”市长故意把诙谐的声调扬得很高，大家附和着笑着，气氛也随之显得轻松愉快起来。

一行人都落座后，市长首先介绍了 D 市的发展历史、当前现状和投资环境，接着由各职能部门的负责人分别阐述具体的相关优惠政策和能够给投资者提供的政府帮助。与此同时，会务人员还向柳眉一行人分发了 D 市的招商宣传册，发言完毕后，通过投影大幕播放了 D 市的形象宣传片。看得出，对于柳眉一行的考察和下一步的投资合作，D 市给予了高度重视。

这个过程当中,柳眉始终保持矜持的微笑状态,偶尔点下头,或向说话人颔首示意,表示明白对方的意思;在记者的镜头和摄像机前面,她神情从容淡定,形象娴雅端庄,保持着一个知识型的财富女人应有的优雅与高贵。直到年轻的市长冲她伸手示意,请她发言了,她才起身,微笑,环视大家,躬身致谢。而她要说的话显然是经过深思熟虑的。她首先介绍了自己的随行人员,有分管战略投资的副总、投资咨询顾问、财务分析师和公司聘请的教授,以及他们的学历、资历和做出的成就——不言而喻,她率领的这个投资考察小组,是经过精心组织,“装备精良”的。接着,她感谢 D 市市长及其他各位领导的盛情接待和相关情况介绍,然后,她话锋一转,说到了自己与 D 市的“缘源”——

“说来市长可能不信,我可是十五年前就知道了 D 市,也开始关注 D 市了——大家不用感到意外,原因其实很简单,因为当时我在大学崇拜的偶像就落户到了你们 D 市,通过他,我知道了你们 D 市有一座矿山叫马山矿业公司,而我当时的偶像就在那座矿山上工作。”

“他现在怎么样啊?”市长关切地问,顿时显出兴趣盎然的样子。“如果不介意的话,可不可以透露一下,他叫什么名字吗?”

满屋子的人,包括柳眉的随行人员,都把目光齐刷刷地投向了柳眉,等待着她这个极具悬念意味的回答。

柳眉笑了,这样的问话和场面效果都在她的意料之中。“我的那个偶像叫什么,和现在他在干什么,都不重要了。我想说的是,我就是从那个时候起,开始关注着你们 D 市,特别是关注这里的矿山企业的发展的。之所以要关注矿山企业,是因为我大学所学专业就是采矿——这个可能更让你们意外吧?搞矿山开发和投资,应该是我的强项。因此,这次来贵市考察,就是想寻求在矿产资源方面与贵市合作,至于怎么合作,把项目做到什么程度,投资规模、股权分配等细节,我们可以慢慢地谈。前提是真诚合作,互利互惠。我可以代表本公司做出的承诺是:我们拥有雄厚的资金保证、最好的管理团队、一流的技术力量。”

话音一落，接待室里就突然安静了下来。原来从上海请来的这个财富女人，要投资合作开发的居然是矿产资源这一块。可是她的公司履历里没有搞过这类投资开发啊？况且她的公司还有境外背景。

接待室里的这种安静所透露出的信息很快就被柳眉捕捉到了。她接着说：“诸位可能有不少的疑惑，为什么投资合作矿产资源开发，而不是其他领域和行业？我的公司背景有美国资本，是否可以做这样的合作？我的公司过去所从事的商贸和业务，也没有涉及矿产资源这一块，现在来做，管理团队和所谓技术力量从何而来？那么这些问题，我现在就做一个简单的说明。第一，矿产资源开发，将是未来十到二十年中国经济持续增长中所必须提供的基础产业的保证，我们看好这块市场的开发，也认为它是最大的潜在利益所在，同时我们也了解到，它们不是国家所控制的稀有元素的矿产资源；第二，凭着我的公司以往良好的业绩和声誉，我们可以从国内和国外招集到最好的技术力量和管理人才来加盟我们将成立的新的合作公司，这项工作其实已经启动了，从而使我们矿山的开采和资源综合利用达到效益最大化。当然，这里面我个人的采矿专业背景也是十分重要的，我知道当前最好的采矿业能力和装备水平，至于其他诸多细节方面的问题，我前面说了，我们可以在今后的日子逐一通过协商谈判来解决。如果贵市有这方面合作的意向和意愿，我将组织一个团队留在这里进行合作前相关事项的谈判，这个团队里将有资深的教授和专家。”

年轻的市长这个时候说话了：“柳董事长，我能不能这样理解，你想合作开发的矿山，首选就是我们的马山矿业公司？”

柳眉漂亮的脸蛋突然涨红起来，但她很快就镇定自若了：“是的，市长先生，您可以这么理解。”

“那我能不能认为，柳董事长这样做，跟当年你那个偶像有关呢？”市长问，眼光里闪着狡黠的神情。

这个市长真他妈火眼金睛，一句比一句狠着呢！不过这回柳眉的神情显得平静多了。她依然淡淡地笑着："市长先生，我早已不是大学时代的那个纯情少女了！我所谓的偶像，当然也已是年少不再！在商言商。我是个商人，也是个投资人，赚钱和丰厚的回报才是我的追求目标。据我们了解，马山矿目前的状况很糟糕，管理方面和矿山装备方面虽差强人意，但也有不少问题，人才也跳槽得厉害。但我们看好那里的资源，并且认为通过我们参与的合作开发，马山矿可以焕然一新，迈上新台阶。否则，我们也不会主动提出要进行这方面的投资合作的。"

"那么请问柳董事长，你能帮我分析一下，马山矿出现问题的原因吗？"市长问。

话题至此，只能是市长与柳眉的对话了。

柳眉语气平缓，态度端庄。"我们认为，管理理念落后是最为主要的，也是最为致命的，而与此相关的是，矿山的发展规划与战略设计，也就是矿山要做到什么层次，什么阶段，它可以做出的贡献与回报率，包括它最终的服务年限；其次，马山矿尤为缺乏的是，高层次的专业技术力量和团队，缺乏不断增加的资金投入来对原有装置设备进行升级改造，当然，这些问题不是一朝一夕形成的，是长期遗留下来的，日积月累的结果。"

一个从上海来的财富女人，把自己眼皮底下的矿山说得头头是道，如数家珍，让满屋子里的人不禁面面相觑，甚至无话可说。现在看来，这个女人不仅掌握了大量一手的详细内情，而且胸有成竹，志在必得。

市长最后的表态是，如果柳眉坚持要投资合作开发马山矿，那么这个问题就需要市委常委会集体研究讨论，毕竟那是一座储量千万吨级、产能百万吨级的矿山，涉及的相关资产评估以及投资规模都不是一件简单的事情。柳眉告诉市长，如果马山矿合作不成，她同样愿意就其他产业与D市进行投资合作。"当然，马山矿项目是我们的首选。"她最后对市长调侃说，"我总不能把带来的银子再如数带回上海去吧——这不符合一个投资商人的作风!”这句话让年轻的市长有些激动,他把柳眉娇巧的手握得十分有力而特别。

晚宴隆重、奢华,宴会期间,还请来了D市的文艺家们在大厅里表演具有当场民俗风情的文艺节目,宾主双方都被邀请上台献歌。柳眉一次次地拒绝了,实在不得已时就只好让自己的手下代表自己表演了节目。年轻市长显然已经察觉到了,这个身价高贵、气质不凡的女人之所以要来D市投资矿山,一定是跟她那个偶像之间有着非同寻常的秘密,酒宴过程中,他不止一次试探性地询问着,甚至赌注以独饮满满的三杯茅台酒的代价,换取柳眉说出她在马山矿的那个偶像姓甚名谁,然而柳眉一概婉转回绝了他;她必须让对方明白的是,偶像已不重要了,她现在是一个前来投资的商人,一切都是以营利为目的,其他的一切都不能影响她的这个追求。

第三十章

第二天上午，柳眉一行人在一位政府秘书长的陪同下，来到了马山矿业公司。这是柳眉昨晚宴会上与市长争取来的首选参观考察内容。原来接待方案是去参观市容和公园，然后是去经济开发区考察，还有就是游览周边的名胜景点。然而，不知为什么，柳眉对于能够亲自来到马山矿业公司会有那么大的热情与兴趣，好像不这样，她就根本不值得来 D 市一趟。而来到马山矿，她似乎就能揭开杨浦的秘密，就能感性地掌握当初那个优秀的男人在这里的生活和他并未完成的事业——她太想知道，那个男人在这里十五年是怎样煎熬过来的，而这里又究竟有怎样的魅力与诱惑，才使得那个男人一直坚守着。

马山矿业公司的接待仪式，是热情而隆重的。在秘书长的陪同下，柳眉一行人进入机关大楼后，早已组织等候在那里的职工们鼓起掌声，夹道欢迎。下了车，矿业公司领导一拨人立即上前来，握手，寒暄。然后是进入矿部大楼的接待室。马山矿业公司是昨晚才接到通知要准备今天这场高规格接待的。

在布置了鲜花与水果的接待室里，按照接待程序，先由马山矿业公司董事长致辞。这位董事长姓张，看样子已年近六旬，身材瘦削，穿着松松垮垮的肥大的工装，面色憔悴，拿着准备好的稿子，戴上老花眼镜，在讲话前逐一向每位来宾颔首致意。他是两个月前刚刚从政府某部门由副处岗位升迁过来任职的。他代表矿业公司向嘉宾介绍矿山的历史和发展情况。柳眉注意到，坐在这位张董事长身边的是一位双鬓斑白、形容干枯的老者，先前张董事长介绍称，他是马山矿业公司的老董事长，名叫裘胜荣，现在的身份是矿业公司顾问。从一开始，这位前任就一言不发，神情显得懈怠而疲惫，而到了张董事长介绍情况时，他索性眯起双眼，像是睡着了一般。很快，张董事长的讲话就结束了。这个过程当中，柳眉差不多把每个字都记下了，唯独没有听到她想要听到的，特别是在介绍马山矿发展史过程中，那些做出过贡献的人们的名字中，也没有出现那个人的名字！就好像这里根本就没有出现过那个人！或者说，那个人跟这里一点关系也没有！可是，那个人，那个当年非常优秀的人，那个曾经誓言要干出一番轰轰烈烈的事业的人，在这里可是奋斗了十五年啊！可是，现在的情况是，这里好像跟他一点关系也没有！这里可能已没有人知道那个人了？可是那个人曾经和现在为这里又是怎样的牵肠挂肚，怎样的移情不舍！现在看来，一个集体要想淹没或抹去一个人的存在，即便那是曾经的辉煌或丰功伟绩，也只是一个时间上的问题。

柳眉不想听什么情况介绍了，她对身边的那位始终正襟危坐的政府秘书长耳语，希望能够参观现场去。于是，所谓矿山史的介绍就中断了。

柳眉一分钟也不想再待在这里，她要去现场看看，她要了解这究竟是一座什么样的矿山。

戴上安全帽，穿上深筒靴，手握蓄电筒，像个标准的矿山工人模样的柳眉，随一行人从地表到井下，到各个中段，采场、水仓、电房、硐室、溜井……一路考察下来，她心里想对那个身处粤北小城的男人说的话是："你在这里的那个十五年看来是需要重新评价的。"等到整个考察行程结束后，她内心的评价是：基础薄弱，设施陈旧，装备落后，管理混乱，隐患四伏。

中餐安排在矿业公司的食堂餐厅里。就在午饭时，柳眉才终于有机会跟那个如今的公司顾问裘胜荣坐在一起，说上话来。

“我听说,你这位柳董事长,是要来跟我们合作搞矿山?”裘胜荣主动问,语气冷冷的,似乎是太不可能的意味。

柳眉点点头:“是的,有这方面的打算。”

“那可不是一两个钱就能办得到的事啊!”裘胜荣拖长了语调,神情显得严肃认真。“这个矿山怎么评估也是亿万资产,你们拿得下来吗?再说了,你一个女同志,搞过矿山吗?搞矿山,可不是做什么买卖,更不像炒股票,赔了赚了转眼间的事,搞矿山的功夫可要下得深呢!我搞了一辈子矿山,可是领教了,不容易啊!”

这些透着不信任和担忧的话,让柳眉心里有些不悦。他是把柳眉看成了那种到处招摇撞骗的所谓投资人,还是从根本上就不相信她一个女同志也能搞矿山?“裘老顾问,我们公司既然看好马山矿的资源,愿意来投资合作开发这座矿山,我们就一定拥有这个实力,资金当然不是问题,这个我昨天晚宴上已经向贵市的市长做过保证。至于搞矿山,我告诉您,我本人学的专业就是采矿,我的同学老师,还有更多的学兄、学弟、学姐、学妹,几乎都是搞矿山的,他们不仅是我的资源,也是我敢来投资马山矿的信心所在。”

“那你们打算怎么管理这个矿山啊?”裘胜荣的口吻依旧显得冷淡。

“这个,我还没有想好呢。”柳眉看了看桌子周围的其他人,好像他们也都注意到了她与裘胜荣的对话,眼光纷纷投过来,“在股权分配方案没有明确之前,我们还不能确定自己对于这个矿山拥有多大的话语权,也就是管理权限,不过我想,这个矿山一旦改制为股份公司,那么就一定会发生改变的,绝不会像现在这个样子。”

“你是不是想说,要按照资本主义的那一套来搞?提干部,发奖金,开除人,都是老板一个人说了算?劳动关系都是雇佣的,随时都能把工人解雇回家?”

柳眉忍不住笑了,她本来想掩嘴忍一忍,但实在为裘老先生的这通话而忍俊不禁，而她的笑，把一桌人都弄得有些发愣了。“裘老顾问，在管理上，没有什么资本主义管理和社会主义管理，只有一个管理——科学管理。您刚才说的，其实就是晋升、分配、人力资源管理制度，我想，这些制度的核心价值是，能力决定晋升和岗位，这里面包括品质和才学，效益和贡献，它们又决定收入，包括奖金和红包，而不是什么老板一个人说了算——就是老板一个人说了算的，也一定是这些核心价值的体现。”

裘胜荣不再说话了，柳眉的那种笑，刺伤了他的自尊心。他黑着脸抄起筷子搛菜，塞进嘴里嚼着；看得出，他其实并不满意柳眉所说的，心理上依旧有抵触。其实，他从来就不看好把国有矿山与民营资本进行合作建设开发——这不就是引进资本家来搞矿山吗？那种血淋淋的剥削关系不就明摆着在眼前了吗？他在任时不仅没有兴趣，而且坚决反对，然而现在作为矿山顾问，他已无权无势，甚至也没有人寻求他“顾问”一下，而所谓征求他的意见，也只是一种身份上的相当于礼节性的表示；其实裘胜荣自己也知道，他已经无力改变什么了。

午餐快要结束时，柳眉还是忍不住悄声问了身边这位变得默默不语的老者：“裘老顾问，我想向您打听一个人，你应该记得吧？”裘胜荣侧过脑袋，问：“谁呀？”“杨浦。”一听这个名字，裘胜荣那双灰暗的眼睛里顿时闪出光亮来。“你认识他？”柳眉犹豫了一下，接着就摇起头来，并警觉地扫视了桌上的其他人，她不想让此时与裘胜荣的对话被别人听见。“我只是听说过这个人，说是很能干，有才学——据说他在这里工作了十五年吧？作为他的老领导，您觉得杨浦那个人怎么样？”

“杨浦是个很不错的青年，我一直都看好他！”裘胜荣罕见地显得有些兴奋起来。“你说得不错，他很能干，也很有才学——他是在马山矿干了有——对啊，有十五年啊！可是，谁能想到，就是这个杨浦，说走就走了，而且是辞了职走人的！说句不瞒你的话（裘胜荣压低了声音，生怕被旁边人听见似的），这小子要是不走的话，如今的董事长也轮不上你身边的那一位（指坐在柳眉左边的现任张董事长）。”

“我听说他辞职走人，是因为有一个叫南山矿的事故原因，他是什么专家，给人家做了虚假评审？”柳眉也把声音压低了。

裘胜荣并没有当即觉悟到柳眉是如何知道这个情况的，而是一听这个话头，立即就激动了。“我就说嘛，杨浦那小子糊涂啊——那种事是他能做的吗？当然了，做就做了，他要相信组织嘛，相信组织上总是会把问题搞清楚的嘛！问题搞清楚了，也就是把责任、性质搞清楚了，我看对他的前程应该影响不大，可是——大好前途啊！唉——还是年轻啊！政治上不成熟，缺乏磨砺，禁不起挫折打击，意志不坚强，理想信念也不坚定——你知道吗？杨浦辞了职，居然还离了婚，孩子也不要了，人跑得无影无踪了，这是一个有责任心的男人做的事吗？我现在想，要是当初真的把马山矿交给了他，能让人放得下心吗？”裘胜荣显然有许多憋在心里的话要说，他几乎独自在絮絮叨叨了。

裘胜荣的观点尽管与自己相左，有的地方甚至根本就不能接受，但是柳眉还是觉得这位老人后面说的对于杨浦评价的一通话，多少还是有道理的，甚至基本是符合实际的。

第三十一章

刘大鸣约见林义强的地方，是在郊外一座极其偏僻幽静的农庄里。

这里群山环抱，郁郁葱葱，一条弯曲的山道向密林深外延伸着。车过山梁，依稀看见，一幢幢错落有致的黄墙红瓦的别墅掩映在翠绿一片的树林之中。独自驾车驶入这里的林义强，在脑海里设想着这次见面各种可能出现的情形，甚至包括身遭不测。

驶入一个牌坊装饰的山门，甬道前面是一个幽深的院落，远远地看见，穿着花艳的T恤、大腹便便的刘大鸣站在院落中央，握着手机在说着什么。车驶过一个有招财寓意的曲水拱桥便进了院落里，刘大鸣仍在对着手机说着什么，情绪显得有些激动。在院落里把车停稳后，林义强下了车，这里清新的花香和鸟儿婉转的啼鸣，顿时让人有种置身尘世之外的感觉。这种休闲消遣的世外桃源，其实就在这方圆界内，林义强却从来不曾耳闻过，看来，人家刘大鸣玩的境界就是不一样啊！

“老朋友，多日不见了啊！”刘大鸣主动伸手来握林义强的手，一把握住，上下甩动着，其握力之猛之充分，当即就让林义强觉得很特别——他过去与林义强的握手都是软绵绵的，显得十分随意而平常，几乎就在一握之际便松手，仅仅过个礼仪而已，没有任何特别之处——今天看来，刘大鸣的约见，应该是在彼此最后摊牌的预料之中。

林义强环视四周群山，作深呼吸状：“这么好的环境，应该是好好享受人生的地方啊！”

刘大鸣松开他的手，说了句阴气很重的话："那可要看人家让不让你享受呢！"

他做了个"请"的手势，林义强没有客气，径直往里走去，两人走进了农庄的主楼会客厅。这里三面环山，周围景致尽收眼底，客厅中央摆放着一尊巨大的古树根制成的大茶几，那上面备好了茶水、点心、香烟和湿巾。两边各放了一把藤椅，显然是为两人准备的。刘大鸣首先在对面坐下，接着便往林义强面前的洁白的小瓷杯里斟茶，说："这可是我收藏了有五十年历史的老普洱啊，它降脂降压，健脾利尿。"林义强把身子躺进藤椅里，似乎对他的五十年普洱并没有兴趣，摆出了一副悉听尊便的模样。他说："刘大老板，咱们还是开诚布公吧——约我来，究竟何事，请明示。"

刘大鸣显得并不着急，他把香烟递过来，林义强拒绝地摆手，没有接，他自己咬上一根，用打火机点着，吱地吸进一口，然后舒缓地吐出烟雾来。"林总，你我都是明白人，犯不着藏着掖着——实话实说吧，兄弟我刘大鸣跟你无仇无冤，你为什么要跟我过不去？向检察机关三番五次举报我的人，难道不是你？"

在刘大鸣的想象中，林义强这样一个文弱的、从形象上看根本就是难以担当大任的男人，一定会是虚与委蛇，竭力推托，撇清与自己的干系，即使就是自己所为，也一定不敢公开承认——刘大鸣的财富地位和权势影响，综合而就的威慑力量，是绝对不可低估的。然而，刘大鸣错了，他压根儿没有想到从一开始，林义强就是抱着跟他彻底摊牌的勇气和准备而来的，甚至他不这样追问他，他也会对他公开他的作为。就在他的话音刚一落，林义强几乎是不假思索地回答："正是，正是鄙人！"

林义强看来是等不及刘大鸣做出反应，他要把自己对于眼前这个不可一世的所谓成功人士的愤怒、鄙视、不满和道义上的谴责统统发泄出来。

"刘大鸣，我实话跟你说吧，今天你不约见我，那么我也一定会在你还有自由的日子里约见你,因为我有话要对你说!”林义强慷慨陈词,可能因为激动而脸色变得苍白,语气里弥漫着义愤填膺的意味,“我曾经很敬佩你,觉得你不仅有胆识,有能耐,而且有远见,有魄力,干出宏大的事业和赢得惊人的财富,也是理所当然。当得知你是杨浦的同学后,我更加敬佩你,觉得杨浦有你这样一个同学,也是一种荣耀,一种值得仰慕的资本,因为杨浦也是我所敬佩的好兄弟。然而,当我调查了南山矿事故的前因后果后,我对你非常失望,你的高大形象,可以说在一夜之间就在我的心目中彻底倒塌了,当我一步步地了解真相和事实后,我是更加看不起你,我觉得你背地里就是一个彻头彻尾的小人,一个为了财富,哪怕是不道德、不道义的财富,什么都可以干得出来的伪君子!在你眼里,没有什么亲情、友情,为了利益,你可以牺牲一切!你一手制造了南山矿重大事故,甚至也一手拆散了杨浦的家庭,害得他最后远走他乡……”

刘大鸣满是横肉的脸庞已经涨得通红,愤怒使他的目光变得阴暗而压抑,但这些似乎根本阻止不了林义强的宣泄。“刘大鸣,你不觉得你是应该受到惩罚的吗?你不觉得你的好运,应该告一段落了吗?”

看来是一开始就低估了这个看似文弱的对手的勇猛和无畏,刘大鸣内心这一刻是慌乱的、无措的。这些无遮无拦、通透明亮的大实话,就是对他的公开宣战,公开为敌,一下子就把彼此从隐晦的阴暗里拉到了阳光下,于是也就真刀真枪地干上了,谁也没有退路了。

刘大鸣手指夹着香烟燃了很长一段烟灰,手指抖动了,那些灰烬都撒在他弯曲的裤子膝盖上。他猛地吹了一口,烟灰像团雾一样飞舞起来。他把烟蒂拧灭在烟灰缸里,重重地拍着裤子,生怕裤子被烧着了似的。这个过程里,他其实是在斟酌着该说什么,抵赖、狡辩或者否认,都不是正确的选项——林义强如此理直气壮,就说明他确实掌握了实情。好汉做事好汉当,他刘大鸣在这个节骨眼上根本就犯不着软骨头。

“林义强,你想没想过,跟我刘大鸣斗,可是有风险的?”刘大鸣向他暗示着鱼死网破的利害关系。这是他惯用的杀手锏，也是他以往屡试不爽的。是的，他现在依然有这个能力把眼前这个人处理掉，甚至就像是从人间蒸发掉一样。

林义强笑了，是冷笑，干笑，也是预料之中的那种笑。他把身体靠紧椅背，这样让自己显得很放松。“刘大鸣，我就知道你会发出这种威胁的，因为你有这个本事，金钱对你来说，没有什么买不到的，何况是我林义强的区区一条小命！不过，这一次，你不妨试试，看看你把我弄消失了以后会有什么结果。这就像是一场游戏，你我之间的游戏，你想怎么玩我都愿意奉陪到底——我是做好了充分准备的。”

刘大鸣又给自己点着一支烟，这次他没有向林义强敬烟了。他当然想象得到，眼前这个男人是下了多大的决心和勇气来跟自己赌这一把的。林义强一点也不想沿着他的思路走。

“我们就没有别的办法来解决问题了吗？”刘大鸣换了口气，好像眼下彼此正在商议某个棘手难题，“譬如，我可以支付一笔酬金给你，一笔数目可观的酬金，我们达成和解，你撤回投诉，我就当什么也没有发生——这样不是更好吗？大家都有利益不是？”

林义强从藤椅上站起身，他觉得谈话可以结束了，眼前这个有钱因而才有势的男人还能做些什么，他不用想都知道了。

“刘大老板，最后提醒你一下，你应该向你的老同学杨浦道个歉，认个错，至少也是给自己一个良心上的安慰。”说罢，迈开大步，走了出去。

林义强走后很久，刘大鸣一动不动地坐在那里，像是死了一般。世界也是静默的。外面的天色在渐渐黯淡，黑幕一层一层地从山野四周聚合过来，僻静的农庄很快被黑夜的云雾所笼罩。

林义强当然不知道，刘大鸣为这次谈话是做了惊心动魄的准备的。谈得拢，当晚就是好酒好菜外加美女侍奉着，谈崩了，对不起，带来的一帮打手，就在阁楼上等候命令，假如刘大鸣真的要那么做的话，就在这个农庄里，林义强甚至也有可能从此消失掉。

万幸的是，在最后一刻，刘大鸣放弃了，他没有采取任何行动。

究竟是怎样的心境和顾虑使刘大鸣没有做垂死挣扎、最后一搏，谁也说不清楚。或许是他已经意识到，天作孽犹可恕，自作孽不可活。

一个星期后，刘大鸣正式被检察机关收审。他始终没有向杨浦做个道歉。

第三十二章

回到上海的柳眉，突然觉得把自己逼入了一种孤立绝境。

在D市拉开的这场投资合作大幕，最初的设想，不会超过一亿资金，但是从工作组不断反馈回来的情况看，投资规模可能将突破十个亿，就是说，超过了预期的十倍！她不会怀疑自己留在D市工作组所反馈的信息，他们都是自己公司聘用多年的会计事务所、大学经济研究院、投资咨询公司的高级专家和顾问，他们的工作一向是极其认真负责的，同时又是高效务实的。现在面临的抉择是：关于马山矿的投资合作，如果以绝对控股的考虑，需要柳董事长做十亿以上投资规模的准备，按照D市政府的合作意向，也就是市国资公司的意见，至少控股要满足30%以上基线要求，这也要准备三亿以上的资金。当然最后是以会计事务所出具的马山矿国有资产，包括矿产资源的清产核资报告为准。距离这个报告出来，还有一段时间，这段时间就是柳眉着手解决出资的资金问题的时间。

从D市情况看，市委常委会通过了这个投资合作的意向，也就是在政策层面已无障碍，而且政府还责令国资公司会同财政、税务、工商、发改委、工信委、招商局等相关部门成立了对接的工作组开展工作。更让柳眉意外的是，关于引进民营资本合作开发马山矿业的提案，居然经马山矿职工代表大会表决一致通过，这相当于把投资双方都逼上了没有退路的合作舞台。那么，下一步要解决的问题是，谁真正拥有这个矿山的管理权，谁就是它的真正老板。D 市的态度尽管没有明确公开，但柳眉确信，他们其实巴不得由柳眉的民营资本来控股，从而改变马山矿的体制与机制，达到双方共同收益。D 市那位风度翩翩的年轻市长在为柳眉送别的晚宴上，借着酒意对她悄声说出了这样的心声："柳董事长，引进像你们这样优质的民营资本来跟我们合作投资开发国有矿山，其实我们真正的目的，是想引进你们的先进管理理念和经验，从体制和机制上改革那些令我们束手无策的落后的陈规陋习，从而使老矿山焕发出新的生机来。因此我们更愿意让你们来为我们提供示范和经验，而绝不仅仅是眼前的利益计较。"

公正客观地说，如果没有杨浦这一段坎坷离奇的人生遭遇，那么在柳眉的关于未来人生的财富投资规划里，就不会有关于马山矿的投资意愿，至少现阶段没有。是那个如今落魄潦倒的人，激发了这个外表平静而内心一直强大的女人的抱负与野心。她知道，经历过那样一次失败之后，杨浦就像是从此失败了一般，他是很难从那样一种境地里重新翻身崛起的。他几乎已经不可能再回到他原来那个熟悉而亲切的体制内，也不再可能被那个体制所接纳，更不太可能重新被重用提拔。而她，是不能容忍他沉沦的，或者说，至少不能容忍他这一生仅仅因为那个强大的体制不再接纳他而从此埋没了他的才干与能力——她自始至终地相信，那个男人是可以干一番精彩事业的，她当年如此那般地迷恋他、追求他、倾慕他，就是看好他的才华和风采。她如今怎么可能将这样一个优秀的男人弃之不顾呢？那么，为他花上十亿的投资，目的就是为了成全他的才干，让他有一个真正属于自己事业的舞台施展抱负，是值得的吗？既然是自己如此相信他的才干与能力，那么十亿的投资，谁敢说将来不是成倍的收益回报呢？不是十亿，是百亿、千亿呢？

其实在柳眉的内心，她是不想做这样财富意义上的权衡的，但她忍不住要这样盘算着，甚至预期着，这对她来说，好像早已是职业思维和习惯了。她必须做出决定来。

“开弓没有回头箭!”她对自己说,“大幕拉开,我就必须上场!来吧,我这是跟自己赌上一把!尽管宝是押在那个叫杨浦的男人身上。”

这一天,在上海滩的和平饭店,李建平、汪一露等同学,还有其他几位生意场上的友人济济一堂,个个衣着鲜亮,光彩照人,不过,谁也搞不清楚柳眉事出何因而突然请客,而且如此郑重其事。柳眉也不想把谜底拖到尾声,酒宴一开始,她就举起美酒,开诚布公了:

“各位女士、先生,今天请诸位聚聚,除了共叙友情、畅谈生意,目的还有一个,就是鄙人准备向诸位求援,我甚至想将今晚的相聚称为‘募集资金晚宴’。我首先声明,这可不是小数目,我资金缺口在四到五个亿,如果诸位能够帮助解决,一律按同期银行利率支付利息;如果愿意加盟股份公司合作,参股进来,也欢迎;如果解决不了,我就回头再向银行去借,反正我公司的授信额度是有保证的。”

大家听得一头雾水,不明就里,纷纷放下酒杯。他们不知道柳眉需要这么多钱干什么。

汪一露首先说话了:“柳眉啊,不带这么玩的,也不说什么原因就借钱,你这相当于来打劫啊!”

李建平说:“柳眉,是不是有什么利好的投资项目,要发大财了?也要带着咱们一块儿发呀!”

柳眉摆摆手,神情变得有些抑郁,这种场合她必须实话实说,这是生意场上的基本规矩。

“实不相瞒,我研究了很长一段时间,未来中国经济仍将保持在年增长率7.8%~10%的水平,这应该说是比较保守的增长率了,但就是这个增长率也仍必然将依赖基础产业的发展,特别是矿产资源的开发,才能保持可持续增长。因此,我决定把投资方向调整为矿产资源,做长线投资回报率的准备。眼下我已经开展了工作,目标是T省D市的矿产资源合作，说得具体一点，就是准备投资马山矿业，成立股份公司来合作开发那座矿山。”

“柳眉啊，我没有记错的话，我们的老班长杨浦就是在那个矿山的吧？”汪一露拖长语调问。

“是的，杨浦曾经是在那里——干了十五年呢。”柳眉说，脸颊有点红了。

“柳董事长，那个矿山你了解吗？特别是投资回报率做过测算吗？”

“我已经与当地政府取得了联系，政策层面已无障碍，我公司的工作组正在当地进行对接谈判，因为投资超出了我当初的预期，这才逼着我来求告大家的。我粗算了一下，按照最近五年的矿产品价格走势，在未来十年，新成立的股份公司的年均收益率应该在 20% ~30% 之间，这样的投资回报率是相当可观的。”

“能不能告诉我们，假如作为控股方，你准备让谁来管理这个矿山呢？”

李建平这一问，一下子就把柳眉内心最隐秘的部分触及到了。她漂亮的脸蛋再次绯红起来。她知道，瞒是瞒不过去的。她镇定了一下情绪，开了口：“我准备请我们的老班长杨浦再做那个矿山的一把手，他熟悉那里的一切，他的能力和人品也是大家公认的，这样利益和风险几乎都掌握在我们手上了。”

一提到杨浦，酒宴上再次静默下来。

“杨浦不是辞职走人了吗？而且我听说，他跑得无影无踪了！”汪一露说。

“杨浦还能干得了吗？他从那个矿山辞职，我听说就是因为干不下去了，能力也不太被看好。”李建平说，“否则，刘大鸣聘用他的事，也不会无果而终吧？”

“你们把话题扯远了！”柳眉面呈愠色。本来举行这个晚宴她心里就是有顾虑的，一是担心将来做了这样大的投资居然隐瞒着老同学、老朋友而显得不厚道、不阳光，二是她不想在这个时候因为需要筹资而把杨浦牵扯进来。现在看来，前者的担心已没必要了，后者成为话题却不可避免。当李建平又说到刘大鸣想聘用杨浦的事时，柳眉觉得这个话题必须结束了。“我再重申一下，假如诸位有兴趣，我欢迎你们投资参股进来，有钱大家一起挣，但是我并没有要求你们必须跟我一块去做这种投资合作，就是说，这个投资风险是我一个人来承担的。当然，包括聘请杨浦来管理那个矿山的风险！”

汪一露一边欣赏着手指间的蓝宝石钻戒，一边显得漫不经心地说：“柳眉，今天在座的都是你的好哥们、好姐们，再说了，大家都是明白人，你就跟我们交个底儿——你是不是跟杨浦已经有了……那种关系……我的意思是说，你们其实就是一个投资人，你们之间——这么说吧，你们已经走到一块儿了？”

“这个不是事实！”柳眉提高了声调，脸色绯红，是几乎愤怒了的绯红，“我可以负责任地告诉诸位，直到目前，杨浦是杨浦，我是我，我们并没有那种意义的关系，就是说，他绝不是我的投资合伙人，更不是你（她把目光停在汪一露表情窘迫的脸上）想象中的那种合作。”

这餐晚宴并没有达到柳眉的预期效果。诸位最后的表态近乎都是“我回去以后再考虑考虑吧”或者“现在资金都被套在了期货和股市上了”，相当于拒绝了柳眉的请求。显然，他们并不看好柳眉的这项投资计划，或者说，并不看好这项似乎专注于杨浦的投资项目。

看来，只能把希望寄托在银行了。在接下来的日子里，柳眉带着自己精挑细选的公关人马，带着项目计划书、D 市常委会纪要、股份公司方案、财务分析报告等文件，一家家银行逐个公关，直到拿下各家银行信贷的承诺书。其实，柳眉也是从根本上把自己的公司及其资产以及尚未落实的矿山资本统统抵押进去了。

柳眉给留在 D 市的工作组发出的指示是:“我们要求控股在 51% 以上,必须是最大的股东,其他股本结构和股权比例,我们可以不做要求,这就是目标。”

第三十三章

校园里似乎一夜之间就变得阒无声息了。教室里、操场上、楼道间，那些青春洋溢的身影与欢笑声，都消失得无影无踪了。杨浦意识到，暑假到了，跟女儿明明兑现承诺的时候到了。就是说，他必须回去，回到D市，回到女儿的身边。这个过程当中，他并没有更多的考虑，至少比他曾经从D市出来要简单得多。他只是想到了女儿，想到了上次临别之际跟女儿的那一幕撕心裂肺的场面，他几乎一分钟也不想耽搁，匆匆收拾了简单的行李，搭上班车，就往D市赶去。

对于杨浦来说，他当然一点也不清楚在D市所上演的那一幕由柳眉导演的投资大戏；他当然更想象不到，柳眉为了成全他的人生事业，正在孤注一掷，甚至拼尽财力。

黄昏时分，班车驶进D市的汽车站。对于从车站走出来的杨浦来说，眼前的一切都是熟悉的，就像他昨天刚刚离开这里一样。他打了一辆的士，往自己的家驰去。今天不是周末，小兰和明明应该是在自己家里。走进熟悉的小区，他把头低垂着，肩挎着行李，步子走得匆忙而急促，他突然不想让任何熟人看见自己。他进了楼道，上了楼梯，这个时候心跳的节奏加快了：他不知道是因为马上要见到明明还是要见到小兰，内心居然变得惶恐不安、心绪不宁。他这样一个不负责任的、失败的丈夫，面对前妻，有何颜面？他这样一个没有家庭责任心的父亲，面对女儿，为父之情又何以堪？

他敲响了门，里面很静，又敲，很快就有了动静。尽管隔着门，他还是吃惊地听见女儿明明在里面兴奋地叫着："妈妈，爸爸回来了！一定是爸爸回来了！"天呐，这是心灵感应，还是玄机天授？伫立在门前的杨浦，只觉着浑身一阵阵战栗。

门终于开了，是小兰，一个憔悴不堪，甚至有些蓬头垢面的女人站在面前，身上似乎还带着厨房的油烟气，面色苍白，嘴唇哆嗦，眼眶里早已噙满了呼之欲出的泪水。在终于确认了眼前这个男人的身份后，她才一头扑过来，放声痛哭。几乎是紧接着，杨浦的双腿就被明明的一双小手臂紧紧搂抱住了，孩子的喜悦是不加掩饰的："爸爸回来喽，爸爸回来喽——我就知道爸爸说到会做到——暑假就回来喽——"那一刻，杨浦有些晕眩，几乎要瘫倒在地——他快要被这种久违的亲情击垮了。

这一家人在分别了半年多之后，终于团圆了，尽管他与她还不是破镜重圆，尽管他与她之间还存在诸多离异过后的不适与尴尬，就像血脉上一下子被认定不是亲情后再要确认是亲情一样难堪而别扭，但彼此仿佛都知道，谁都没有在心理上离开过谁。这也就是这对离异后的夫妻可以在孩子面前扮演恩爱夫妻的最为可信的依据。

杨浦抱着明明就滚倒在沙发上，父女俩那个亲热啊！

小兰再次回到厨房里，忙活的内容就丰富多了，冰箱里拿出来的许多冷冻的东西并不是很快就可以下锅的，她就为难了，看着泡在水槽里的鸡呀、鱼呀、鸭呀，一次次地摸去仍旧坚硬无比，她决定放弃做它们的意愿了。她从厨房里出来，走到客厅对前夫杨浦说："不好意思，真的不知道你今天回来，我出去买些卤菜吧。"厨房案板上也只放了炒好的两道菜，西红柿炒鸡蛋和肉丝青椒，两道菜解决这顿晚餐显然有些不近人情，也似乎不合时宜。明明兴奋地叫起来："太好了，妈妈要买卤菜了！"这话当即就泄露了这个家庭的生活质量。小兰立即羞红了脸，目光急速从前夫的脸上扫到明明的身上："妈妈给你做的好吃的还少啊！"这话牵强无力，好像是要把自己的窘迫给搪塞过去。杨浦心里一阵心酸，觉得这一切都是自己的罪过，甚至是自己无端造成的。这一刻，他突然想到这半年多时间里，自己并没有按照协议离婚规定的给小兰寄女儿的赡养费，粗算一下，应该有6000多元了吧。是的，这个钱必须交给小兰。这半年多的老师收入加奖金和补课费，也有二万多，他应该拿出一万来交给小兰。

杨浦从旅行包里把买给明明的礼物拿出来，一个漂亮的芭比娃娃，一套童装和两盒精致的进口巧克力。明明把礼物抱在怀里，踮着小脚，在杨浦的脸上亲了一口，就跑回自己房间去了。杨浦拉开旅行包外口拉链，从里面掏出一只大信封，抽出一沓钞票来，上面还扎着银行的封条。他走到小兰面前，把钱塞进她的手里："这是明明半年的赡养费，我忘寄了。"

小兰当即就要把钱退回来，杨浦按住了，举着包里另一个信封说："这里面还留着的，是我自己花销用的。"小兰还想退钱，见明明从房间跑过来，赶紧将钱揣进围裙的兜里了。

杨浦坐上沙发，将女儿抱上身来。"明明，今晚老爸请客，去饭店吃，好不好？"话是对女儿说的，其实征求意见的对象是小兰。小兰憔悴的面容再次红了。她当然记得丈夫离婚时是所谓净身出户的，几乎身无分文走人的，刚才他也交了明明的赡养费，她有什么理由让这个前夫一回来就花钱请客吃饭？他当那个学院的老师能挣多少钱？即便是挣到了钱，这顿饭也不应该是他请啊！她一时犹豫着，说不好是答应还是拒绝。明明可是早已兴奋了："太好了，太好了！"她从杨浦的身上挣脱下来，匆匆跑去抓起电话，极其娴熟地拨通了号码。杨浦看见，小兰的脸色变得煞白，好像突然意识到了要发生什么。她跑过去要夺下电话，但明明手里的电话已经通了："姥姥，我爸回来了！对，就是今晚！我不是说了好多遍了嘛，你就是不信——我说到了放暑假的时候，我爸就会回来的——嗯，跟我妈在一块呢！他们还抱着——哭了——嘻嘻——" 孩子的喜悦是不加掩饰的，天真无邪的眼睛望着沙发上的杨浦，闪着亮晶晶的泪花。"姥姥，我告诉你啊，我爸今晚请我们吃饭呢，也请你们参加呢——对，还有姥爷！”这个鬼精的孩子，在这对离异后的夫妻完全没有做好准备的情况下，就把尚未到来的矛盾冲突引爆了。不知道电话里说了些什么，就见明明突然捂住了话筒，对杨浦说：“爸，今晚在哪家饭店啊？——姥姥在问呢！”杨浦看到小兰已经把头垂下了，似乎没有信心面对即将开始的难堪局面，而孩子用期待的目光看着自己，显然姥姥那边已经答应赴宴。他说：“你告诉姥姥，我们订好饭店后就告诉她。”明明对着话筒把杨浦这句话原原本本地转达了过去，好像这件事本来就是她爸杨浦安排她做的。

接下来，杨浦就在沙发上坐着，他知道小兰领着明明去房间里换衣服了，然后小兰还要去卫生间里化化妆，这是老习惯了。这个家他依然熟悉，熟悉得就像他刚刚出差了一趟回来，并没有多大的变化。他与小兰的结婚照片还挂在客厅正堂的墙壁上，西装革履的他笑得灿烂而自信，一身洁白婚纱的小兰，依偎在他的肩侧，清纯美丽，一幅甜蜜蜜的略带羞涩的模样。想到如今的境地，杨浦忽然觉得当年的光景早已不堪回首。他颓丧地垂下头来，心里湿漉漉的，说不出滋味来。这张早已沧桑的、其实也应该撤下来的照片仍存活在这个家里，挂在这面墙壁上，仿佛依旧说明着女主人的身份，也透露着她的情感归依。

“爸爸，快去洗澡吧。妈妈把你的衣服放到卫生间了。”明明换上白底碎花的裙子，两只小羊角辫子重新扎紧了，一边各系上了两个小彩珠，像只快乐的小花蝶一般飘到杨浦身边。杨浦听见卫生间里响起哗哗的水声，是小兰在替他调试着水温。明明用小手推他，催促道：“快去洗吧！妈妈刚才在房间里对我说，你身上脏得快臭了呢！”杨浦站起身，往卫生间里走去。他回来之前想过，见到明明后，他要找机会脱身走人，然后找家旅馆住下来，现在看来，过程全改变了。他推开狭窄的卫生间的门，小兰就头也不抬地与他侧身滑了出去，似乎生怕再与他身体接触，她随手关了卫生间的门。以往，小兰总是要等到杨浦脱光了，抱着他脱下的脏衣服逐一塞进洗衣机里，等机器转动了才会出去，在这当中她也总是忍不住要数落几句，譬如："杨浦，你真行啊，衣服刚换上两天就脏成这样？"或者"杨浦，我看你八成是老鼠投胎的吧，成天钻地洞不成？不把自己脏透了，回家没面子吧？"话说得刻薄、夸张，杨浦也从不计较，因为结婚以后，他的穿衣、戴帽，甚至连内裤、袜子的每天一换，都是小兰替他打点的。杨浦看到他要换上的衣服折叠工整地放在门侧的木凳子上，从里到外，内裤、裤子、衬衣、袜子。内裤是艳红的，那是杨浦本命年小兰买的，说是辟邪吉祥；米色的休闲裤子、花格子衬衣，是结婚十周年时小兰买的，同时还买了皮带、皮鞋，是一整套行头，而那双棉线袜子是商家为那套行头搭配的"奖品"。这些衣物都是杨浦留在家里的，他一件件地翻看着，心里却是酸酸的。当哗哗的热水从头顶淋浴下来时，杨浦想到的却是柳眉，想到了与柳眉的那场疯狂而沉沦的肌肤之爱。

"飘柔"的芬芳与泡沫弥漫开来，杨浦不禁问自己：我还是那个杨浦吗？我还能做什么呢？

第三十四章

暮色浓重了，华灯初上。一家人出了门，似乎还带着“飘柔”“力士”的芳香，走在凉风习习、灯光迷离的街道上。孩子走在中间，父母一人一只手牵着，明明踮着小脚跳蹦着，一会儿侧头看看爸爸，一会儿扭头看看妈妈，咯咯地傻笑着，好像是她把父母重新找回来的。杨浦和小兰在明明的咯咯笑声里，都显得有些不自在，但谁也没有说什么。

杨浦洗澡那会儿，小兰已经打电话预定了酒店，离家很近，并且电话通知了自己的父母。现在，这一家人正往那家酒店走去。

对于小兰来说，见到杨浦那会儿，着实让她吃惊不小。就在门前相见的那一刻，杨浦的苍白、消瘦、疲惫，以及他的衣衫不整，几近蓬头垢面，几乎就是向她证实着他这半年多时间在外面的失落、颓废、无助。她是因为悲伤和委屈才忍不住扑上去那样痛哭不已的。她其实并没有做好接纳他的精神准备，因而不免有些手忙脚乱，不免有些忐忑不安。这些情绪当中，有一个因素很关键，也是清晰地刻印在她的脑子里的，就是那个叫柳眉的女人——去过杨浦那里，她与他待在了一起——他所有的情况都被那个女人所掌握，而林义强就是通过那个女人才最终找到他的——对于一个敏感且又伤感的女人来说，这些就足够了。她现在一点也不知道杨浦这次突然回来究竟意欲何为，是住下来，还是待上几天就走，或者还有更多不为人知的打算。眼下她能做的，就是今晚这顿饭，要使一家人看起来还像是一家人，至少在明明的面前不能出现纰漏，同时，说什么也不能让这个落魄归来的前夫请客，尽管面子上是他请的。

酒店到了，是一家小酒店，里面只开了几个包间。小兰对服务员说了订餐电话，服务员领着他们进了里面一间。一进门，杨浦就看到了一老年夫妇已正襟危坐在那里——小兰的父母提前到了。明明立即飞身投进姥姥的怀里，嚷着："我没有骗你们吧，暑假爸爸就会回来。"骄傲的眼神从姥姥的脸上移到姥爷的脸上，两位老人并没有表现出明明所期盼的喜悦之色，而是神情肃穆，甚至有些愁眉不展。明明马上发现了问题："我爸爸回来，你们不高兴啊？"这话才使老人的脸上挤出勉强的笑意，但显然是不情愿的。杨浦向他们欠下腰，微微鞠了躬："爸、妈，好。"岳父笑着点头，表示领情了，岳母却耷拉着脸，鼻子里哼了一声，并不接受这个前女婿的一声"好"。

这餐饭是注定要尴尬的。因为有明明在，这对实际离了婚的夫妻就必须保持着夫妻间应有的亲热，尽管是表面上的；而姥姥、姥爷也必须参与进来表演，就是说，依然要像一家人那样和谐完美。酒菜上齐了，开吃了，一家人的话题都围绕着明明的读书学习，明明显然是中心，只顾着挥舞着筷子从一个盘子转移到另一个盘子，小嘴唇上很快就糊得油腻腻的了，大人说什么似乎都不重要。那会儿，气氛还算能对付过去。但明明的事说得差不多了，桌子上就静默下来，仿佛谁也不知道下个话题该说些什么。

这个时候，有人似乎是忍不住要发问了。"杨浦，这次回来，是打算住下来，还是假期一结束就回到你学校那边继续教书啊？"岳母冷冷地问，调子依然是那种居高临下的，看得出，她对这个前女婿如今的境况并不看好，如此出息更非她所愿。

杨浦放下手里的筷子，看看岳母，又看看岳父，又瞥了一眼身边一直默不作声的小兰，知道这个问题是他们共同关心的。"这个嘛，我现在还没有想好。"杨浦说，"如果可能，我当然还是愿意留在这里，至少可以天天看到明明。"

"我举手同意!"明明把握着筷子的右手举得高高的,给杨浦看。

"你的'如果可能'是什么意思啊?"岳母问,根本没有在意明明的兴奋劲头,她的目光像锥子般锋利地射向杨浦,像是生怕他避重就轻。杨浦隐约觉得岳母大人可能掌握了什么情况,等待着自己如实招来。

"我是说,如果这边仍然有合适岗位或机会的话,我就留下来,其实我在那边教书也挺好的,比较单纯,没有什么压力,专业也对口,将来也还有晋升的空间,譬如做个教授什么的,不过就是……不能天天看到明明了。"杨浦把眼光停在明明的小脸上,明明当即给杨浦翘起了拇指,以示他说得正确,值得表扬。

"我听说,你那个大学女同学,叫柳什么眉的,上海外资企业的董事长,正在雄心勃勃地准备收购马山矿业呢——这事你不会不知道吧?"岳母大人的语调有些阴阳怪气,很显然,这才是她真正要问的。

除了明明外,岳父、小兰几乎同时把目光聚集在了杨浦的脸上。杨浦震惊不已。在这之前,柳眉并没有把真正的细节告诉过自己,也只是林义强对自己说过,说他为柳眉提供了马山矿相关的矿产资源方面的资料,而柳眉是不是真的开展工作了,他并不知情。

"这个情况,我并不清楚。"杨浦说,他一点也不想在这种场合把柳眉牵扯进来。

小兰这时说话了:"你那个女同学,现在可是 D 市名人呢——报纸上、电视上经常看到她,市领导还陪同着呢!"

杨浦仍处在震惊中。难道柳眉在 D 市已经闹出那么大的动静了?可是她什么也没有告诉过自己啊!

"那个柳什么眉的(岳母大人好像不这么称谓她,就放不过她似的),不是去过你那个学院吗?你们就没有在一起商议过这些事?"

看来,通过林义强这个信息渠道,杨浦在粤北那个学院里的所作所为，甚至包括与柳眉的那次接触的秘密，都近乎透明了。杨浦觉得这个话题是不可能继续下去了，他感觉到了岳母语调里那种影射男女暧昧的意味，他一点也不想解释什么。

他摇摇头，表示没有或者不知道。他的这个态度顿时使饭桌上的气氛降至冰点。

岳父大人总是要等到出现僵局时才会挺身而出。“好了，好了，不要说别的了！杨浦今天刚刚回来，一家人总算团圆了，你们瞧瞧明明今晚多高兴啊！”他伸手在明明的小脑瓜上抚摸着。

这顿晚饭好不容易熬到了尾声，谁也没想到岳父提出要杨浦留下来，他要跟杨浦单独谈谈。明明就闹情绪了，要主动留下陪着爸爸，不愿跟妈妈、姥姥回去。她的小嘴嘟哝着，甚至要哭了。她是害怕刚刚出现的爸爸一夜之间又消失掉了。一家人尴尬地僵持着，似乎都拿孩子没有办法。杨浦蹲下身来，问明明为什么要这样。明明说，爸爸要保证今晚回家去，而且要答应今晚陪明明一块儿睡觉，她才肯跟妈妈回去。杨浦只得答应了，明明这才点着泪花闪动的小脑袋，被小兰和姥姥牵出了酒店。

其实，对于岳父留下自己要谈的话，杨浦是心中有数的。这些年里，岳父尽管许多场合并不言语，甚至始终愿意保持着和事佬的角色，可他老人家的心里还是跟明镜似的。他骨子里是喜爱并呵护着女婿杨浦的。杨浦当初能够跟小兰最终走进婚姻殿堂，就是他在小兰母亲的坚决反对下仍坚决支持的结果。现在女儿与杨浦劳燕分飞，让老人家心伤不已。他已经跟女儿小兰单独谈过了，现在能否复婚，就要看杨浦的态度了。

酒桌上的饭菜残羹尚未收拾，岳父和杨浦坐在原来的位子上，几乎面对面，彼此都有些别扭和生疏之感。杨浦掏出香烟，点着，吸着（岳母在的场合，他一般不吸烟，因为岳母会公开表现出反感和厌恶的神情）。岳父突然说：“杨浦，你也给我根烟吧。”岳父从不吸烟，但也从来不反对别人吸烟。杨浦赶紧把香烟递过去，并用打火机恭敬地给老人家点上。岳父一口吸着，就呛得咳嗽起来。“还是吸不了，吸不了啊！”岳父涨红着脸，摆摆手，把烟在烟灰缸里灭了。

“杨浦，我要说的话，我想你也一定心知肚明吧。”岳父好像觉得现在才是说话的时候，“你跟小兰的婚姻失败，责任不全在你；我做岳父的，也都看在眼里，记在心里——过去的事，提起来也没什么意义了，就让它过去吧。”老人家态度诚恳，语气凝重，“我今晚要跟你谈的是，你跟小兰还能走到一起吗？说白了，你们有可能复婚吗？”

“爸！”杨浦的这声“爸”让他自己都有些吃惊了，是太用情，也太用力了，“我要谢谢您这么多年来对我的信任、支持和关爱！作为您的女婿，我能够感受到您对我所寄予的希望，遗憾的是，我让您，还有岳母，都失望了。这半年多时间里，我才在反省中认识到自己其实就是一个平凡的，甚至也是很平庸的人，我其实一点也承担不了那些耀眼的光环和理想的重托。跟小兰离婚，我觉得是她终于从我这里解脱了，而不是我解脱了。现在，我又有什么资格来提出要跟小兰复婚呢？”

岳父重重地叹息一声：“杨浦啊，你不要想那么多了，现在的问题是，这个家你还要不要？今后的日子还在不在一起过？你也知道，明明那个孩子至今不晓得你跟小兰离了婚，你们这样拖下去，将来对孩子怎么交代呢？”老人家有一句责问没好意思说出口：“你到底还爱不爱我女儿小兰了？”

“爸，我现在如此落魄的状况，谈何复婚呢？”杨浦低垂着头说。

岳父阴郁的神情此刻释然开来：“杨浦啊，我跟小兰都谈过了，现在只需要你主动提出复婚，后面的问题就简单多了。”

看来，即便是岳父谈过了，跟小兰的复婚也还是有条件的。是的，离婚是你主动要求的，那么复婚也应该是你主动提出来。甚至可以说，你即便主动提出来，而结果复婚与否，决定权也仍是掌控在小兰的手里。杨浦这么分析着，觉得心里更乱了。他并没有做好复婚的心理准备，甚至想都没有想这个问题,因为毕竟眼下自己还是个漂荡不定的人。

杨浦最后告诉岳父,他并没有忘掉小兰,内心里也依然爱着小兰,也深深地怀念他与她从大学到婚姻所经历过的生活,他现在之所以不能表态接受复婚这个现实,是因为他对自己的前途和归宿依然茫然,甚至不知所措。

岳父没有再说什么了。他觉得眼前这个前女婿,虽然风光不再,甚至有些颓废萎靡,但并没有丧失作为一个男人应有的责任心。

当晚,杨浦打车把岳父送回了家,接着打车回自己过去的家,也就是现在小兰的家。先前离开小酒店时,杨浦去收银台结账,收银小姐对他说,有位女士早结过了。就是说,这餐饭名义上是杨浦请的,实际却是小兰埋的单。这让杨浦觉得失意得很。

因为承诺在先,杨浦要回家跟明明告个别。他想好了,如果明明睡下了,就跟小兰告个别,把自己的行李包裹带走,再去找个旅店住下;如果明明没有睡下,就陪着她睡着了再走。总之,杨浦心里十分清楚,那个家其实已经不是自己的家了。尽管只是一纸婚约的界线。

何曾想,刚刚敲响了门,给自己开门的就是女儿明明,小家伙好像一直是守在门后呢。“爸爸! 爸爸!”明明纵身扑进杨浦展开的双臂里。杨浦看见,小兰卧室的门就是在这个时候掩上的,很快里面的灯光就熄灭了。“爸爸说话算不算数?”杨浦把明明抱起来问,他注意到自己的行李包裹都堆在了沙发上,好像小兰知道他会回来取这些东西。“算数的,爸爸说话就是算数的。”明明赞许着。“那好,明明赶紧睡吧。”杨浦抱着明明往她的房间里走。明明在杨浦的耳边说:“爸爸今晚是要陪我一块睡的。”“爸爸答应过的?”杨浦故意反问。“爸爸答应过的,不信,问妈妈去,问姥姥,问姥爷。”“好好好,陪明明睡。”

搂自己的宝贝睡在那张狭窄的小床上,杨浦很快就睡意沉重了。黑暗中,幸福的明明那双大眼睛好像还在眨巴着,但杨浦酣睡的鼾声已渐次响起。就在那睡意降临的一刻，杨浦想到的是，明天就去找林义强，或者直接跟柳眉联系上，他太需要了解眼下正在发生的一切了。

杨浦当然不知道，其实就在这个晚上，同样是在这个 D 市，由柳眉率领的谈判小组作为投资合作的 B 方，与作为 A 方的 D 市国资公司董事长为组长的谈判小组，正就马山矿业的股权结构和相关合作开发事宜，进行着最后的关键阶段的交锋。

第三十五章

这是谈判的最后阶段了。具有法人资格的柳眉必须再次亲临D市现场，履行法定程序，这是别人不可替代的。当然这一次来，她低调多了，甚至是悄无声息地坐上谈判桌的。

经过了一个多月来的轮番交锋，彼此都已经清楚对方的需求和愿望。在对会计事务所出具的资产报告达成共识后，剩下的问题就是，双方的出资比例，谁来控股并负责组阁经营。

负责代表D市国有资产的谈判小组组长，是该市国资公司的董事长，姓孙，年近退休，市某局原局长。据说这个董事长位置是过渡性的，下一步政府换届他要去市人大常委会任副主任。对于这次合作谈判，他是完全按照市委和市政府的意见行事的。市委常委会的意见是：必须实现招商引资的目标，争取合作成功。而政府市长办公会的意见更明确：股本比例不争执，就是说，由谁来控股经营视需要而定，但前提是，必须把股本资金在指定期限投入到股份有限公司来。至于改制后的遗留问题，如离退休人员移交社保，离岗、下岗员工安置，员工身份买断，养老、失业、医疗保险金缴纳等相关问题，由谈判双方依法依规共同商定具体解决办法。因此，当柳眉的谈判小组提出要求控股新成立的马山矿业股份有限公司51%股份时，对方并没有提出异议，对方现在关心的是究竟由谁来具体负责经营这座股份制矿山。

“是你吗，柳董事长？”孙董事长笑着问，干瘪的老脸上堆起了和蔼的皱褶，“你能亲自坐镇马山矿指挥？”

柳眉马上摆摆手：“我哪行啊，这个活儿，我可干不了！”

“这么说，柳董事长能放心这投下的四亿多资金交由别人来管理？”孙董事长太想知道这个人选究竟是谁了。其实，这也是D市上层所关心的问题。

柳眉看了看对面的这位自始至终一直表现得谨小慎微、尽职尽责的孙董事长，又环视了一下周围谈判小组的其他成员——直到目前，他们谁都不知道未来究竟将由谁来经营管理这座矿山——这个底牌，柳眉从来没有透露过半点风声。

“这个人究竟是谁——”柳眉语气神秘地停顿了片刻，微笑着，“我现在还不能告诉你们，因为我也只是对他做过口头承诺，而他也并没有肯定地答应过我。当然，需要声明的是，把这座矿山交给他是合适的，或者说，他是管理这个矿山最合适的人选。他对这座矿山充满了感情和记忆，因为他在这里奋斗了十五年之久，甚至可以说，他的青春梦和事业梦都是从这里开始的——因此，我想，他不应该在这里断了他的梦。我们现在所能做的，其实就是续上这个人的事业梦，让这个人可以重新在这里进行规划、设计，重新绘制蓝图、编织梦想，重新从这里出发，从这里起程！”

这一席抑扬顿挫的话，让会议室里的所有人，顿时面面相觑，甚至有些不知所云。

没有了任何声息。这个场面效果很好，或者说，这个场面和效果都太符合柳眉的内心期待了——她终于可以为自己的承诺做出交代了，她终于可以把一个在别人看来——（杨浦看来）——不可实现的愿望实现了！

过程的艰难曲折，甚至苦痛，都已不重要了；现在，最为关键的是这样一个自己需要的结果得到了！是的，结果，这是最重要的！

“柳董事长，是否方便透露一下，你说的这个神秘的人，究竟是谁啊？”孙董事长满怀期待地问，他以为这个问题可以顺水推舟地得到答案。

柳眉依然淡淡地微笑着，轻轻地摆摆手，做出了否决的表示。她那个轻轻摆动表示否决的手势，此刻看来，更像是一个深谙世事的老江湖在说着“请听下回分解吧”。

在场的所有人都看见了，这个平日里高高在上、端庄持重的女人，那双美艳的眼睛渐渐潮湿起来，那里面似乎正泛起一层层难以抑制的亮晶晶的潮水。

会议室里的静默变成了持续的屏息，仿佛所有人都在期待着这个平日里不动声色的女人那罕见的热泪早点流下来。可是最后一刻，这个女人竟然克制住了即将宣泄的情感——她用纸巾擦拭了自己的眼睛，旋即那种职业化的美丽笑容又重新展现在她的脸上。

“现在，我要衷心地谢谢我的团队！”她把目光转向坐在她左右两边的那些人，“是你们出色的努力和能力，使我赢得了这个机会，赢得了一个我所渴望的成功！我感谢你们，我要对你们所做出的承诺是，一定会用丰厚的酬金和更高的待遇，来报答你们的努力和付出！”

话音一落，就响起了掌声，这是来自柳眉谈判小组成员们的掌声。但是很快，坐在对面长排桌边的D市谈判小组成员们也响起了掌声，而且更热烈、更追捧、更投入，旋即掌声响成一片，淹没了整个会议室。

柳眉本以为可以抑止的眼泪，最终还是流了下来，而且流得那样无所顾忌和畅快——当然，谁也不知道，她这是因为赢得了这个谈判结果，还是因为此时此刻众人热捧的掌声。

翌日傍晚，在D市国际大酒店，柳眉早早就来到了预订包房。

她今天先后拜见了D市市委书记、市长、市人大常委会主任、市政协主席，分别向他们汇报了关于马山矿项目合作的情况（其实项目合作的情况，从一开始就在他们的掌控之中），希望在今后的合作发展中能够得到他们“一如既往”的关照、支持和帮助。随之她又走访了财政、工商、税务、工商联、民营企业家协会的头头脑脑们——作为即将就任的马山矿业股份有限公司的总裁，她的谦卑、恭敬和大方得体的风度，给所有拜见者们都留下了深刻难忘的印象。

午餐，就是与这些人推杯换盏，不亦乐乎的。

晚餐，她只请了两个人，杨浦和林义强。没有其他人，由她亲自作陪。

她没有想到的是，杨浦已经从粤北那个小城回来了。电话是杨浦首先打过来的，这让柳眉十分意外而惊喜。杨浦把学院放假自己回来的情况说了一遍，接着问柳眉，是不是真的在收购马山矿业公司了？柳眉握着手机，她的兴奋几乎不可抑止："什么叫收购啊，是合资合作，由我们来控股经营——就谈判，我们都忙活一个多月了呢！你回来真是太好了，否则，我要派专车去接你回来呢——你是听说了什么，还是上天让你感应到了什么？"杨浦说："我是听说了，你把这个城市的动静都搞大了！"柳眉畅快地笑出声来："不错，没有大动静，能做得成这桩大买卖吗？"接着她对杨浦说，长话短说吧，今晚她请客，就在这里的国际大酒店，到时候她再把具体情况告诉他。挂断这个电话，柳眉就给林义强打去电话，邀请他今晚来D市吃饭。林义强在手机里对她说，他刚刚接到杨浦的电话，正在往D市赶。

表面上看，请林义强吃饭只是为了对他表示感谢，因为在柳眉做出投资合作前，有关D市及马山矿的矿产资源情况的材料，大多是由他义务提供的。其实请他来的深层用意，绝不仅仅是这些。杨浦走进包房时，居然看见里面坐着林义强，顿时觉得有些惊异——他今天是约了与林义强见面的，没有想到他先自己到了柳眉这里——杨浦注意到，林义强好像正跟柳眉说着什么有趣的话题，彼此神情都显得放松愉悦，只是看到他的到来，他们的谈话才戛然而止。

看到这两个都为自己所赏识的男人先后到来，柳眉突然有一种想展开双臂拥抱他们的欲望。特别是杨浦站到了自己面前，她太想把自己投进他的怀里，享受一下他给自己的温存与怜爱了。可毕竟有林义强在场，所以她只是笑着对杨浦说："成功了！我们终于成功了！"她做着手势，请两个男人在宴席上就座，同时罕见地给服务小姐打了个清脆的响指，意思是可以上菜上酒了。

柳眉的喜悦是显而易见的。她今晚的穿着打扮也是精心挑选的：淡青色绸缎大开襟的无袖衫，洁白的丝质长裙，一串晶莹剔透的珍珠项链挂在裸露的白皙的颈项下，与隆起的乳峰的阴影形成美妙的对照，整个人面容红润，气色饱满，显得飘逸清灵。在职场上，她的乌黑长发总是盘成各种发型，以充分展现她的身份和气质，而今晚她把它们松绑开来，柔顺地披在圆润的肩侧，显现出女人的柔美与温情。她的眼睛亮得惊人，甚至流光溢彩，那里面仿佛深藏了万千柔情与秘密。坦率地说，在包房乍一见这样一个变得陌生而美丽的柳眉，杨浦不仅惊怔了，而且内心突然有种莫名的骚动。

这顿饭对于杨浦来说，几乎全是好消息。林义强告诉他，刘大鸣案件已经正式进入司法程序，南山矿事故已定性为刑事案件，而关于由杨浦、林义强等专家所做的评审，已更正为合规、合法、公正客观，就是说，之前所有的处理意见和决定统统作废。当然更好的消息是，柳眉已经正式取得了马山矿 51% 的股权，即将作为控股方负责经营管理马山矿。

这是杨浦当初做梦也不敢相信的"美好心愿"，而现在，柳眉居然使它成为了事实！

"杨浦，还记得我在粤北那个小城里对你说过的话吗？"柳眉问，眼睛专注地看着他。

从坐上宴席的那一刻起，杨浦脑子里就一直嗡嗡地响着。他觉得自己心乱、思绪乱，情绪也乱，几乎无法集中精力认真思考什么——在他的记忆世界里，柳眉的印象已变得纷繁凌乱，一会儿是当年那个清纯少女，一会儿又是那个身价过亿、貌美权重的富婆，一会儿是那个曾与自己同床云雨的情人，一会儿又变成了眼前这个让人心动而又敬畏的投资商人。

他回避着柳眉咄咄逼人的目光，摇摇头，表示不记得了。

柳眉淡淡笑了，她知道，眼前这个男人依然还是因那残存于心的自尊与虚荣作祟，或者说，是羞于当着林义强的面，把自己与她的真情实况表露出来。“你应该还记得，我对你说过，那个小城不适合你，在那个学院里当老师，也不适合你，你的事业不在那里，你还是应该回到马山矿去，那里才是你的人生舞台，你在那里跌倒，就应该在那里重新站起来。”

杨浦依旧摇着头，好像仍在表示着他没有记忆了。

“那好吧，杨浦！”柳眉显然不想再深究什么回忆内容了，事实上，她是不想给他难堪和困境了，“我现在要向你郑重宣布，我们已经实现了控股马山矿的目标，豪迈一点地说，我们终于拿下了马山矿！”

她起身，从挂在衣架上的皮包里抽出一个大大的红丝绒面罩的合同文本，走回桌边，递给了杨浦。这是关于马山矿业投资合作成立股份有限公司正式签订的合同，上面有柳眉代表控股方的签名。

“杨浦，从资本投资的游戏角度来说，这其实是一场赌博，我们开局就赢了；从我个人愿望的承诺来说，我现在是兑现了自己的承诺！下一步，我要向股东会和董事会正式提名，由你来担任总经理，全面负责管理马山矿的生产经营和发展。杨浦，现在是你走向前台，兑现愿望的时候了！”

杨浦什么也没有说，手握着合同文本，内心里却五味杂陈。他当然无法想象柳眉是如何做到这一切的，那么一座在他看来比山更沉重、比天更高远的马山矿，居然被柳眉收入囊中，像馈赠一个礼品一样呈献在自己的眼前；此时，他同样也无法想象林义强是怎样做到下决心扳倒刘大鸣的，那么一个手眼通天、财大气粗、不可一世的新型暴发户，怎么就在林义强的面前屈服倒下了？！杨浦啊杨浦，你是真的落伍了，真的不在潮流中了；你的骄傲、自负、心气，其实一直都是在梦幻泡影里，在柳眉的财富、智慧和胆识面前，在林义强的勇气、执着和肝胆面前，杨浦像是原形毕露般深深地自卑了。现在的马山矿交给自己合适吗？那副重担现在的自己承担得了吗？他的目光突然就落在了对面一直默默不语的林义强身上，他为自己忽然意识到的问题而兴奋了。

“义强，你难道不愿意跟我一块回到马山矿去？”杨浦忽然感到自己现在比过去任何时候都更加需要林义强，他甚至觉得如果没有林义强加盟，他几乎是不可能接下管理马山矿这个重任的。柳眉难道没有这个意愿？

杨浦的这句话，使柳眉漂亮的眼睛当即盈满了泪水。这是她期待从杨浦嘴里说出的话。事实上，她原先设计的局面，就是希望由杨浦提出请求林义强加盟，她甚至认为像林义强这样有情有义、有经验又有才干的人，足以帮助杨浦打开局面，开创业绩。她感动的是，这对好朋友，这对不是兄弟的兄弟，始终不离不弃，忠诚可靠，而他们的携手创业，应该是最理想的结合。

“杨浦，我真的为你有这样一个好朋友、好兄弟而感到高兴！”柳眉用纸巾擦拭了眼睛，感慨地说，“我相信，在我为你所做的这一切当中，如果没有林义强的帮助，未必会有今天这样的结果。特别是在你远走他乡后，义强始终为寻找你而奔波着、牵挂着，而且不计辛劳。尤其是跟刘大鸣的较量，更是义胆侠骨，无惧无畏。我觉得，这才是真正的好兄弟啊！你来之前，我跟义强要谈的，就是想请他来做你的助手，把马山矿交由你们兄弟二人全权打理。”

从一开始林义强就意识到，在杨浦与柳眉的对话里，几乎没有他说话的空间，他也不想插进来，他夹在这对昔日的恋人、如今的情人中间，本身就有些尴尬。现在他觉得自己有话要说了。

“杨浦，说实在的，我从来没有想过，你的生命中会出现像柳眉这样的大贵人，这样一个为了某种心愿，为了一个承诺，不惜倾家荡产、孤注一掷的女中豪杰！你想想看，希望你重新振作起来的，是她；想拯救你于落难之中的，也是她；现在要全力把你重新推上事业舞台的，还是她！”林义强说着，把深沉的眼光转向柳眉，倏地站起身，举起酒杯。“柳眉，我敬佩你，也敬重你！”他把满杯酒一饮而尽。

“不过，我要说，我不能答应杨浦的邀请，也就是说，我不能接受柳眉寄予我的希望。你们不要问我为什么，其实道理很简单，就是我不能对不起我的老板。为了调查南山矿事故，我请了三个月的假，老板二话没说就批准了，并且告诉我，三个月后总经理的位置还留在那里。现在刘大鸣受审了，黑白也不再颠倒了，我几乎没有理由不回去工作了。柳眉帮助杨浦这件事，倒使我觉得更应该铭记着我的老板对我的恩情。杨浦应该还记得，我当初从马山矿跳槽时，也是一文不名，甚至是穷困潦倒，是我的老板给了我总经理的位置，而且待遇和收入也都突飞猛进，几乎一夜之间就奔上了小康。当然，我负责经营的私营小矿山，无法跟马山矿相比较，我甚至敢说，不论是现在还是将来，我都无法超越马山矿。然而，我不能因为有了更好的马山矿，就忘恩负义，或者说，见利忘义。我绝不能那么做！杨浦与我情同手足，我相信他领导下的马山矿，一定会很红火，面貌大改观。我可以郑重承诺的是，在今后的日子里，只要需要我的帮助，任何时候言语一声，我都会效犬马之劳的！”

柳眉再次被感动了，这一次感动，让她心热，血流加快。她握住满杯酒，站起身，深情地看了看面前的两个男人。

“我什么也不想再说了，我只有祝福你们，友谊天长地久！”

杨浦和林义强也站起了身，三个人的酒杯碰在一起，发出了清脆的响声。

第三十六章

三个人放下酒杯落座后，林义强突然说："对不起，我忘了说了，柳眉董事长，你今天请客，我还邀请了另外两位客人。"他抬腕看表，说，"应该快到了吧。"

"是谁呀？"柳眉问，颇感意外。

林义强不置可否地笑笑。说话间，包间的门被领班小姐推开了，一对母女谨小慎微地走了进来。杨浦一见，顿时大惊失色。"小兰——！"他脱口道。女儿明明看见了杨浦，立即就飞身扑过来，"爸爸！"她快乐地叫着，杨浦顺势将她抱起来。父女俩抱成一团。

机械地站起身的柳眉，开始以为进来的是林义强的夫人和孩子，可看见那个漂亮的小女孩一溜烟地从自己面前跑过去，冲着杨浦叫了声甜蜜的"爸爸"后，就惊异了，甚至有点发窘了。她的眼光近乎本能地锁定在走到近前的这位面容憔悴、衣着素雅的女人身上，难道她就是杨浦的前妻，那位，美人小兰？！

场面骤然变得微妙而紧张。小兰正走向柳眉，而两个女人从来就不熟悉，尽管大学时候有过照面，那也是在杨浦临近毕业时跟她牵手走在校园里远远瞧见过的。林义强立即走到两人中间。"这位就是杨浦夫人——小兰女士。"他首先向柳眉介绍道，"这位（他向小兰示意地一挥手），就是柳眉董事长，杨浦的大学同学。"仅仅就是两个人的姓名和身份，而绝没有其他方面的信息。其实林义强知道，这两个女人之间，彼此掌握的信息可能比自己更全面，也更丰富。

柳眉大方地伸出手，小兰好像只伸出了一半，但两个女人的手还是握在了一起。然而彼此都没有问好，仿佛事先约定了似的。小兰的手是冰凉的，几乎感觉不到任何热度，就像是握着了一块冻结的手的模具。柳眉似乎立即意识到了那种敌意和防范。她们刀锋般的眼光只对视了一下，就随即回避开了，好像谁都不愿被伤着，又好像彼此都有秘密，而彼此都不愿这秘密被对方察觉。如果是在其他场合，这一刻，柳眉会当着眼前这个女人的面，当场纠正林义强："应该称这位女士是杨浦先生的前妻吧。"她其实是很想这样纠正一下的。

真是童言无忌，一听到林义强说出"柳眉"二字，在杨浦怀抱里的明明就嚷开来："原来是柳眉阿姨啊，太好了！我爸和我妈经常在家里说到你，说你也是校花，是个大美人呢！"这话当场就使两个矜持的女人脸上蒙上了一层厚厚的绯红。当然，这话似乎也更加把那种秘密的危害性暴露了出来。

杨浦的脸上早已羞红一片。"瞎说什么啊，明明！"他赶紧制止女儿的多嘴。

服务小姐在杨浦旁边重新搬来两把椅子，添置了两套餐具。明明挨着杨浦坐，隔着小兰，而小兰的身边就是柳眉。这样的座位格局，好像是在有意激化着什么，或者说，是在撮合着什么。杨浦早已心生怨恨了，他并不知道林义强会把小兰和女儿明明约来，而且林义强也没有事先告诉自己。林义强这样做，是出于何意呢？是有意让他难堪，还是想让这两个因为同一个男人而彼此早有怨恨的女人性情大发，从而把各自真实的情感大白天下？

明明还是一贯的作风，抄起筷子就吃开来，不再关心大人们说什么了。这种场面，让杨浦如坐针毡。他终于忍不住站起身，拍了一下旁边的林义强的肩膀，说："你出来一下，我有话对你说。"

两个男人走到酒店大厅一侧的会客间里，杨浦回身就问林义强："你今晚为什么要把小兰和明明邀请来？这不是明摆着要我难堪吗？你这样做究竟想干什么？"杨浦其实还有许多话要问的，譬如他跟柳眉在粤北小城的那点事，好像都是通过林义强这个渠道才让小兰悉数了解的，以至于回到D市的杨浦觉得自己所有的秘密仿佛早已暴露在光天化日之下了。

林义强在会客厅里的沙发上坐下，架起腿来，把香烟点着，自顾自吸着。看得出，他并不想待在原先那个豪华而精美的包房里，这会儿，他轻松自在多了。林义强好像在等着杨浦把要说的话尽情说完，看到杨浦的一通怒火似乎发完了，也掏出香烟点上，吸着，他这才慢条斯理地开了口："杨浦，恕我直言，我其实从一开始就能感觉得到你与柳眉之间非同寻常的关系。她是真的很爱你，也是真的倾心赏识你，因为这种爱和赏识，这个女人是可以不计代价的——我不能不说，这种女人，在当代，已经稀世罕见了，或者说，只存在于那些美好美妙的传说中了！然而，幸运的是，因为你，她却是真实的、活生生的，这让我万分感慨！"

林义强把吸在嘴里的烟雾缓缓吐出来，他看着杨浦，脸上挂着不以为然的微笑："但是，杨浦，她却并不是你的意中人，或者说，她从来也没有真正地进入过你的内心。你对她的爱是不真实的，也是不可靠的。我甚至敢说，你从来就没有想过要跟她在一起度过一生，你甚至也没有想过要跟她发生那种婚姻意义上的结合。你觉得我说得对吗？"

杨浦没有回答，闷闷地吸着烟，脸色由白而红。此刻他无法想象的是，林义强是怎么看透他与柳眉之间的障碍与隐秘的呢？林义强的话说得如此确切而从容，恰恰击中了杨浦内心无法言说的困惑和苦痛，也击中了他的情感要害。

杨浦的不言语，或者说，他的沉默似乎在鼓励着林义强继续说下去。

"因此，我才觉得你跟柳眉的关系不会有婚姻意义上的结果，你骨子里爱着的人仍然是小兰。既然这样，你就不应该把关系搞暧昧了，就应该跟柳眉明确你与小兰的情感归属，特别是在这种非常时期。我今天其实是以你的名义邀请小兰和你女儿明明来的，这个场合，就是要让柳眉感受到，你需要的女人，或者说，将来和你在一起生活的女人，仍然是小兰，尽管你们有过一场失败的婚姻。”

第三十七章

两个男人再回到包房时，看到里面的场景都有些惊愕了。

柳眉和小兰居然是头贴头地在秘谈着什么，而小兰似乎在啜泣，手里捏着纸巾，说上一段，就会不住地擦拭自己的眼眶，柳眉则是一副倾听状，她也手持纸巾，动不动也要擦拭一下自己的眼角。这两个女人仿佛都在诉说着伤心往事——小兰当然是往事的主角——而且彼此都感同身受。

桌上唯有明明挥舞着筷子，把桌上所有的盘盘碟碟都扫荡了一遍，同时也把自己吃成了花脸猫儿——这种无拘无束、尽情随性地吃喝，对明明来说，显然是机不可失的。她好像一点也不关心身边的两个女人在悄声絮絮叨叨什么，甚至对她们为何要流泪也一点不关心。

杨浦和林义强立即打断了两个女人私密的交流。她们抬起头来，杨浦看见，两个女人的眼睛都有些红肿，是那种被泪水泡过之后的红肿。她们马上就显得尴尬了，好像杨浦和林义强是突然意外闯入的客人。

小兰关注的目标当然是明明。她立即起身过去给明明擦拭嘴上、脸上的油腻浆渍，嘴里说："该回去了，明明，你看你都吃成什么样子了！"明明似乎不反对回去，但提出要跟爸爸一块走。这个聪明的孩子好像始终清醒着，只有跟着爸爸杨浦才是最安全，也是最享受的。

林义强说话了，他对眼下的情境似乎再清楚不过。他说："我陪嫂子和明明先走吧。"他把明明抱起来，说："跟你老爸告个别，说在家里等着他呢。"杨浦接上一句："明明，在家等着我哦。"小兰没有跟任何人打招呼就走了,随后林义强抱着明明也走了,包房里只剩下杨浦和柳眉。两个人谁都没有提出要单独留下来在一起,现在却鬼使神差地被留了下来,就像事先安排好的一样。

服务小姐走进包房里,问他们是否还要继续吃了,言下之意就是准备收拾餐桌了。柳眉看着杨浦,那眼光是征求他的意见。杨浦摇摇头。他不仅是吃饱了,而且早已没有了胃口。柳眉对服务小姐说,埋单吧。

走出大酒店,凉风习习,街市灯火辉煌。刚跨出酒店大门,杨浦就感觉到自己的右手臂被柳眉挽上了,但是轻柔的,不再是像在粤北那个小城时那样紧紧地挽上,生怕这个男人丢了似的。他们就这样挽着,穿过马路,走下台阶,沿着护城河堤的林荫小道漫步着。这个过程中,谁都没有先开口说话,彼此仿佛都在坚持着,又像是彼此真的不需要再说什么了。所有的事情该发生的都发生了,该明白的都明白了,说了又有何意义呢?

河堤小道两旁种植了一排排水杨柳,垂挂的缕缕柳条在晚风里低吟般地飘荡着。河岸灯光映着波光潋涟的河面,同时又折射过来,透过柳条,在路面上呈现出光怪陆离的光影图案。一对对情侣相拥相依地从他们身边擦肩而过。

杨浦看来是坚持不住了,他要说话了。"柳眉,你能告诉我,我跟林义强出去那会儿,你跟小兰在包房里都谈了些什么吗?我看你们俩好像都很投入,也很伤感,是吧?"杨浦太想知道,柳眉和小兰,这两个一见面就像天敌一般的女人,怎么会转瞬之间就和谐融洽了呢?

柳眉的鼻子里轻轻哼了声:"杨浦,我觉得你可能永远不懂女人的'心'!"那个"心"字,她发音特别,"是小兰主动跟我说起这些年她与你的生活,你们的婚姻,她觉得她是把自己的一切都献给了你和你们的家庭,可是她并没有得到过理解和关心,没有得到她需要的爱。她觉得自己是被离婚的——小兰说错了吗?"

杨浦摇着头:"我不知道。"他其实是不想接上这个话题。他与小兰的生活现在变得像迷雾一团,他理不出头绪来说是非曲直,特别是被身边的柳眉挽着手臂漫步在这夜色美妙的河堤小道上的时刻。他更加关心的是,柳眉对小兰说了些什么;他相信,她一定是对小兰说了意义明确的话。

"柳眉,你对小兰又说了些什么?"他的语气像做贼似的虚怯了。

柳眉轻轻笑出声来,似乎这个问话早在她的意料之中:"你真想知道,可以回去问问你的前妻嘛,不过,我担心,她未必能把我的话原模原样地转达给你。"

"你就不能原模原样地直接告诉我?是担心我接受不了?"杨浦的情绪有些激动。

"好吧,杨浦!"柳眉仿佛是在跟自己妥协了,"本来是不打算告诉你的,既然你如此迫切地想知道。我对你的前妻说:'我同情你的遭遇,甚至也理解你的伤痛,但我依然对你的前夫抱有好感,甚至还保持着当年的爱意;如果你的前夫杨浦向我求婚,我就会嫁给他,明天求婚,我就明天答应;如果他永远不向我求婚,那只能说明我们的情缘还没到。'"

话音一落,彼此的脚步几乎同时停了下来。

杨浦觉得心脏的搏动骤然激烈起来,他一点都不怀疑柳眉就是那么对小兰说的,这个说到做到的女人,这个一诺千金,不,是一诺万金亿金的女人,是从不会放过任何捍卫自身利益的机会的。杨浦不难想象,在如今这个如此强势的柳眉面前,昔日众人仰慕的美人、万人垂涎的校花,如今憔悴、萎靡的小兰,眼睛里流出的是怎样气短不堪的泪水。

柳眉松开杨浦的手臂,折身拦在了杨浦的面前。这是在一片垂柳的阴影下,河面折射过来的光影中,柳眉的双眼晶莹剔透,她在仰视着杨浦。世界一下子沉寂了,几乎没有了任何声息。柳眉就那样仰视着,期待着杨浦给她一个明确的回答。杨浦把目光转向身边飘荡着的柳条,他已不敢与那清澈的目光对视;他清楚地知道那目光里在期待着什么,而他的脑海里却在一遍遍地回响着林义强先前对自己说的那些话,那些关于他与柳眉的。

“杨浦!”柳眉的声音很低,有点嘶哑,“你真的觉得,我们之间的情缘还没到吗?”

“是的,柳眉!”杨浦声音显得干涩、生硬,“我觉得还没到吧。”

“杨浦,你看着我,看着我的眼睛!”柳眉伸展手臂冲动地抓住杨浦的双肩,那双眼睛里的晶亮正在溢流出来,“你真的就没有想过要娶我吗?”

“想过,但不是现在的柳眉。”杨浦一字一顿地说,“那个柳眉平静、清新、单纯,甚至让人想象着诗意的生活。”

“这么说,我已不是当年那个柳眉了? 我变了吗? 我都变成什么样子了? 你告诉我!”柳眉的脸颊已挂上了两串泪痕。

“我说不好,真的,柳眉,我说不好你现在究竟是什么样子,我甚至找不到可以进行比较的女士。我只是觉得我其实是不配跟你生活在一起的,或者说,我跟你的结合,并不能给你带来幸福,相反,倒极有可能使你痛苦,甚至悔恨当初。”

“你是担心我的富有可能压垮了你的自尊? 担心别人说你是娶了富婆而使你自卑?”

“不,这些我都考虑过了。问题不在这里,柳眉,问题在于,我的观念,我的生活情趣,我的个人空间——所有这些,我们彼此之间是有差距的,而且差距很大。我渐渐地开始明白,我的人生失败,是跟这种差距有关系的。我现在为什么不再那么自信了,不再那么志得意满了,就是觉得我要重新认识这个社会,重新评估自己的能力,甚至要重新开始学习、补课。”

杨浦的话,其实是在揭着自己的伤痕,那些累累伤痕,他都记忆犹新。

“柳眉,你是我终生都将感激的人!”他的声音低沉下来,“我甚至相信,在这个世界上,不会有第二个柳眉会像你这样重视我、关爱我、信任我。正是因为这样,柳眉啊,我才觉得自己是多么配不上你,又多么不能容忍自己伤害到你!”

杨浦的声音突然哑了。他一把抱紧了柳眉，失声痛哭起来，他觉得自己一直坚硬的心，此刻破碎了，碎得羞耻而心伤。

“杨浦，你告诉我，我们的情缘会遥遥无期吗？”在杨浦怀抱里抽泣的柳眉，似乎依然在幻想着什么。

“我不知道，柳眉，我真的不知道！”杨浦疯狂地摇着头。

他泪流满面。他无法回答这个问题。

第三十八章

据说，举行马山矿业股份有限公司成立大会仪式的地点，D 市的意见是在市政大厅，那里气派庄重，各种条件设施完备，灯光、音响、视频，还有崭新的桌椅、整洁的台布、烫金的席卡，几乎一应俱全。之所以要选择在市政大厅举行，也是因为市委、市政府对马山矿业项目的合资成功的高度重视。然而，柳眉却提出并坚持要在马山矿——现在应该叫马山矿业股份有限公司的礼堂里举行仪式。

礼堂还是“文革”后期修建的，早已破损不堪。当柳眉提出要在那里举行成立仪式时，D 市代表，那个国资公司孙董事长，几乎不相信马山矿有这么一个礼堂。这是柳眉心中的一个情结。杨浦亲口说过，当年他刚刚分配到马山矿时，就是在这个礼堂里接受了矿领导和全矿职工代表、中层干部的热烈欢迎。那个年代的大学生像宝贝一样受到追捧和呵护，每个人都身披鲜艳的印有“青春献矿山”字样的缎带，胸戴硕大的绸缎扎成的大红花，与当时的矿领导们坐在主席台上。杨浦作为新分配来的大学生代表发言，台下掌声一片，至于那次发言究竟说了些什么，记忆早已模糊，但依稀记得有这样的豪言壮语：“献身马山矿，就是为了振兴中华，就是为了实现远大的革命理想，就是为了在这里奋斗终身！”据杨浦回忆，当时台下热烈的掌声暴风骤雨一般，使他激动得险些窒息，他情不自禁地流下眼泪，而且从容不迫地、一次次地挥袖去擦拭双眼，犹如悲情的壮士出征一般。对杨浦来说，那一刻，好像一下子就找到了自己的人生归宿，生命的终极意义也似乎完全清晰。这里才是人生的舞台，这里才是事业的中心。说者无心，听者有意——柳眉之所以要选择这个礼堂，心里想的就是要让杨浦重温旧梦，重新感受一下当年的豪迈与激情，以激发他而今的迈步从头越。

礼堂是临时修缮的，只是把里面打扫了一遍，破损的窗户、门楹，包括台阶，都还未来得及整修，甚至礼堂周围及角落的杂草、垃圾也没有完全清理干净。电灯是重新装上的，主席台上挂上了仪式的横幅，一圈领导稀稀落落地坐到了临时租借来的椅子上，台下是一片黑压压的人头。那些被组织来的员工们，包括一些中层干部议论纷纷，会场内烟雾弥漫。对于马山矿改制为私有股份制矿山，有的人觉得义愤填膺、情绪难平，有的人觉得是好事，今后混日子可不行了，凭本事就能多挣钱了。总之，反对的和赞成的，都知道是一个来自上海的有钱的女老板来接掌矿山，而究竟由谁来管理这座矿山，却并不知晓。

柳眉始终没有走进礼堂，并不是因为里面弥漫的浓重的霉腐气和烟草味，以及可以耳闻的台下那些员工的议论，而是今天马山矿实际的管理者还没有到。她踱走在主席台便道的后门外。关于聘任杨浦为总经理的议案，股东会和董事会已经讨论通过，一并通过的还包括杨浦的年薪（基薪）100 万（不包括完成董事会目标任务后的提成奖励）等相关议案。杨浦的资历、学历和能力在受到了一致的肯定（这里面，董事长柳眉的意见至关重要）。在今天这个仪式上，马山矿业股份有限公司董事长柳眉女士，将要亲自宣布这项聘任决定。

其实是跟杨浦说好的，上午十点前出席仪式。可是到现在，仍不见他的踪影。林义强就站在柳眉的身侧，跟柳眉一样显得焦虑不安。他是作为特邀嘉宾来出席仪式的。两个人都分别给杨浦打了手机，但始终没有人接听。

十点整，主持人宣布仪式正式开始。之后是介绍出席仪式的各位嘉宾、领导，宣读贺电、贺信。其中有一封贺信，被柳眉扣了下来。这是粤北小城的林豪生院长发来的，是发给杨浦本人的，祝贺他荣任马山矿业股份有限公司总经理，感谢他在学院担任教师期间为学院所做的贡献，最后希望他的职业技术学院能够成为马山矿人才培训基地，等等。柳眉扣下贺信的理由是，在她没有宣布杨浦的聘任前不能披露这一信息。当然，杨浦在粤北小城那所技术学院担任老师的经历也不得公开。

按照仪式议程，首先由D市国资公司孙董事长介绍项目合作过程和股份有限的组织体制、股权结构；接着，由柳眉作为股份有限公司董事长讲话。柳眉的讲话简短、精练，主要还是表达对各个方面在合作过程中所给予的支持、帮助的感激，同时希望各个方面今后一如既往地支持和帮助；随后是市政府领导讲话。

这个时候，林义强悄然走到柳眉的座位后面，低头轻声说了声“杨浦到了”。柳眉随即从座位上起身，跟着林义强走出礼堂。她一点也不在乎众目睽睽之下的这种随便离去。

杨浦已站在门前了，不是他一个人，他身后还带来了小兰。从礼堂里出来的柳眉见到小兰的那一刻，似乎一下子就明白了杨浦内心的用意。

是杨浦主动提出要求小兰来参加这个仪式的。这本不在他的考虑当中，他今天要发表就职演说，面对那个熟悉而伤痛的地方，那座矿山和那些员工，他要阐述他的管理理念、经营方略，甚至还有矿山未来的规划与愿景。

然而，他还是想到了小兰今天出现的重要性。

杨浦把明明送进校园后，就匆匆往回走去。他要赶在小兰上班前截住她，他不想在电话里跟她商谈他的这个决定。柳眉事先就向他提出派车来接他，但杨浦拒绝了，说打车很方便，他一点也不想把自己的出场弄得招摇过市。他回到家里，小兰正挎上包准备上班去。虽说杨浦是住进了家里，但他与小兰并没有相处沟通的话语空间，而一到夜晚，杨浦都是跟女儿明明睡在一起的。在明明面前，他与她仍然扮演着一对出入相随的夫妻。

“小兰，我希望你能陪我参加今天的公司成立仪式。”杨浦鼓起勇气，才把话说出来。

“我？陪你?!”小兰惊诧地望着他，愣住了，“你难道忘了，我的身份并不是你的妻子！”

“我需要你跟我同时出现在那个场合，”杨浦一板一眼地说，“为了我！”

“为什么？”小兰疑惑地望着他，“你觉得有这个必要吗？”她脸色微微泛红了。

杨浦看着她，觉得这个女人其实一直都存在自己的生活中，并不曾离去。当自己终于从心头和情感世界里卸下了柳眉后，杨浦才发现自己是丢不下小兰的。他甚至觉得自己未来的生活里，可能并不能缺少来自眼前这个女人的唠叨、埋怨、撒娇、责难和眼泪。

“至于为什么，我现在不想说，你会慢慢明白的。但是今天，我想说，如果你觉得我们的婚姻还有希望的话，那就有这个必要。”

小兰的眼睛专注地望着自己的前夫，紧张地眨巴了几下。渐渐地，她好像从前夫的眼睛和神情里看到了她需要的希望，还有重新出现的真诚和信任，或者说，她又看到了那个属于她的杨浦。泪水迅速模糊了她的视线——她其实一直在等待这个时刻，只是没有想到，它来得如此突然，而且是以这样一种方式。

小兰投进杨浦的怀里，杨浦随即紧紧地搂住了她。

“杨浦，让我们重新开始吧。”小兰哭了，哭得委屈而伤心。这个过程中，杨浦的手机铃声一次次地响起。

对于杨浦来说，他要让马山矿的人知道，他仍是一个有婚姻家庭的男人，是一个丈夫，是一个父亲。他现在的身份变了，但他的品德、品行没有变。在与柳眉的关系里面，他一点也不想掺杂其他的东西——他不难想象那种传言会迅速悄然地泛滥开来，诸如他是柳眉的情人呀、情夫呀，甚至他是吃软饭的。他要重振自己的信心。他要告诉大家，他回来了，他现在不是一个失败者。

在礼堂后门外，这两个女人一见面，彼此都展露出了亲切的笑容，好像一场误会已经过去。柳眉主动跟小兰握了手，这一次彼此各道了一声“你好”，神情举止都显示出她们彼此已不再防范，也不再抵触。接着，柳眉拉着杨浦走进了会场。

市政府领导的讲话刚刚结束，台下响起了稀落的掌声。柳眉让杨浦在主席台的幕后站定，她往台中央走去。她免去了主持人的介绍，径直走到前台，这时有工作人员给她送上一本文件夹，她麻利地展开，接着就宣读了关于聘任杨浦为总经理的决定。而“杨浦”这个名字一出现，台下就响起了一阵骚动声。她突然抬起头来，提高了嗓门：“下面，我们请总经理杨浦先生发表就职讲话。”

从幕后走上前台，走到了聚光灯下，杨浦忽然觉得自己像是从梦境里又走回到了现实——一个他需要的，也是成全他人生的现实。

这时，闹哄哄的、嘈杂声不绝于耳的会场，突然变得鸦雀无声了，好像所有的人都在期待这个时刻。

台下开始出现了稀稀落落的掌声，但很快就变成一片热烈的掌声的海洋。

“杨总你终于回来了！”

“杨总好！”

“杨浦啊，你好啊！”

“小杨啊，你还记得马山矿啊！”

惊喜的、亲切的甚至粗野的喊叫声，几乎使台下乱成一团。

坐在主席台上的柳眉，先是惊异，继而感动、喜悦。她一边鼓掌一边情不自禁地流下眼泪来。一个人奋斗了十五年后，如今回来了，还能有这样的兴奋喊叫，这样亲切的甚至疯狂的掌声——看来，他是值得的；为这个人搭建这样一个人生奋斗的舞台——看来，也一定是值得的！

站在麦克风前的杨浦，一句话也说不出来。他的脑子里突然变得一片空白，仿佛时空已经倒置。他太熟悉这里的一切了，甚至连掌声的热烈程度、掌声的节奏他都记忆深刻。可是感觉上，他对这里又极其陌生了，他甚至一时难以想象自己十五年后怎么还能站在这个熟悉的台上，同样为台下无数双眼睛所关注——那些在脑子里准备好的，在记忆里反复操练过的字句，那腹稿里酝酿已久的诸多肺腑之言，这一刻全都不见了踪影，全都乱了套儿。

在这没有间断的掌声里，他能做的似乎只有机械地一次次地向台下黑压压的人头深深地鞠躬，他的脸色变得苍白而毫无表情，而他的眼眶里却盈动着一层层热泪。

他知道，他人生中真正的大考行将开始，他将背负着这掌声后面的压力和嘱托，将背负着那些专注目光寄予将来的期盼与祝愿——他从来没有像此时此刻那么强烈地感受到使命对于自己的深刻意味，他觉得自己仿佛就要燃烧起来了。

第三十九章

一辆黑色轿车由 D 市往马山矿方向疾驰而去。

车上坐着垂垂老矣的裘胜荣。他一言不发，神情肃穆。这位早已退休的原马山矿董事长，这些年始终关心着马山矿的兴衰成败，甚至比关心自己的子女状况更胜一筹。

马山矿改制为股份有限公司从一开始就不被他看好，他内心是非常抵触私有资本来参与国有矿山企业改组改制的。但这好像是大势所趋，潮流所向，他也无可奈何。可是，杨浦的突然出现，且走马上任总经理，让他万分欣慰、感慨，同时也令他多少有些难堪。毕竟那是一个自己培养过——不，是培养失败的年轻人，现在却意外地被他的财富女同学硬是凭借资本的力量推上了马山矿的管理岗位——在杨浦失踪以后的日子里，这是他做梦也想象不到的局面。更令他想不通的是，这个过程和局面，又是如何完成并最终实现的。当然，他更无法想象，这个过程是经历了怎样的精心谋划和步骤动作。

现在看来，裘胜荣的想象不到和想不通似乎都在暗示他：他过去近乎神圣地坚守的一切，在这个商品经济市场大潮的冲刷洗涤下，在各种欲望的角逐中，正走向土崩瓦解。

而由杨浦主政下的马山矿，现在却没有任何迟疑和困惑了，它就像一匹脱缰的烈马，一路向前狂奔而去——用裘胜荣后来在向外界介绍时的形象说法，马山矿经历的一系列改革，是经历了阵痛、换血、输液、移植、再生，才实现了起死回生、脱胎换骨的。

仅仅半年时间，所有员工的身份都进行了置换，买断工龄，竞争上岗，员工数量精简了一半。高、中层直到班组最基层，所有管理团队全部实行公开竞聘，岗位决定薪酬，岗变薪变，执行力大幅提高。从第二年开始，过去最为薄弱的矿山技术力量，开始通过嫁接著名的矿山院所和高校研究机构，使过去传统的采矿、掘进和选矿工艺及方法，逐渐被先进的工艺技术所取代。与此同时，大型的现代化矿山机械设备被大量引进，整个矿山产能迅速提升。一方面，为了开阔眼界、借鉴吸收，最初由柳眉亲自率队赴西欧、北欧、美洲的矿山企业考察交流，后来由杨浦全权负责这项活动。他还率领着管理团队在澳洲和南非矿山进行了为期半年的实习交流，从管理方式、标准化作业、绩效考核等方面，与先进发达的矿山企业进行消化吸收式的引进对接。另一方面，通过高校合作，各种专业岗位分批次、分阶段进行轮训，使人力资源开发的效应与先进设备工艺装置的效能形成相互衔接和共同推进。到了第三年，为了实现效益的最大化，提升矿产品的附加值，原矿产品由采、选到深加工、精加工，先后引资、合资了冶炼、铸造等配套的子公司、分公司，形成了产品产业链，产品价值放大了十倍、二十倍。

一座原先简陋破旧、庞大杂乱的矿山，像是一个沉睡的巨人经过这样一番看似伤筋动骨的折腾，终于苏醒了过来。成片的废弃地段和破损厂房被重新规划或撤除，崭新的现代化企业厂房，包括建筑雄伟的封闭式高大井架，竞相拔地而起；而统一漆成橘黄色的，包含着马山矿新的企业精神——“永远进取，争当一流”的文化标识无处不在。

过去的马山矿就这样不复存在了，而这才仅仅过去五年的时间！

事实上，在杨浦接手马山矿的第二年就开始盈利了。尽管由柳眉主持的董事会并未将区区千万元的盈利作为指标纳入总经理业绩考核，但她和杨浦都预见到了，巨大的利润还在后头。果然，那盈利只是冰山一角，到了第五个年头，马山矿每年的效益都比上年翻一番，而从今后的发展势头和市场预期看，巨大的利润就像早已被看好却仍养在深闺里的新娘，只待来年择日而嫁。

当初，那么一个娇态优雅的女人，何以预见到这座矿山会有如此大的潜力和利润呢？同样，那个自己培养过后来又极其失望过、心中还总是纠结着“成熟与不成熟”的年轻人，竟又真的有能耐使这座奄奄一息的老矿山起死回生了！裘胜荣不禁感叹，看来，那个女人和那个年轻人都是比自己有眼光、有本事、有魄力、有作为！

裘胜荣先后几次来到矿上，都是杨浦亲自派车去接他的。

他每次都事先对杨浦声明，他来不是要跟杨浦谈话交流的，只是在家里闷得慌，想到矿上走走看看，之后就打道回府，不打扰杨浦工作。他确实也是这样做的。

裘胜荣就是想亲眼看看，原先的国有资产被民营资本控股后究竟能经营出个啥模样来。至于不要跟杨浦谈话交流，是他意识到跟如今的杨浦坐下来是谈不出什么真正有趣的话题的。他知道自己落伍了，他一点也不想让那样的场合把自己弄得窘迫不堪。

裘胜荣不仅看到了如今神采飞扬的杨浦总是忙碌在生产现场和施工工地，一身工装，神情泰然，一副胸有成竹的样子，更看到了崭新的厂房和设备，过去人满为患的岗位都已被一台台电脑显示仪所取代，员工们在聚精会神地操作着。从地表到地下，从露天采场到在井下巷道，各个生产区域都有醒目的标识，干净整洁，再也看不到闲散人员的晃动和躲在角落里怠工的员工。那些过去不曾见过的进口大型机械轰鸣着从身边掠过，他居然还看到有外国专家工作在作业现场，哇啦哇啦地说着外语，旁边的小伙子们心领神会地哈哈大笑。

在走走看看的过程中，这位为这座矿山奋斗工作了一生的老人，不无伤感地发现，他当年遗留的痕迹和曾经熟悉的一切，正消失得无影无踪，在他心头取而代之的是这里的新鲜、好奇，还有层出不穷的陌生，以及不断产生的困惑。

真正刺激了裘胜荣的神经，迫使他不能不有所行动的，还是马山矿年年翻番的好效益。这么多的钱，都让那个上海女人赚走了——他不知道杨浦赚了多少，但所有赚来的钱都控制在那个叫柳眉的上海女人手里，这一点他却十分清楚。如果这座矿山还是控股在我们手里（裘胜荣的观念当然是指控股在国家的手里），那么这么多的钱，就是上缴国家的利润啊！这难道不是国有资产流失？马山矿原来有这么好的经济效益，为什么不能争取收回来呢？

他心急如焚，就像是看到自己看守了一生的金银财宝，现在居然光天化日之下被别人肆意掠夺。

今天去马山矿，裘胜荣可是声明在先，他要跟杨浦好好谈谈。

第四十章

轿车驶进了矿部机关大院，在矿部大楼前缓缓停下。走下轿车的裘胜荣看到，大院里的花草好像跟过去不一样了，姹紫嫣红，竞相绽放；树木也好像被重新编排和移植过，更整齐了，也更有姿有型了，当然也越发郁郁葱葱了。环目四周，唯独矿部大楼仍保留着原样，好像也是这座矿山目前唯一保存的历史见证。这让裘胜荣心里稍感安慰，就是要保持艰苦创业的本色嘛，再说了，享受谁不会呢？

杨浦在门厅迎接老领导，寒暄了几句，伴着他上楼。在裘胜荣面前，杨浦始终保持着恭敬和谦虚的态度。

还是裘胜荣当年的那间董事长办公室，只是壁橱里的那些各种各样的矿石样品换成了满壁成册的各类书籍。

沏好茶，递上香烟，点着火，杨浦才挨在裘胜荣身边的沙发上坐下。

“老领导（对退休后的裘胜荣，杨浦一直以‘老领导’相称），您大驾光临，有何指教啊？”杨浦笑呵呵地调侃。对于今天一早，裘胜荣打电话要来矿里和他谈一次，他始终想不出老领导要跟自己谈什么。

裘胜荣一声不吭，闷头抽着烟，仿佛在酝酿着话从何谈起。

半晌，他起身把办公室的门关上了，回到沙发上坐下，冷不丁地抛来一句：

“小杨，你告诉我，你这一年下来要拿多少钱啊？就是进你腰包的钱。”

杨浦愣住了。老头怎么突然关心起钱来了？那可是他过去最忌讳谈及的字眼。

“您是问我年薪，还是奖金？”

“就是、就是全部收入吧。”裘胜荣似乎也搞不清这里面还分什么类别。

“一百三十万吧。”杨浦轻轻地说。

“一百三十万！？”裘胜荣瞪大了昏花的老眼，像是倒吸了一口凉气，“是税后的？”

杨浦笑着点了头。他知道这个数目刺激了老头，但他又不能不实话实说。

“最初是一百万，这几年效益上来了，董事会考核我的年薪基数也就提高了。”

裘胜荣当然还想知道更多。

“那我问你，那个叫柳眉的董事长又拿了多少钱？”他的语气里有一种愤愤不平的意味。

“您是问她个人的收入，还是股份公司的盈利？”杨浦心里对这个话题有些抵触情绪了。

“都行，我就是想知道她拿走了多少钱！”裘胜荣把烟雾吐成一团一团的，似乎他就是为这事来的。

杨浦脸上的笑容显得有些僵：“老领导，这可是公司的秘密了，也是董事会掌握的，我作为总经理无权泄露什么。再说，您要了解这些干什么？”

“怎么，跟我还讲秘密？你把我当什么人了？”裘胜荣显然不认可杨浦的说法，“我就是想了解一下，如今的马山矿一年下来究竟创造了多大的财富。我猜想，那个柳眉董事长现在每年要从马山矿拿走上亿的利润吧？”

杨浦没再回答他了，他并不清楚身边这个形容枯槁、神情倦怠的老头，今天来究竟意欲何为。他沉默着，他想这老头不可能不把他真实的意图说出来的。

裘胜荣嘴里的一支烟吸到根部了，他从自己口袋里掏出香烟续上，吸着。他不看杨浦一眼，就像这屋子里并没有杨浦这个人，而是呆呆地望着眼前茶几上的烟灰缸，好像问题就集中在那里似的。

“杨浦啊，说来也是惭愧啊！”他终于长叹道，“当初，要是我们思想解放，看得准，也下得了决心，就放手让你来干，马山矿的局面不早就是今天这个样子了吗？”

杨浦摇起头：“您说得不对，老领导！马山矿今天的好局面，是柳眉董事长带来的，这个功劳首先要记在她的身上。”

裘胜荣把手持的烟卷晃了晃，表示反对！“我知道你是感谢人家的知遇之恩，毕竟是人家把你推上这个位子的，你今天才能施展才能嘛。”

“不，不，老领导，应该这么说吧，没有股份公司的激励机制和董事会给予我的充分信任和放权，我是不可能做出成绩来的。”

这绝不是杨浦的谦逊之辞，杨浦清醒地知道，这五年里柳眉给了自己充分的信任，甚至是完全把这座矿山交给了自己，正如她当初所承诺的那样。柳眉所主持的年度董事会上的每项决议决定，都是事前充分征求了杨浦的意见和建议的；而在具体项目实施和建设过程中，所需要的资金投入和相关公关支持，柳眉从来都是悉数照办并全力解决。

话已至此，裘胜荣只好实话相告了。他今天来就是希望杨浦出面跟柳眉交涉，把她的股份退出，或进行股权结构调整，就是说，由 D 市国资委代表 D 市出资进行回购，取得控股权，将马山矿重新掌控在国有资本的大股东手里，而杨浦回归体制，出任董事长（法人）。

杨浦惊得目瞪口呆，这个老头原来是想做这种事！

“老领导，这事恐怕办不了吧！公司的合资合作都是有法律依据的，不是谁想不干，谁想干，都可以的。白纸黑字的合同协议，双方的权利义务,都写得明明白白。即便真要这么做,这也应该是我们D市领导层的意见,由他们出面去谈。而我,是受董事会委托聘任负责经营管理的,我怎么可能提出这种设想和建议呢?”

其实在这之前,裘胜荣因为这事已经几次找过市里的头头脑脑了,他甚至还跑到省里有关部门咨询过了。退休老干部、马山矿最资深的老前辈、全国劳模,这些荣誉和资历加在这个老头身上,犹如钢盔铁甲,接待他的部门和领导都不敢怠慢,一五一十地对他讲明政策和利弊关系。当初马山矿的合资合作,包括清产核资和相关财务报表,都是合规合法,符合政策手续的。因为有这样的前提,所以必须按照合作协议的条款继续履行,任何一方都不可擅自中止履约或改变资本股权结构,或者说,合作双方只有共同协商,达成共识,才能实现股权调整变更。他最后去找了D市市长了,而年轻的市长听明白后,一时间不知道怎么说才好。

“老裘啊,我们可不能看到人家挣钱了就眼红啊!我们可是要讲信誉的啊!这事弄不好,人家一旦诉讼上去,那不仅是丢了D市的信誉,甚至还要赔进去一大笔钱呢!再说了,这事要是被媒体捅出去,那以后谁还愿意到D市来投资合作呢?我们还搞不搞招商引资了?”

裘胜荣没有被市长的这些话吓倒,他提出,若是对方同意变更股权结构,将马山矿的控制权交回到D市来,那D市是什么态度?

市长也不含糊:“我们当然同意啊,现在的马山矿各项基础那么好,产品市场前景也看好,岂不是送一座金山给我们啊!我们能拒绝接受吗?问题是,人家愿意吗,我尊敬的老裘同志啊?”

“那到时候,市长能不能保证让杨浦出任董事长,代表D市国资委作为公司法人?”这才是裘胜荣最为关心的问题。

市长又笑起来了:“老裘啊,你这是跟我绕圈子啊!你是不是觉得我们当年亏欠了人家杨浦,如今来纠正,补偿人家?”

裘胜荣梗起细瘦的脖子,辩解道:“我不是这样想的!我想的是,这个年轻人应该重新回到体制里来，要继续为我们党的事业，为我们国家做贡献！这是我们自己培养的年轻干部，我们不能看着他继续为一个女资本家打工卖命！而他创造的财富，都进了资本家私人的腰包里去了。”

年轻的市长这下收敛了笑容，换了口气：“老裘啊，你放心，让杨浦干，没有问题，我保证！马山矿如今的巨大变化，已经证明了杨浦的能力和才干嘛！”

细心品味便会发现，年轻的市长其实是在跟裘胜荣打哈哈呢。

你想想，那个叫柳眉的傻呀，投下去四个多亿，杨浦一干人辛辛苦苦硬是干了五个春秋，企业开始见效了，蒸蒸日上了，这个时候你突然提出中止协议，要变更股权，人家能答应吗？

裘胜荣走后，年轻的市长摇摇头，看来只是这位老同志的一腔热血、一厢情愿罢了。

然而，裘胜荣却不这么看，他觉得只要杨浦能够把立场重新站到组织这边，也就是站在国家利益这边，态度坚定，他就能够跟那个柳眉董事长把这件事谈妥。那个女人当初不就是冲着落魄失意的杨浦才决定来投资的吗？而现在的杨浦早已意气风发了，能力才干也都得到了证明，现在是可以退还她的投资的——那毕竟是她私有的资产，就是说，杨浦甚至可以旗帜鲜明地站出来捍卫国有资产。

今天来他就是要对杨浦晓之以理、动之以情。

“杨浦，我理解你心理上很难接受我的这个建议，想当年毕竟是人家帮助我们的，今天的成果理应分享。可是你不能忘了，你还是个党员，是组织上的人，基本觉悟还是应该有的吧。你想想看，你这样一个组织上的人，能长期替人家私有老板打工吗？你的身份和地位也不相配啊！马山矿所有的人都知道，马山矿如今的巨大变化是你杨浦的功劳，可是成果却被人家拿走了，这样的局面能保持下去吗？对你来说，你一旦代表了国有资产，马山矿的成果就是国家的，说白了，你给国家创造了效益，这效益是为大多数享用的。而现在呢，马山矿的成果是人家个人的，挣到的钱都去了人家自己的腰包里，为她一个人所享有，这性质可是完全不同的啊！”

这一通话，杨浦闻所未闻，他不禁盯着裘胜荣那张皱褶重叠而又显得忧心忡忡的脸庞——他怎么会联想到这些问题，他又怎么能够把这一切说得如此冠冕堂皇、理直气壮？

第四十一章

裘胜荣的这次谈话，并没有引起杨浦过多的思考，或者说，他现在也没有精力思考这些问题，马山矿的事业够他忙的了。在裘胜荣那一辈人的观念里，要不保守执着，要不逻辑混乱，要不即便理论上、情理上说得通了，在现实里却往往又是不合理、不合规，甚至也不合法的。他觉得对此没有必要较真。

然而，有一天林义强带队来马山矿参观学习交流，当晚杨浦留他在城里吃饭。闲话时杨浦不经意间把裘胜荣的那个建议和设想说出来，不曾想，林义强顿时变了脸色。

“这是什么混蛋设想？这不就是过河拆桥，这不就是背信弃义，这不就是见利忘义吗？”林义强几乎是不假思索地脱口而出，由于气愤，唾沫都飞过桌上的酒菜，溅到了杨浦的脸上。

杨浦尴尬地抓起纸巾擦了一把脸：“你别激动嘛，义强！人家老同志，老观念，说说也无妨嘛！来来，继续喝酒吧。”

两人相当长时间没见面了，都忙着各自的工作。

“不对，绝对不会那么简单！”林义强没有端起酒杯，神情倒是变得严肃了，“我了解裘胜荣这个老家伙，他既然把建议和设想都说了出来，那就说明他早就行动了。”

“好了，好了，义强！”杨浦仍举着酒杯邀他喝酒，“他一个退休老头，无权无势，就是行动了又能怎么样？看你说的！”

林义强可不这么看。“这是一种动向，说明有人眼红了，看不下去了，要收网了，就是说，要公然破坏规则了！”他神色肃然，一副危言耸听的样子，“我早就担心过，马山矿一旦起死回生，效益大涨，就势必引起反弹，如今这种在合资合作中的背信弃义、过河拆桥、见利忘义的人还少吗？我万万没有想到，他们竟然也要这么干了！”

林义强瞪眼望着杨浦，好像杨浦正在这么干着。他好像突然想起了什么，问杨浦：“这事，你对柳眉说了吗？”

杨浦摇头：“你想哪儿去了，我怎么会对她说这些呢。”

林义强这才把一杯酒喝下去。“看来，你杨浦还是有良心的。”他喃喃低语道。

“这话什么意思？”杨浦警觉起来，手里的筷子停在空中。

“说明你还没有忘记柳眉的大恩大德，没有忘记她当初是为什么来投资马山矿的，没有忘记是她拯救了你的人生，继而拯救了整个马山矿！你不要拿眼瞪着我，我说的难道不是事实吗？”

看到杨浦渐渐低下头，林义强不依不饶，他似乎觉得这事涉及大节，是大是大非问题。

“杨浦，你想想，如果当初没有柳眉那样的胆识和魄力，能有你的今天？或者说，能有马山矿的今天？现在，一切都变好了，而我们却要变成无耻小人，想要人家退出资本，由我们来控股掌权，好把红利大头占为己有，这是我们能做的事吗？这难道不是无耻的强盗逻辑吗？”

这顿饭，杨浦本想请林义强在房屋装潢方面给自己提建议，因为小兰刚刚在城郊买下一幢别墅，正为如何选择装修材料而拿不定主意，据说林义强是这方面的专家。不曾想被这个话题彻底破坏了气氛。

杨浦内心的火在一点一点地烧起来，他觉得林义强的话是在谴责自己、责备自己。他当然不能接受。而林义强似乎并没有顾忌杨浦的情绪反应，仍在自顾自地说着。

“杨浦，不论是过去还是现在，我们都不能做那种没有操守的缺德的事。”

“你说完了没有，林义强！”杨浦啪地拍响桌子，把酒杯都震跳了起来，他面红耳赤，双目冒着火焰，“你相信我会去做那种没有操守的缺德的事吗？你相信我会对柳眉提出裘胜荣那样的建议和设想吗？”

林义强眼睛直直望着杨浦，一板一眼地说：“杨浦，不是说你会那么去做，而是一定会有人那么去做的。所以我想，关于这件事我要给柳眉打个电话，我要告诉她，给她提个醒，让她有所防范，有个心理准备。当然，最重要的是，我要向她声明，这绝对不是杨浦的意见——可以这样说吗？”

“当然可以这样说。”杨浦缓和了语气，“现在，可以喝了吗？”

林义强咧嘴一笑，猛地碰响了杨浦的酒杯。

当时，杨浦只是以为林义强在测试他真实的心理，并没有十分当真。不曾想，当天晚上林义强就真的给柳眉打去了电话，并且把情况全部如实说了。

第四十二章

翌日，杨浦手机里收到这样一条信息：

“杨浦，我现在巴黎。林义强昨晚（北京时间）给我打了电话，情况都知道了。我给你写了封信，已经发到你的邮箱了。你看看吧。柳眉。”

杨浦很快就看到了那封信。

信的全文如下：

杨浦，是林义强的电话把我从睡梦中吵醒的，他不知道我人在巴黎。我是应邀来巴黎参加一个国际艺术品会展的。现在是巴黎的凌晨了。他告诉我的事，使我再也睡不着了，想来想去，还是决定给你写这封信吧。

我至今都不后悔为你所做的一切，甚至仍然庆幸自己从大学时代起就仰慕你、欣赏你，并且暗暗地追求过你——你是应该知道的，我倾慕你，是多久多久了啊！我甚至有些怀疑，离婚后的我，至今形单影孤，可能正是因为对你这个人的长久倾慕而又期盼出现那个理想的“情缘正果”所致吧。而如今的现实，使我越来越明白，我们之间的情缘可能真的有一条看不见也摸不着，但却是实实在在横亘在那里的无法逾越的鸿沟，正如当年在粤北小城那个算命先生说的“情缘不到，则不能修成正果”。

看来,这样的命运,我也只能接受它了。

对我来说,虽然出现了这样一个失败的,甚至有些不堪的局面,但我还是觉得我自己的人生并没有失败,我是成功的。我甚至觉得自己的成功早就超过了我的预期——至少在大学时代,我是无法想象我有一天能够得到如今我所拥有的一切——系统的良好教育,中西方文化的熏陶,当代知识和常识的储备与运用,丰厚的实业基础,金钱、财富、地位,包括充分的物质和艺术的个人享受,也就是充分的个人化的欲望满足和价值选择。

然而,我要告诉你,杨浦,在所有这一切中,最令我自豪与骄傲的,仍莫过于五年前我那个几乎孤注一掷的决定:拿下马山矿,成就我一直倾慕的那个男人的人生事业!

我做到了,而且仅仅用了五年时间,那个男人也做到了——如今马山矿的红火兴旺,蓬勃发展,证明了我当初的选择是对的,那个男人的才干和能力也是对的!这是我人生最精彩的成功,也是我人生中可能永远不会再出现的一次情爱理想的疯狂豪赌!

当然,结果是我赢了。嘿嘿!

现在,有人提出要变更调整马山矿的资本结构和股权设置,也就是转而由D市国资委控股,由你杨浦出任董事长(法人)。我先前在电话里已经对林义强说了,现在我也要告诉你,那个叫裘胜荣的老头所提出的建议和设想,正合拍了我的心思,或者说,也是我眼下正在考虑的方案。事实上,马山矿在如此短的时间里就产生了效益,是出乎我意料的,而且年年攀高,这就把一个问题推给了我.当初投资马山矿的目的是什么?是为了拯救那个男人的人生事业,还是想通过那个男人而谋取更大的利润?或者是两者兼而有之?我的回答首先是,拯救那个男人的人生事业——当初这个愿望,使我疯魔不堪,甚至不惜代价!那么,现在那个男人已经开始把事业做得发达起来了,那么变更股权或退出资本，就是我要做出的选择了。我既然当初对自己是这样说的，那么我就要兑现承诺——在如今滚滚而来的金钱和当初的意愿承诺之间，我的选择是后者。

前不久，在上海参加一个国际商社的宴会活动，我遇见了李建平、汪一露。他们竟然都了解到了马山矿目前的经营状况，表示要参股进来，甚至后悔五年前拒绝了我，也就是拒绝了对马山矿的投资。我坦诚地告诉他们，对我来说，马山矿项目的使命行将结束，我将放弃控股权，甚至可能完全退出资本。他们大惑不解，问到马山矿未来的董事长会是谁，我就说到了你，并且十分肯定地告诉他们，一定是你，这才是我决定放弃控股权或退出资本的前提。谁能想象，我的这个心思和方案居然能够被裘胜荣那样一个古怪而保守的老头所识破，或者说，跟他的建议和设想会如此契合！说到这里，我真要感谢他为我所做的前期工作呢。我在电话里对林义强说这话时，他说我疯了——我太高兴他用“疯了”这个评语。是的，五年前，我要投资那个简陋破旧且亏损严重的马山矿，并决定拿下它的控股权时，有人说我“疯了”；五年后，一个崭新的马山矿即将为我带来巨大的财富时，我却决定将放弃它，又有人说我“疯了”。这一前一后的“疯了”的评语，或许正说明了我人生的精彩丰富、新奇刺激，这样的人生，或许只能属于我——柳眉的吧。嘿嘿！

杨浦，我亲爱的老同学，想说的话，还有很多很多，只是怕说到伤痛处。我多么希望过去就永远过去了，也不要留在记忆深处，无论是幸福的还是痛苦的……

此刻窗外，遥远的天际，一缕晨曦已隐隐显露出来了，那像黑色绸缎般的塞纳河面上，光芒正在出现。尽管这是异国他乡，但我知道新的一天就要开始了。杨浦，让我们彼此都重新开始，重新出发吧！

你永远的老同学，柳眉。

一个月后，从上海来的董事会代表，受董事长柳眉女士委托，开始与D市国资委代表进行股权变更谈判。谈判极其顺利圆满。就在这年年底，成为由D市国资委控股的马山矿矿业股份有限公司董事长杨浦，正式走马上任。

也是在这年年底，刘大鸣被提前释放了出来。他主动上门找到了杨浦，对自己的过去表示歉疚，请求杨浦的原谅。在杨浦的办公室里，杨浦跟他握了手，表示过去的都过去了，彼此保重吧。不曾想，刘大鸣接着提出要投资马山矿的建设，他想参股进来，跟杨浦共同发展。刘大鸣依然有着雄厚的资本实力。杨浦没有表态，他突然觉得自己的内心有些忐忑不安。

初稿于2013年6月29日

再稿于2014年6月20日